이타방

소설문학 소설선

이태방

이태원의 옛 별칭

이예훈 소설집

bookin

살아서 전설이 된 것들을 위해

느그 아부지는 방죽에 가서 고기 잡는 걸 평생 큰 낙으로 삼았다. 당신은 생선을 입에 대지 않으면서도 그랬지. 하루는 낚시 줄을 물에 들이고 한나절을 기다렸는데, 서너 살이나 됨직한 아이만한 가물치가 낚시에 걸린 거라. 그 고기를 지게에 지고 집에 오는데 어찌나 무겁던지, 아 장정이 글쎄 물고기 한 마리를 등에 지고 땀을 삐질삐질 흘리며 걸었다는겨. 그런데 등에서 '힘들면 쉬어가게' 이런 말이 들리잖겠냐? 깜짝 놀라서 지게를 내려놓고 바수거리 안을 들여다보니 아, 가물치가 빙그레 웃으며 쳐다보더란다. 그래 그만 혼쭐이 빠져서는 다시 방죽으로 가 가물치를 물에 넣어주고 집으로 왔다는구나.

시어머니께서 글을 쓴다는 며느리 앞에 앉혀놓고 장난스레 들려주시는 이야기 한 자락이다. 정말이냐고 다그쳐 묻자 그저 빙그레 웃으신다. 어쩌면 돌아가신 시아버지에 대한 그리움을 그렇게 표현한 것인지도 모르겠다.

그 방죽은 오래 전 쓰레기로 채워지고 묻혀서 대부분 공단부지로 들어가고 마을 쪽 한 자락이 공원이 되었다. 그 공원에서 축구를 하거나 테니스를 치는 사람들도, 트랙을 돌며 걷기 운동을 하는 사람들 중에도 이제 방죽 안에 맑은 물이 고여 흐르던 시절을 아는 이들은 그리 많지 않다. 그리고 방죽이 사라지는 과정을 지켜보아 왔던 이들도 물 속에서 가물치와 잉어와 붕어가 헤엄치고 방게가 물풀 사이를 유영하던 시절에 대해서는 거의 잊고 살아간다. 그저 간간히 오래 된 전설을 이야기하듯 그 시절의 일을 잠깐씩 입에 올릴 뿐이다.

요즘처럼 빠르게 변하는 세상에서 전설은 더 이상 호랑이 담배 먹던 시절 따위의 까마득한 옛날이야기가 아니다. 사람들은 세상의 변화보다도 더 빠르게 지난 일을 잊어버리고 내일을 향해 질주한다. 그런 사람들 속에서 나 또한 그렇게 살아가면서 멀미를 하듯 잠깐씩 생각한다. 정말 이렇게 빠르게 세월의 바퀴를 돌려도 괜찮은 걸까. 이리도 쉽게, 아무런 가책도 반성도 없이 소소한 삶들의 기반을 흔들어 부수며 무엇을 향해 달려가는 것일까.

이 책 속에 담긴 몇 편의 소설들은 어쩌면 그런 반성과 머뭇거림의 산물일 수도 있겠다. 그래서 아직 살아 있는 사람의 이야기이면서 이미 전설이 되었거나 곧 전설이 될 이야기들을 그 모태로 하고 있다.

인터넷이 미처 대중화되기 전 하이텔 통신이라는 가상공간에서 만나, 단순히 동년배라는 이유만으로 자신이 살아온 이야기를 스스럼없이 들려주던 풀섶 님의 개인사에 뿌리를 둔 소설 「이타방」이 그 대표적인 예다. 그의 이야기를 들으면서 외국군의 주둔지가 되었던 이태원의 전후 반세기 동안 지역민들이 겪었을 혼란과 격동이 손에 잡힐 듯 다가

왔다. 그래서 나는 수십 번 서울을 오르내리며 이태원의 골목골목을 배회했다. 집들이 다닥다닥 붙어 있는 마을의 골목길 어디쯤에서 헛헛한 눈빛의 전쟁고아 아이들을 만날 수 있을 것 같았고, 급변하는 마을의 변화를 따라잡기 위해 허둥거리는 사람들의 모습을 볼 수도 있을 것 같았다.

시어머니께서 들려주신 이야기를 씨앗으로 해 하나의 단편소설로 자라난 「아무 곳에도 없는 마을」 또한 그렇다.

첫 작품집을 낸 지 꼭 10년이 지났다.

그때도 등단 후 10여 년간 써놓은 단편들을 모아 책으로 묶으면서 어쩌면 더 이상 소설을 쓸 수 없을지도 모른다는 막연한 불안감으로 마음이 무거웠다. 그런데 10여 년이 흘러서야 겨우 졸작을 내놓는 지금도 여전히 글쓰기는 내게 두렵고 좀처럼 익숙해지지 않는 일이다. 이 무거운 짐을 내려놓고 싶어질 때마다 맨 처음 나에게 작가의 길을 열어주신 분들에게 송구함과 부채감을 느낀다. 그러면서 다시 한 번 정직하고 성실한 글쟁이가 될 것을 다짐한다.

2013년 가을
이예훈

Contents

아무 곳에도 없는 마을

아 무 곳 에 도 없 는 마 을

공단지대는 거인들의 바둑판 같다. 비슷비슷한 건물들이 질서정연
하게 정렬하고 있는 거대한 회색 공간. 건물과 건물 사이를 곧은 선으
로 구획 짓는 8차선 도로에는 거의 차가 다니지 않는다. 곧고 넓은 도로
에 차가 없으니 자전거 타기엔 그만이다. 우중충한 회색빛 건물 숲에 가
려 종일 볕 한 줄기 들지 않는 도로에 들어서는 순간 이상한 압도감이
등을 서늘하게 조여 온다. 눅눅하고 서늘한 공기가 고여 있는 도로변에
는 늘 육중한 대형 트럭들이 즐비하게 늘어서 있다. 한 번도 바퀴를 굴
려 그 자리를 떠난 적이 없을 것 같은 대형 차량들의 행렬. 어느 순간 그
긴 행렬이 꿈틀 몸을 튼다. '방죽 밑에는 지킴이가 있어야! 구렁이 같기
도 허고 가물치 같기도 헌 그 영물은 방죽바닥을 다 덮고도 남을 만큼
큰 것인디, 또 어느 땐 어린애 손가락만큼 줄어들기도 혀서 여간해 사
람 눈에 띄는 법이 읍는겨.' 그 순간 왜 오토바이 할배의 이야기가 생각

났는지 모를 일이다. 할배는 요즘 들어 매일 방죽 얘기뿐이다.

　사람들은 할배가 노망이 났다고 쑤군거린다. 할배가 요즘 많이 아픈 건 사실이다. 아이는 할배의 오토바이 앞에 타고 쌩쌩 바람을 가르던 때가 가끔 그립다. 할배는 아이가 좀 더 커서 팔힘이 생기면 뒷자리에 타게 해주겠다고 약속했었다. 하지만 할배가 다시 오토바이를 타는 일은 없을 것이다. 할배는 너무 늙었고 노망이 났다.

　아이는 몸을 작게 웅크리고 날쌔게 자전거 위에 올라앉는 순간 번개처럼 바람을 가르며 도로를 질주하기 시작한다. 곧게 뻗은 도로는 잡힐 듯 끝이 빤히 보이지만, 숨이 턱까지 차오르는 한계를 몇 번이나 넘기고서야 그 끝에 닿을 만큼 먼 거리다. 첫 번째 도로 끝에 다다르면, 우리나라에서 둘째가라면 서러워할 C제과에서 빵이나 과자를 굽는 구수하고 달콤한 냄새가 현기증을 일으킬 만큼 강렬한 유혹으로 허기진 내장을 휘젓는다. 아이는 잠시 코를 벌름거리며 깊은 숨으로 몇 번 냄새를 흡입하고 곧장 제과공장을 돌아 다음 코스로 들어선다. 아이의 질주는 이제 시작인 것이다. 다음 도로로 들어서 제지공장을 지나고 나면 회사 이름만으로는 도무지 무슨 일을 하는 곳인지 가늠이 불가능한 보틀링, 옵토웨이, 캐스텍, 세아티이씨, PET, 로움코리아, 비웰팜, 보쉬기전, 해팍이엔지, 지디엔텍 따위의 간판을 단 회색 건물들이 그만그만한 크기로 자리를 차지하고 끝도 없이 이어져 있다. 그곳에 들어서는 순간 아이에게 모든 도로는 미로가 된다. 어디를 가도 한 곳을 맴도는 것처럼 앞뒤를 가늠할 수가 없다. 아이는 그럴수록 더 빨리 더 빨리 페달을 밟는다. 가뭇가뭇 보이는 저 끝 어디쯤에서 자신도 한 점으로 작아져 사라질 수도 있다고 생각하면서.

　달달달달, 골목 끝의 웨스턴바 뒤쪽에서 자전거 바퀴 구르는 소리가
들려오기 시작했을 때 노인은 고개를 길게 빼고 길을 살폈다. 잠시 후
자전거 바퀴가 보이고 긴장으로 얼굴이 하얗게 경직된 아이가 나타날
것이다. 아이는 어디를 헤매다 온 것일까. 자전거 위에 앉은 아이는 긴
여행에서 돌아온 나그네처럼 지치고 허허로워 보인다. 자신이 오토바
이 타는 게 버거워지자 노인은 아이에게 자전거를 사주었다. 아이의 여
덟 살이 되는 생일 선물이었다. 자전거 위에 있을 때의 아이는 마치 날
랜 새끼노루 같다고 노인은 생각했었다. 하지만 아이에게 자전거 사준
것을 가끔 후회할 때가 있다. 아이는 보는 사람을 불안하게 할 만큼 지
나치게 속력에 몰두하는 것이다. 노인은 아이가 자전거를 끌고 나갈 때
마다 뜻 모를 불안으로 가슴에 잿빛 어둠이 드리운다. 아이가 속도에
맛을 들인 것은 노인의 오토바이를 타면서부터일 것이다. 오토바이, 노
인은 입속으로 작게 중얼거린다. 병이 나으면 제일 먼저 오토바이를 탈
테다. 그땐 너를 내 뒤에 태워주마. 너도 이제 뒤에 탈 때가 되었어. 자
전거 손잡이를 힘껏 움켜쥔 아이의 팔을 보면서 노인은 저만 하면 충분
히 뒷자리에서 허리를 껴안을 만하다고 생각한다. 오토바이를 타고 방
죽으로 가물치를 보러 가자. 방죽에는 덩치가 너만 한 가물치가 산단다.
누렇게 금빛이 도는 아주 특별한 녀석이지. 난 그 녀석을 잡을 생각은
없단다. 그 녀석은 영물이거든. 그냥 꼭 한 번 더 보고 싶을 뿐이다. 마
름덩굴이 얼기설기 엉긴 물 속을 천천히 유영하는 녀석의 모습이 너무

보고 싶구나. 그리고 집을 찾아야지. 내 집. 마루에 걸터앉으면 탁 트인 들판이 눈앞에 펼쳐졌었다. 그 들판 너머로 간간히 장난감처럼 작게 보이던 자동차가 지나다니는 신작로가 있었지. 자식들이 하나둘 공부를 마치고 사회에 나가 자리를 잡고, 결혼을 하고, 번듯한 자동차를 몰고 그 들판을 가로질러 노인을 찾아오곤 했었다. 너른 마당에 꽉 들어찬 자동차들을 보면서 뼈골이 삭을 만큼 고단하던 지난 삶이 그렇게 결실을 맺은 것 같아 마냥 흐뭇했었다.

그런데 이 답답한 거리는 도대체 뭐란 말인가. 이렇게 조금치의 여유도 없이 집들이 들어찬 거리는 보기만 해도 숨이 막힌다. 게다가 바람이 불 적마다 훅하고 끼쳐오는 누린내, 고무 타는 냄새, 도대체 나는 어디에 와 있는 걸까. 노인은 꼼꼼하게 거리를 살피며 고개를 젓는다. 아무리 봐도 낯익은 구석이라곤 없는 거리. 마을 입구의 24시 편의점과 보람약국, 맞은편의 제과점, 밤에만 문을 여는 작은 주점과 해물 전문 식당, 뷰티미용실, 노인의 집 옆에 들어선 저 이상한 서양식 술집까지. 모든 것이 노인의 기억 속에 남아 있는 마을과는 거리가 먼 모양새다. 거리뿐이 아니다. 아내도 자식들도 이 집이 내 집이라고 이구동성 같은 말을 하지만 노인은 도무지 집안 어디를 둘러봐도 눈에 익은 구석이라곤 없다. 도대체 언제 왜 우리가 이 집으로 이사를 했다는 것인지. 이사를 했다면 전에 살던 내 집은 어디에 있는 것인지. 아무리 생각해도 앞뒤가 맞지 않는다. 간혹 아주 머리가 맑을 때면, 뭉텅뭉텅 기억이 잘려나가고 있다는 걸 깨닫게 되지만 그는 가슴속에서 와글거리는 궁금증과 두려움에 대해 가족 누구에게도 쉽게 털어놓지 못한다. 어설프게 잘못 말을 했다간 정신나간 미친 늙은이 취급이나 받을 게 뻔하다는 걸 알기 때문이다. 불에 달군 쇠꼬챙이가 쿡쿡 머리를 찌르는 듯한 통증과 함께 최근의 기억이 잘려나간 자리에는 이상하게도 까마득히 잊고 살아온 예전의 일들이 새 살이 돋듯 새록새록 되살아난다. 특히 대여섯 살 무렵 어머니 손을 잡고 이사를 온 이후부터 줄곧 멱을 감고, 고기를 잡고, 물 밤을 따 먹으며 허기를 달랬던 방죽을 찾을 수 없다는 사실은 정말이지 참을 수 없는 불안으로 노인을 괴롭힌다. 수탑들 방죽은 물이 깨끗하고 고기가 많기로 소문이 나서 사철 낚시꾼이 끊이지 않았다.

왜정 때 이 마을로 들어와 수탑들을 거지반 차지하고 살던 왜인들은 저수지를 고쳐 양어장을 만들었다. 왜인들은 유별나게 생선을 많이 먹었다. 노인은 지금 아이만한 나이 때부터 왜인들의 땅에서 일을 했다. 마을에 동양척식회사 직원들이 드나들더니 얼마 안 가 땅들이 하나둘 동양척식회사로 넘어갔다. 그리고 왜인들이 들어와 그 땅의 주인이 되었다. 왜인들에게 억울하게 땅을 빼앗긴 이들은 도시로 떠나거나 멀리 만주로 가 독립운동을 했다고도 했다. 마을을 떠나지 않은 사람들은 어쩔 수 없이 왜인들에게서 땅을 빌려 농사를 짓거나 그들의 땅에서 일을 해야 했다. 그땐 참 지독히도 배가 고팠어. 그때의 허기증이 어제 일처럼 생생히 떠오른다. 왜인들이 들어오기 전이나 후나 노인의 집에는 땅이 없었다. 배를 곯지 않으려면 무슨 일이든 열심히 해야만 했다. 다행히 노인은 또래에 비해 힘이 좋고 건강했다. 한창 때 그는 장사 소릴 들으며 씨름판에 불려 다닐 만큼 힘이 좋았다. 그래서 가진 게 없어도 사는 게 겁나진 않았던 것 같다. 열일곱에 참하고 부지런한 색시를 얻어

장가도 들었다. 곧 아이가 태어나 식구가 늘었다. 하지만 그때까지도 살림은 조금도 나아지지 않았다. 그는 이제 자신의 허기보다 아내와 자식들을 먹이지 못하는 것이 더 견디기 힘들었다. 첫째가 태어나던 해에 일본이 전쟁에 지고 제 나라로 쫓겨 갔다. 그리고 그들이 떠나고 난 후, 소작하던 땅도 조금 나누어 받을 수 있었다. 하지만 오래지 않아 온 나라가 전쟁에 휩싸였다. 어제까지 형제고 이웃이었던 사람들이 하루아침에 적이 되고 원수가 되어 죽고 죽이는 참극이 거침없이 자행되더니 외국 군인들이 들어와 장안에 자리를 잡았다. 낯선 군인들이 마을을 드나들면서 흉흉한 소문이 세상을 떠돌았다. 얼굴에 숯검댕을 바른 미군들이 군화를 신은 채 아무 집이나 뛰어 들어 여자를 겁탈한다거나, 마을을 돌며 예쁜 처녀들을 골라 부대로 끌고 간다거나.

마을사람들은 피난을 가겠다고 하나둘 보따리를 쌌지만 어디에도 안전한 곳은 없었다. 정말이지 참혹하고 무서운 시절이었다. 그런 중에도 아이들은 태어났고 오뉴월 무순처럼 쑥쑥 자랐다. 그는 처음으로 사는 게 무섭다는 생각을 했다. 한 집에 가장으로 제 식솔들 입벌이에 허덕이는 자신의 처지가 한심하기만 했다.

"할아버지!"

아이가 자전거에서 내려 노인의 옆에 털썩 주저앉았다.

"어딜 싸댕기다 오능가?"

"공단에요."

"거긴 뭐 하러 그렇게 맨날 가? 차 위험한데."

"방죽은 없어요. 할아버지 살던 집도. 공장뿐이에요. 공장, 공장 또 공

15 ●

장."

"그려, 공단이 다 잡아먹었어. 방죽이고 집이고, 들 하나를 꿀꺽했다 니께……."

"알면서 왜 자꾸 찾아다니고 딴소리하고. 그러니께 노망났단 소릴 듣 죠."

"에끼! 이놈 너꺼정 그 소리냐, 고연 놈."

"알았어요. 내가 더 찾아볼게요."

아이의 대답이 노인의 말을 막는다. 이 아인 무슨 생각을 하는 걸까. 노인은 어린아이에게 쓸데없이 너무 많은 이야기를 해주었다는 생각 을 한다. 아이가 말을 배우기 시작할 무렵부터 아이는 노인의 훌륭한 말 벗이었다. 노인이 이야기를 시작하면 아이는 마치 그의 이야기를 다 이 해한다는 듯 수굿이 옆에 앉아 귀를 기울이곤 했다. 노인은 누군가가 자 신의 이야기에 귀를 기울이고 자신에게 집중해주는 그런 순간이 좋았 다. 젊은 시절 야학에서 잠시 배운 짧은 글로, 사랑방에 마실 온 동네 사 람들에게 이야기책을 읽어주면서 그는 사람들이 보이는 탄식과 눈물, 감탄 따위의 반응에 전율하곤 했었다. 하지만 아이는 어쩌면 이야기가 끝난 뒤 노인과 오토바이를 타게 될 순간을 기다리고 있었는지도 모른 다. 이야기가 끝나면 노인은 손자들이 어릴 때 그렇게 했듯 아이를 오 토바이에 태우고 바람을 쐬러 나갔다.

농사를 짓던 땅이 모두 없어지고 평생 한 번도 만져보지 못했던 큰돈 이 손에 들어왔을 무렵 노인은 오토바이를 샀다. 몇몇 친구들과 오토바 이를 타고 세상구경을 다니며 좋은 음식을 사먹고, 옆에 붙어 앉아 아양을 떠는 술집 아가씨들 손에 팁을 쥐어주면서 인생은 이래야 한다고 이게 진정한 사내의 삶이라고 헛된 호기를 부리던 때가 있었다. 하지만 그 친구들은 다 어디로 갔는가. 이제 노인의 곁에는 늙은 아내가 있을 뿐이다. 노인이 오토바이를 태워주던 손자들마저 다 장성하여 제 갈 길을 찾아 떠나갔다. 노인은 다섯 자식을 키우면서 정작 자신의 이야기를 한 번도 제대로 해준 적이 없었다. 올망졸망 하루가 다르게 자라는 자식들을 먹이고 입히고 공부시키는 일이 언제나 천근 같은 무게로 노인의 어깨 위에 얹혀 있었다. 그래서 자식들에게 그렇게 무뚝뚝했던가. 내가 공연히 어린 것들에게 골질을 하고 있었던가. 어째서 그 애들과 정다운 이야기 한 번 제대로 나눌 짬을 내지 못했던가. 자식들이 모두 떠나고 난 빈 둥지에서 노인은 자신의 삶이 그렇게 뿔뿔이 흩어져 날아가는 것을 바라보기라도 하듯 먼 허공을 응시한다.

방죽은 오래 전에 없어졌다. 마을에 재개발 계획이 전해지기 훨씬 전에 방죽은 도시에서 실어오는 쓰레기로 메워졌다. 매일 매일 도시의 온갖 쓰레기를 실은 차들이 마을 앞을 지나 방죽으로 들어갔었다. 마을 사람들은 쓰레기차가 들어오면 남들보다 먼저 새로 들어온 쓰레기를 뒤지기 위해 방죽으로 달려갔다. 쓰레기더미 속에서 그들은 공장에서 폐품 처리된 가루비누나 약간씩 흠집이 난 그릇들, 고물로 팔 만한 쇳조각 같은 것들을 건져냈다. 그리고 쓰레기장에서 주어온 식기에 음식을 담아 먹으며, 병원에서 나온 쓰레기더미에서 죽은 태아를 보았다거나 독한 산업폐기물이 아무런 안전조치 없이 마구 부어진다는 이야기들을 아무 일도 아니라는 듯 밥상머리 대화로 입에 올리곤 했다. 여름

내 마을에는 쓰레기 썩는 냄새와 파리가 들끓었다. 사람들은 어째서 그 일을 그냥 그렇게 견디어냈던가. 왜 아무도 안 된다고 말하지 않았던가. 생각해보면 수탐골은 이미 그때 버려지고 말았던 게다. 도시의 쓰레기들이 끝도 없이 방죽 물 속으로 부어질 때, 어째서 그 안에서 살고 있는 어린 생명들의 헐떡임을 조금도 느끼지 못했던가. 한 치 앞을 내다보지 못했던 눈먼 세월이 노인의 노쇠한 심신에 슬픔처럼 고인다.

아이는 발걸음을 떼기 시작할 무렵 이 마을로 왔다. 노인의 집 맞은 편에 사는 현암댁이 아이의 고모할머니뻘 되는 친척이다. 아이 아빠는 작은 사업을 하다가 상황이 나빠지자 고모인 현암댁에게 아이를 맡기고 새로운 일을 찾아 서울로 떠나갔다. 아이 부모는 무슨 일이 있어도 양육비는 보내겠다는 약속을 했지만 그 약속이 지켜진 것은 육 개월 정도였다. 하지만 다행스럽게도 그 일로 인해 아이가 굶주림을 겪는다거나 구박을 당하는 처지가 되지는 않았다.

현암댁은 무슨 일이건 참견하길 좋아해 푼수 없단 소릴 들을 망정 누구에게 야박하게 대할 줄은 모르는 여인네다. 게다가 아이의 아비는 그녀에게 유일한 친정붙이인지라 미워도 미워할 수 없는 처지였다.

현암댁이 살고 있는 수탐골 13길 구역의 주민들은 거의가 마을이 생기기 이전부터 이 땅에서 농사를 짓고 살던 농사꾼들이었다. 그들이 수확한 채소나 잡곡 따위를 가져다 팔곤 하던 이웃의 도시가 점점 커지더니, 마을을 낀 너른 벌을 도시의 일부로 편입시키겠다고 공표했다. 농사로 생계를 꾸리고 살아가던 마을사람들은 갑자기 목돈이 생기게 되자 벼락부자가 된 듯한 환상으로 흥분했고 아무도 이 계획에 반대하지 않았다. 평생 고된 노동과 참을성으로 일구고 가꾸어왔던 땅이 갑자기 돈으로 바뀌어 손에 들어오자 사람들은 그 돈이 주는 달콤한 마력에 취해 그 다음의 일들은 아무것도 생각하려 하지 않는 것 같았다. 그들은 비록 집은 낡고 허술할망정 널찍한 마당이 있고, 마당가에 몇 그루의 꽃나무나 과일나무가 있으며, 구석구석 손에 익은 세간이 쟁여져 있던 보금자리 대신 분할받은, 옹색하고 각진 땅에다 그들이 아는 한 가장 번듯하고 폼나는 집을 짓기 위해 아낌없이 돈을 썼다. 그리고 남은 돈은 장사를 한다거나 투자를 한다거나 하면서 찔끔찔끔 없애기도 했거니와, 적잖은 부분이 자식들 주머니로 야금야금 건너간 것 또한 인지상정이라 마치 화수분 같았던 보상금은 오래지 않아 그들의 손가락 사이로 모두 빠져나갔다. 이제 그들은 땅에 비해 지나치게 비대한 건물만 한 채씩 지니고, 농사꾼도 도시민도 아닌 채 농촌도 도시도 아닌 어정쩡한 마을을 이루어 살아가고 있다. 그리고 그들 속으로 외지 사람들이 들어와 가게나 식당을 열었다. 마을 옆에 조성된 거대한 공업단지는 하루가 다르게 늘어나는 가게나 식당을 먹여 살리고, 중노년층이 대부분인 마을 주민들에게도 청소나 공장식당의 주방일 같은 소소한 일자리를 제공해 준다.

그렇게 광역시민이 된 수탑골 사람들은 몸에 밴 내핍과 억척스런 생존본능으로 땅으로부터 받은 낙천성을 완전히 잃어버리지 않은 채 그럭저럭 살아가고 있다. 하지만 그들의 삶은 오래 전에 창고 속에 처박힌 쟁기나 호미처럼 정체된 채 낡아갈 뿐 어디에서도, 그 옹골진 삶의 고락이 빚어내던 신명은 찾아볼 수 없다.

아이는 대부분의 시간을 현암댁의 집과 담을 맞대고 있는 노인정 마당에서 보냈다. 마을회관을 겸하고 있는 노인정 마당에는 아이들을 위한 몇 개의 놀이기구와 어른들을 위한 운동기구, 그리고 몇 개의 벤치가 설치되어 있다. 하지만 아이들은 대부분 놀이방이나 유치원에서 하루를 보냈고, 어른들은 시간이 나면 방죽을 쓰레기로 메워서 만든 공원에서 운동을 하거나, 김밥이나 삼겹살을 싸가지고 나와 나들이 기분을 냈다. 노인정에 와서 시간을 보내는 노인들도 방에 모여 십 원짜리 고스톱을 치거나 윷놀이를 하며 시간을 보낼 뿐이었기 때문에, 가끔 마을 행사가 있을 때가 아니면 노인정 마당은 늘 비어 있었다.

거의 매일 노인정에서 시간을 보내면서 점심 식사까지도 그곳에서 해결하는 노인들은 어느 날부터인가, 마당에서 흙장난을 하거나 미끄럼틀 위에 앉아서 '안녕하세요'하고 인사를 건네는 낯선 아이를 만나게 되었다. 아이는 말을 할 수 있게 되면서부터 누구를 만나던 그렇게 인사를 건넸는데 그것은 말하자면 자신이 그렇게 하지 않으면 마치 투명인간이 된 것처럼 아무도 알은 체를 하지 않았기 때문에, 자신의 존재를 드러내 보이기 위한 필사의 노력인 셈이었다. 하지만 아이의 그런 인사에 대해 노인들은 별다른 반응을 보이지 않았다. 그저 보일 듯 말 듯 고개를 한 번 주억이거나 잠깐 시선을 돌려 아이를 바라보는 게 전부일 뿐 아무도 말을 걸거나 알은 체를 하는 사람이 없었다. 아이의 '안녕하세요'는 꽤 오래 그렇게 계속되었다. 그러다가 그 노인들 중 누군가가 '너는 누구냐? 어디 사는 아이야?'하고 아이에게 말을 걸었을 때 아이에게 걸렸던 투명마법은 드디어 풀렸다. 함께 있던 노인들은 모두 이 아이를 처음 보기라도 하는 듯 호기심 가득한 눈으로 바라보며 대답을 기다렸던 것이다. 그렇게도 열심히 인사를 건네던 아이는 정작 노인의 반응에 어찌 답해야 할지 몰라 그저 멍한 표정으로 노인들의 시선을 받아내고 있을 뿐이었다. 그때 마침 담장 너머로 고개를 내밀어 아이를 찾던 현암댁이 '내 손자요'하고 거들지 않았다면 아이는 그만 울음을 터트리고 말았을 것이다. 현암댁이 노인들에게 아이를 돌보게 된 내막을 시시콜콜 늘어놓는 동안, 아이는 다행히 노인들의 호기심으로부터 놓여나 제 놀이를 계속할 수 있었다.

노인은 아이가 놀이터에서 노는 모습을 거의 처음부터 자신의 집 뜰에서 지켜 보아왔다. 아이는 혼자 노는 데 익숙해 보였다. 아이의 놀이를 가만히 지켜보고 있다 보면 그 놀이 속에 보이지 않는 인물들이 꽤 많이 놀이의 구성원으로 등장한다는 걸 알 수 있었다. 그 많은 가상의 인물들을 지휘하는 아이의 행동은 활발하고 진지했다. 노인은 조용히 아이를 지켜보며 놀이의 흐름을 읽어내는 재미에 빠져들곤 했다. 그러다 보면 아이가 놀이에 몰두해 있을 때의 움직임과, 싫증을 내고 있을 때의 태도, 뭔가에 심술이 나 있을 때의 습관 같은 것들이 읽혀졌다. 노인은 아이가 혼자만의 놀이에 지쳐갈 때쯤 아이에게 다가가 '오토바이 태워주련' 하고 말을 걸었다. 노인의 얼굴을 빤히 쳐다보던 아이가 풀썩 말을 건넸다.

"할아버지 앞집에 살죠?"

"그래, 너도 날 봤니?"

"네, 할아버지 오토바이 잘 타요?"

"아무렴. 한 번 타보련?"

노인은 아이를 앞자리에 태우고 동네를 한 바퀴 도는 것으로 아이와 마음을 텄다. 그 후로 노인과 아이의 오토바이 동행은 거의 매일 계속되었고, 시간도 점점 길어졌다. 대신 아이가 혼자 노인정 마당에서 노는 시간은 점점 짧아졌다. 아이는 오토바이를 타지 않을 때도 노인의 주변을 맴돌며 재잘대는 것으로 시간을 보냈던 것이다.

'키다리식품'이라는 간판을 이마에 붙인 김치공장 앞에서 아이는 '도너츠미디어' 쪽으로 갈까 '비웰팜' 쪽으로 갈까 잠시 망설인다. 도너츠, 쪽은 집으로 가는 직선도로지만 '한성유통' 앞에서 대형 트럭들 사이를 비집고 헤쳐 나가야 하는 부담이 있다. 아이는 검은 기름이 뒤엉킨 먼지를 뒤집어쓰고 있는 거대한 차량들의 행렬과 마주치면 본능적인 두려움으로 몸이 움츠러든다. 하지만 '비웰팜' 쪽은 너무 멀다. 오늘처럼 방죽공원과 공단을 샅샅이 뒤지고 다닌 날은 그 거리가 더욱 멀게 느껴진다. 수도 없이 여러 번 맴돌았던 공장 숲을 아이는 아득하고 망연한 시선으로 바라볼 뿐 쉽사리 방향을 잡지 못한다. 아이는 어쩌면 할배가 들려주던 이야기 속에서처럼, 어떤 동굴이나 복잡한 터널을 지나면 불쑥 나타나는 환상 속의 공간을 찾고 있는지도 모른다. 이 거대한 공단 숲의 어딘가에 과거로 통하는 비밀의 문 같은 것이 있어 그 문을 지나면 할배가 얘기해주던 방죽과 넓은 들과, 낮은 동산 위 느티나무 그늘에 서면 오롯이 내려다보이는 마을이 나타날 것만 같아 매일 공단의 구석구석을 누비고 다니는 것이다. 할배는 하루하루 조금씩 사그라드는 불꽃처럼 쇠약해져 가고 머릿속의 기억도 점점 지워져서 언제 아이의 존재마저 잊게 될지 모른다. 아이는 알 수 없는 조급증으로 마음을 졸이며 한성유통 쪽으로 방향을 잡는다. 아이가 차량의 행렬을 뚫고 택배회사 앞을 벗어나 다음 블록으로 들어섰을 때 전신주와 '윈스틴' 건물 사이에 죽은 고양이 시체가 바람에 쓸려온 먼지와 낙엽, 지푸라기 같은 쓰레기더미와 뒤엉켜 있다. 아이는 그 위에다 마른침을 한 번 퉤 뱉고 자전거의 페달을 힘껏 밟는다. 자전거가 잠깐 중심을 잃고 삐끗했지만 곧바로 속력이 붙으며 쏜살같이 앞으로 내달렸다. 멀지 않은 곳에서 구급차의 애끓는 사이렌 소리가 바람결처럼 아이의 귓가를 스쳤다.

이 편한 세상

이 편한 세상

　하늘은 맑고 공기는 신선하다. 명은 가만히 입속으로 말을 굴려본다. 간간히 불어오는 바람이 맨살을 스칠 적마다 아련한 매연 냄새와 동글동글한 질감으로 살에 와 닿는 공기의 무게가 싫지 않다. 9월 중순이다. 이제 질긴 가을장마가 물러갈 때도 되었지.

　팔월 초에 시작한 늦장마는 서너 번의 태풍과 해일로 온 들에서 익어가는 과일이며 곡식들을 진구렁에 쓸어 넣고, 해변의 건축물과 고깃배들을 마구 부숴댔다. 설익은 과일들이 즐비하게 바닥에 떨어진 모습이며, 해변의 건축물과 고깃배들이 장난감처럼 부서져 나가는 모습이 티브이 뉴스 시간을 채우는 동안, 도시의 시민들은 무슨 천기라도 누설하듯 음울하게 이즈음의 이상기후에 대해 수군거리곤 했다. 근래 들어 해마다 날씨는 더 춥거나 더웠고 눈이 오면 폭설이요, 비가 오면 폭우인데, 이것은 여간 심상찮은 징조가 아니라는 것이다.

행인들의 옷차림은 아직 여름이다. 도로변의 버스승강장 안내 모니터를 중심으로 꽤 많은 사람들이 서성서성 버스를 기다린다. 모니터에서는 2~3초 정도의 일정한 간격으로 깜빡깜빡 새로운 정보를 전송한다. 무표정하게 서 있던 사람들은 가끔씩 모니터로 시선을 옮겨 자신이 탈 버스가 올 시간을 확인한다. 명은 인도 안쪽에 비치한 장의자에 앉아 버스를 기다리며 망연히 거리를 바라본다. 마치 시선이 마주치는 걸 겁내기라도 하듯 애써 서로의 눈길을 피해 허공을 응시하는 사람들 속에서, 명은 마주보고 서 있는 젊은 남녀를 찾아낸다. 둘은 무엇인가 쉼 없이 소곤소곤 이야기를 나눈다. 자신보다 머리 하나쯤은 커 보이는 사내애를 올려다보는 소녀의 눈길이 애틋한 정감으로 반짝인다.

이만하면 됐지 않느냐고, 명은 자신에게 속삭인다. 이제 여름은 가고 있고 공기는 가벼운 새털처럼 보송보송하지 않은가. 기형도의 하늘은 딱딱한 널빤지였고 공기는 더러운 담벼락 같았다. 그의 시는 그 딱딱한 공기 속에서의 헐떡임이었던 것일까. 명은 어제 산 시집을 떠올린다. 시집을 사들고 첫 시를 읽은 다음 약력 란에서 그의 탄생년도와 사망년도 사이를 손가락을 짚으며 계산했었다. 그에 따르면 그는 스물아홉 해를 살았다. 그에게 공기는 너무 딱딱하고 무거웠다. 명은 쉰다섯이다. 아직 살아서 바람이 선들선들 가볍다고 생각한다. 명은 자기도 모르게 가슴 위에 손을 얹는다. 마치 심장이 뛰는 소리를 확인이라도 하려는 듯. 지금 이 시간에도 누군가는 이 공기가 버거워 헐떡이며 옥상 난간으로 올라서거나 아파트 베란다의 창틀을 넘을 것이다. 그는 수능시험 공부를 하다 갑자기 투명 비닐봉지가 척 얼굴에 달라붙는 것 같다고 하소연하던 고등학생일 수도, 한 평짜리 고시원에서 삼 년째 공무원시험 공부를 하던 취업준비생일 수도 있다. 아니 오랜 기간 친구들로부터 집단 따돌림과 폭력에 시달리던 중학생이거나 백점을 받지 못한 시험지에 부모의 도장을 받아야 하는 초등학생이었다고 해도 놀랄 일이 아니다. 공기는 언제든 누구에게든 유리처럼 단단해질 수도 실리콘처럼 말랑거리며 숨구멍에 달라붙을 수도 있다.

하지만 지금 명이 숨쉬는 공기는 맑고 부드럽다. 그녀는 오늘 오랜 만에 외출을 한 것이다. 얼마 전 함께 해외여행을 떠났던 이들과의 만남이 있었다. 사람들은 때로 자신에 대해 아무것도 모르는 사람들 속에 있을 때 위안을 얻는다. 명에게 그들과의 첫 만남은 그런 것이었다.

명은 조금 전에 건너온 횡단보도 너머에 우뚝 솟아 있는 리베라 호텔을 올려다본다. 리베라 호텔 뷔페에서 만난 토마스는 폐암 수술을 하고 두 번째 항암 주사를 맞았다고 했다. 그는 몸피가 약간 준 것 말고는 비교적 건강해 보였다. 그 자리는 토마스가 호주 여행을 함께 했던 이들을 초대해, 자신이 병원에 있는 동안 관심을 보여줬던 것에 대한 보답으로 식사 대접을 하는 자리였다. 그들은 서로 인사를 나누고 그간의 안부를 묻고 하는 사이, 그 자리가 토마스의 암수술과 연결된 모임이라는 걸 잊은 듯, 여행지의 가볍고 자유로웠던 분위기를 홀연 재연해내곤 했다. 하지만 곧 이성을 회복해 토마스의 무사귀환을 축하하고 빠른 쾌유를 바란다는 인사가 오고갔지만, 식사 분위기는 자주 토마스의 암수술에 대한 배려를 잊은 채 화들짝 부풀어 오르곤 했다. 토마스의 암은 그들에게 식사를 해칠 만큼 무겁지 않았고, 요리는 나무랄 데 없었던 것이다.

식사가 거의 끝나갈 무렵 토마스는 혼잣말처럼 웅얼웅얼 자신의 이 야기를 시작했다.

'병이 걸리기 전에는 얼마든지 담담하게 죽음을 맞을 수 있을 거라고 자신했어요. 살 만큼 살았잖아요. 아무 미련이 없을 거라 생각했지. 무 슨 미련이 있겠나 나 같은 사람이. 그런데 막상 암이란 말을 들으니 그 게 아닙디다. 겁이 났어요. 죽는다는 건 모든 게 끝이라는 거거든. 그게 막상 코앞에 닥치니까 벼락같이 가슴을 칩디다. 이 세상에 태어나서 숨 을 쉬고, 밥을 먹고, 사람을 만나고, 사랑을 하고, 자식을 낳아 기르 고……. 그렇게 살면 되는 건데. 그리 살다 보면 저 죽을 날은 저절로 알 게 되는 건데……. 핏기 있을 땐 그게 참 하찮고 시시해 보이더란 말이 오. 도대체 그 긴 세월을 뭐에 홀려 살았던 건지 모르겠소. 그 시절에 내 가 아무도 없는 빈집에서 혼자 죽게 될지도 모른다는 걸 어찌 생각이나 할 수 있었겠소.' 낮은 톤으로 조용조용 풀어내는 토마스의 말이 천천 히 공중에서 유영하고 있었다. 명은 마치 그의 말을 귀로 듣는 것이 아 니라 눈으로 보는 듯했고, 공기 중에 스며들어 선뜻선뜻 살갗을 스치는 것 같았다. 명은 안다. 죽음이 코앞에 다가왔을 때 그가 느꼈을 그 두려 움. 그가 무섭다고 말하는 것. 그 참혹한 외로움을. 의사로부터 '당신은 암에 걸렸습니다'라고 말하는 걸 들어야 하는 자리. 그렇게 불쑥 실체 를 드러낸 죽음과 마주한 순간에도 그는 혼자였을 것이다. 그는 오랫동 안 혼자 살아왔다. 음악교사였던 젊은 시절에 미국으로 보냈다던 아내 와 자식들은 끝내 그의 곁으로 돌아오지 않은 모양이었다. 분명하게 그 이유를 말하지는 않았지만 혼자 살고 있다는 걸 그는 종종 아무 일도 아니라는 듯 얘기하곤 했었다. 유별나다 싶을 만큼 깔끔하고 단정해서 혼자 사는 노인이라는 선입견을 갖게 하는 인상은 아니지만, 불쑥불쑥 드러나는 결벽과 과장된 자기 변호, 시시때때로 수업의 흐름을 끊는 반어적 질문과 자기 주장. 같은 행동들이 혼자 살아온 이의 외돌아진 성정을 드러내곤 했다.

여행에서 돌아와 닷새쯤 지났을까, 그들은 메시 정으로부터 핸드폰 메시지 하나씩를 받았다. '토마스 선생님께서 어려운 수술을 받게 되었다고 하니, 위로와 격려 메시지 부탁드립니다.' 그랬다. 한 학기 동안 열다섯 번쯤 만나 같은 강좌를 듣고, 6박7일간의 해외여행을 하면서 그들은 일행 중 한 명이 어려운 일을 당했을 때, 격려 메시지 하나쯤 날려줄 만큼의 인연을 쌓은 것이다. 메시 정의 문자를 받고 놀란 일행들이 급히 모여 앞뒤 정황을 듣고 상의를 했지만 서울에서 수술을 기다리고 있다는 그에게 '수술 잘 받고, 쾌차하시길 빕니다.' 따위의 핸드폰 문자 하나쯤 날리는 것 말고는 딱히 할 수 있는 게 없었다. 그 문자는 토마스의 조카가 보고 그에게 전해줄 것이며, 보호자 이외의 누군가가 병문안을 간다고 해도 환자를 직접 볼 수는 없을 거라는 게, 메시 정의 설명이었다. 일행은 그 자리에서 몇 만 원씩 거출을 해 메시 정에게 맡기고 헤어졌었다. 그녀가 서울 가는 길에 잠깐 병원에 들러 토마스의 조카를 만나보겠다고 했기 때문이다. 그리고 열흘쯤 지난 후 토마스의 조카라는 이로부터 수술은 무사히 끝났으며 아저씨도 순조롭게 회복중이라는 답신을 받았다.

여행을 떠날 때 토마스는 사흘간 입원해 건강검진을 받고 곧바로 합류했다고 말했지만 별로 피곤한 기색을 보이지 않았다. 일행은 모두 그저 일상적인 검진이려니 했기 때문에 별다른 염려를 하지 않았고, 여행을 다니는 동안 그의 건강검진에 대해서는 까맣게 잊어버렸다. 어쩌면 토마스 자신조차 건강검진 따위는 있고 있었을지 모른다.

명은 겨울도 봄도 아니던 이월의 어느 날 아파트 베란다를 통해 보이는 C대학교의 평생교육원에서 수강생을 모집하기 위해 내건 플래카드를 보았다. C대학에서는 봄가을로 늘 하던 일이었을 텐데, 명의 눈에 그것이 구체적인 의미를 가지고 들어온 건 처음이었다. 명은 산책길에 무작정 평생교육원 행정실을 찾아갔다. 담당자가 내준 팸플릿에는 별의별 수강과목들이 빼곡히 적혀 있었다. 명은 그 중에서 〈외국여행을 위한 필수 영어〉라는 제목이 달려 있는 과목을 신청했다. 아마 오랫동안 직장생활을 하면서 제대로 된 해외여행 한 번 해보지 못했다는 생각이 머리를 스쳤을 것이다. 30년이 넘는 세월을 은행 민원실에서 보냈다. 하반신을 차단대 아래 숨긴 채 상체만 불쑥불쑥 앞으로 들이밀며 업무처리를 요구하는 사람들을 상대하면서, 명은 흡—하고 숨을 멈추게 되는 순간 숨을 고르듯 다짐하곤 했었다. 이곳을 떠나면 반드시 두 발로 뚜벅뚜벅 걸어 세상 속으로 들어가리라. 아무도 나를 똑바로 내려다보며 무엇을 해내라고 요구하지 못하도록 꼿꼿이 서서 세상을 바라보고 가고 싶은 곳이라면 어디든 떠나갈 것이다.

명이 아직 젊었고 그녀의 직장이 많은 이들의 선망이던 때, 그 직장은 그녀가 일과 가정을 모두 갖는 걸 허용하지 않았다. 결혼과 일, 둘 중 하나를 선택해야 하는 시점에서 그녀는 다른 이들의 선망의 대상인 직장을 버릴 용기가 없었다. 그녀가 그곳에서 벌어오는 돈에는 가족이라는 이름으로 얽힌 네 명의 밥과 미래가 매달려 있었다. 당시 그녀를 둘러싼 공기는 가족에 대한 헌신을 그녀의 삶에 주어진 하나의 신성으로 부각시키고 있었다. 그녀는 그 신성한 의무에 충실했고 그 자부심이 그녀의 삶을 지탱했다. 하지만 그녀의 신성한 가치를 끝없이 부각시키고 있던 아버지와 어머니가 모두 세상을 떠나고 동생들 또한 각자 독립해 그녀의 곁을 떠나고 났을 때, 그녀는 혼기를 한참 지난 중년 여자의 모습으로 덩그러니 혼자 남았다. 무엇보다 긴 세월 그녀에게 편안하고 익숙한 타성을 만들어 주었던 직장에서마저 퇴직을 하고 나니, 마치 낯선 혹성에 홀로 내던져진 것 같았다. 질긴 고삐처럼 그녀를 묶고 있던 직장과 가족들로부터 온전히 놓여나 혼자가 되었을 때, 그녀는 자신이 알고 있는 세계는 은행의 민원실과 가족들이 함께 살던 집뿐이라는 걸 깨달았다. 그녀는 자신이 마치 거대한 기계에서 빠져나온 낡은 부속품 같다고 생각했다. 모든 것이 치밀하고 완벽하게 갖추어져 있는 거대한 조직체의 일부로, 자신에게 주어진 일에만 집중할 수 있을 때 명은 자신이 완벽한 존재라고 생각했었다. 그녀는 자신에게 주어진 일을 누구보다 깔끔하고 빈 틈 없이 처리할 줄 아는 유능한 사원이었다. 그것으로 그녀는 집에서도 사회에서도 당당하게 제 몫을 다하는 존재로 인정받았다.

　집에서는 그녀가 한 달 동안 직장에서 일한 대가로 받아오는 월급봉투가 그녀의 모든 것을 대변했다. 가족들은 명에게 그 외의 어떤 역할도 바라지 않았다. 그들은 명의 일상생활에 필요한 사사로운 일들, 예컨대 아침에 몇 시에 눈을 뜨고, 잠자리에서 일어나 제일 먼저 무엇을 해야 하는지, 아침 식사는 무엇을 먹고 출근할 때 옷은 어떤 걸 입을지, 점심에는 무엇을 먹으며 저녁 때 퇴근을 하면 누구를 만나고 몇 시에 집에 와야 하는지에 대해 알아야 하고 참견하는 게 당연하다고 생각했다. 그것은 말하자면 병약하고 무능한 아버지를 대신해 일용할 양식을 책임지고 있는 명에게 주어진 권리의 대가인 동시에 또한 배려이기도 했다. 그녀에 대한 지극한 애정이며 관심이라는 명분을 가지고 이루어지는 이러한 간섭들은, 그녀만의 사적인 행동이나 사고방식을 아주 쉽게 무너뜨렸다. 그녀에게는 가족들의 평판으로부터 자유로운 친구도, 가족애라는 투철한 상식을 벗어난 어떠한 행동도 가능하지 않았다. 하지만 어항 속에서 태어나 그 속에서 살아가는 금붕어처럼 명은 아무런 거부감 없이 그 생활에 길들여졌다. 은행창구에 갇혀 일하는 동안 그녀가 무슨 꿈을 꾸었던 그녀는 어항 밖의 삶에 대해 어떤 경험도 지식도 없는 어항 속의 물고기일 뿐이었던 것이다.

명이 인터넷 주식 거래를 시작한 것은 아마 그러한 정황들과 맞닿아 있을 것이다. 무엇으로 채워야 좋을지 모를 텅 빈 시간들. 끝없이 밀려드는 가닥이 잡히지 않는 잡념과 불안감 같은 것들로부터 그녀를 끄집어내, 확고하게 눈앞에 드러나는 수치로 결과를 보여주는 인터넷 주식 거래는 그녀에게 꽤 만만해 보이는 일이었다. 더구나 자신이 은행원 출신이라는 자부심은 그녀에게 근거 없는 자신감을 불어넣었다. 하지만 그것이 그녀에게 승리감까지 안겨주지는 않았다. 주식에 몰두해 있던 삼 년 동안 그녀의 퇴직금 통장은 거의 바닥이 드러났다.

명이 신청한 강좌에는 스무 명 정도의 수강생이 있었다. 수강생들은 예순 살은 족히 넘어 보이는 남자들과 중년 주부들이 주류를 이루고, 드문드문 앳된 얼굴이 눈에 띄었다. 사십대 초반쯤으로 보이는 여자 강사는 자기보다 나이가 많은 수강생들이 불편해 하지 않도록 하기 위해 많은 신경을 썼다. 각자 자기 소개를 하는 첫날 초로의 남자 수강생들은 공무원이거나 학교 교사였던 자신의 전직을 필요 이상으로 장황하게 이야기하곤 했는데, 그것은 그들이 현재의 자신이 아무것도 아닌 것처럼 생각되고, 또 그런 현실을 받아들이기 힘들어 전전긍긍하고 있다는 사실을 확인시킬 뿐이었다. 명은 그들이 스스로를 완벽한 조직에서 떨어져 나온 낡은 부속품처럼 느끼고 있다는 걸 한눈에 알아보았다. 젊은 강사는 나이 많은 수강생들이 강조하는 그들의 전직에 대해 아낌없는 존경을 표하는 것으로 그들을 안심시켰다. 그리고 메시 정이라고 자신을 소개하면서, 영어회화를 하려면 영어식 이름을 하나씩 갖는 게 좋다고 말했다. 그리고 '사용하기 좋은 잉글리시 네임 목록'이라고 쓰인 파일을 스크린에 띄워 주었다. 수강생들은, 평소 생각해 두었던 이름을 내놓거나 스크린에 띄워진 파일 목록 중에서 하나씩을 골라 가졌다. 그렇게 해서 '외국여행을 위한 필수 영어반' 수강생들은 한 학기 동안 자기 자신에게조차 낯선 영어 이름으로 대화 연습을 하거나 강사가 알려주는 간단한 문장을 반복해 연습하는 방식의 수업을 받았다. 그들은 서로의 본명조차 알려주거나 익힐 기회를 갖지 못했기 때문에 그 어색한 영어 이름으로 서로를 기억하는 수밖에 없었다. 그런데 일주일에 한 번씩 만나 두어 시간씩 영어공부를 하는 강좌가 막바지에 이를 무렵, 누군가 농담처럼 현장학습을 떠나자는 말을 꺼냈을 때 뜻밖에도 꽤 많은 수강 생들이 기다렸다는 듯 호응을 보냈다.

그 여행은 마치 한적한 공원 벤치에서 만나 잠시 한담을 나누던 낯선 이웃들이, 헤어지기 섭섭하니 소주나 한 잔 하자고 포장마차로 발길을 돌리듯 그렇게 갑작스럽게 이루어졌다. 여행사 홈페이지에서 적당한 여행패키지 프로그램을 찾아내 소개를 하고, 여행계획서를 만들어 여 행에 필요한 제반 사항을 준비시키는 일은 메시 정과 토마스가 맡아서 처리했다. 토마스는 우리나라에 기러기아빠라는 신조어가 생기기도 전에 아내와 아이들을 미국에 보내고, 혼자 살아오면서 방학 때면 빠짐 없이 해외여행을 다녔다던 음악교사 출신의 노신사로, 왜 이 강좌에 등 록했는지 이해가 안 될 만큼 영어를 잘했다. 여행에 동참한 수강생은 메 시 정과 토마스를 포함한 여덟 명이었다. 그들은 여행사에서 팀 구성을 위해 합류시킨 일곱 명의 다른 멤버와 공항에서 만나 함께 출발했다.

— 저기 왼편으로 보이는 바다가 로즈베이입니다. 해변 쪽으로 요트 들이 정박해 있는 모습이 보이죠? 반대편 언덕의 주택가는 오스트레일 리아에서 가장 땅값이 비싼 지역으로 알려져 있죠. 그야말로 갑부들만 사는 동네입니다. 웬만한 한국 부자들이 왔다가 명함도 못 내밀고 가는 곳이죠. 이 해변이 로즈베이라고 불리게 된 건, 초기의 이주민들과 원 주민 간의 전투에서 죽은 원주민들의 피가 바다를 붉은 장밋빛으로 물

들였기 때문이라고 합니다. 초기에 유럽에서 이곳으로 온 이주민들이 죄수와 군인들이었다는 건 알고 계시죠? 하지만 이제는 이곳에 사는 주민들이 자식들에게 그렇게 설명하지는 않죠. '영국인들이 이곳에 와 자리를 잡으면서 그들이 옮겨 심은 붉은 장미가 바다 주변을 아름답게 수놓았기 때문에 로즈베이라고 불리게 되었단다.'

톰슨박이라고 자신을 소개한 현지 가이드는 익살이 담긴 서툰 성대모사로, 관객들의 머릿속에 잠시 전 자신이 심어놓은 핏빛 바다의 이미지를 성급히 지워내려 한다. 외국에서 온 관광객이란 단순한 호기심으로 가해자와 피해자 사이에 끼어든 의도적인 타자들이다. 그들은 이 땅이 지닌 원죄의 기억을 완전히 덮으려고도 깊이 관여하려고도 하지 않는다. 다만 들어 알면 그뿐이다.

"한국 사람은 하나도 없습니까? 어느 정도 부자여야 저 동네에 살 수 있는 건데요?"

"유명 연예인 한 명이 이곳에 집을 샀다는 얘길 듣긴 했어요. 하지만 그건 그 사람 허영심을 채워주는 데 도움이 될지는 몰라도 여기 생활을 제대로 누리진 못할 걸요. 유럽 부자의 생활이나 사고방식은 사실 한국하고는 많이 다르거든요. 한국 부자들은 돈이 있어도 여기 생활을 즐길 줄 몰라요. 유럽 귀족들이 즐기는 문화라는 건 하루아침에 만들어진 게 아니거든요."

"죄수와 군인들이었다면서 귀족은 무슨, 못된 무뢰배들이 어줍잖은 흉내나 내는 게지."

"자본주의 귀족은 돈과 시간이 만드는 거지 무슨 혈통으로 되는 게 아니거든요. 특히 오스트레일리아는 더하죠. 흔히 말하지 않습니까? 호주에 와서는 과거를 묻지 마라. 이 땅에 과거는 없다. 미래만 있을 뿐이다. 실제로 이 나라에서 개인사를 함부로 묻는 건 금기에 가깝습니다. 아무리 가까워져도 본인이 말하지 않는 개인사는 묻지 않는 게 불문율이죠."

앞에 앉은 제임스와 현지 가이드인 톰슨박이 나누는 이야기 소리가 뒷자리까지 우렁우렁 들려온다. 톰슨박은 유학생으로 이곳에 왔다가 관광 가이드로 주저앉았다고 했다. 그는 공항에서 일행을 태우고 숙소로 가는 도중 호주에 대한 기본적인 안내를 시작하기도 전에 오늘 아침 한국 뉴스에 무엇이 나왔으며, 현재 한국 정부의 정책이 얼마나 형편없이 돌아가고 있는지에 대해 일장 연설을 늘어놓다가 한바탕 곤욕을 치렀다. 그가 왜 고국에서 온 관광객을 만났을 때 그런 행동을 하는지 모르지만, 한국에서 지겹도록 듣고 떠들던 정치 잡설일망정, 이국땅에 와서 제 나라 여행객을 상대로 돈벌이를 하며 살아가는 젊은이가 거친 욕설처럼 한국에 대해 떠벌이는 걸 듣는 건 뭐라 말할 수 없이 불편하고 불쾌했다. 그리고 차 안에 있는 누구도 그 감정을 숨기려하지 않았다. 그들은 그 모든 불편한 것들로부터 방금 떠나온 여행객이 아니던가. 다행이 가이드는 상황 파악이 빠른 사람이었다. 호텔에 짐을 풀고 다음날 아침에 만난 그는 언제 그랬느냐는 듯이 유능하고 사려 깊은 관광 안내원으로 되돌아와 있었다. 어제의 실수에 대해 정중히 사과하고 해명하는 것도 잊지 않았다. 외국에 나와 살면서 온통 고국 쪽으로 관심을 기울이고 살아갈 수밖에 없는 이민자들의 딱한 사정에 대해서도 제법 설득력 있게 설명했다. 그의 솔직한 태도에 여행객들의 마음은 쉽게 풀렸다. 현지 가이드와 여행객들 사이에는 금세, 타국에 나와 고생하는 젊은이를 대하는 모국의 어르신들이 가질 법한 연민과, 고국에 두고 온 친지를 그리는 이민자의 정성이 끈끈하게 어우러졌다. 그들은 5박6일간 관광명소들을 돌며 가이드의 설명에 따라 감탄을 하고, 사진을 찍고, 가벼운 농담에도 까르르 까르르 즐거운 웃음을 날렸다. 그리고 날이 저물면 호텔 근처로 돌아와 가이드가 예약해 놓은 식당에서 저녁을 먹었다. 그러는 사이 여행자들의 기억 속에는 로즈베이의 핏빛 장미, 파도 사이로 잠깐 솟구쳤던 고래의 무리, 작은 우리에 갇혀 여행객들의 사진 들러리가 되었던 코알라와 캥거루, 시드니의 어디를 가도 조망이 가능했던 오페라하우스 같은 것들이 새겨졌다.

아마 여행 일정의 마지막 날 밤 그 술집에서의 일들을 뺀다면 일행에게 호주 여행은 아무것도 아니었을지 모른다. 그저 흔하디흔한 패키지 여행. 그 이상도 이하도 아니었을 것이다. 우리 여행의 마지막 밤을 멋지게 장식하자며 일행을 호텔 근처의 작은 술집으로 이끈 것은 마이클이었다. 일행이 간 술집 간판에는 커다란 올빼미 머리가 그려져 있었다. 누군가가 한국에도 체인점이 있다며 아는 체를 했다. 초저녁인 탓인지 어둠침침한 실내는 거의 비어 있었다. 그들은 큰 탁자가 있는 구석자리에 자리를 잡았다. 그 특별한 모임에 함께한 사람은, 한 학기 내내 틈만 나면 자신의 재력을 과시하며 호기를 부리던 제임스, 이번 여행의 기획자였던 토마스, 전직이 행정 공무원이었다고 자신을 소개했던 마이클, 현직 간호사인 아바, 병역을 마치고 복학 전에 잠시 쉬고 있는 아들과 함께 온 로즈 여사, 그리고 명과 메시 정이었다. 로즈 여사의 아들은 공항에서 만난 멤버들과 어울리고 있을 것이다. 그 팀은 로즈 여사의 아들 또래인, 두 딸과 엄마가 함께 온 그룹과 신혼여행을 온 젊은 부부, 그리고 두 명의 나 홀로 여행자로 구성되어 있었다. 로즈 여사의 아들은 여행 내내 나 홀로 여행자인 두 여성과 어울렸다.

머뭇머뭇 어색하게 시작한 술자리였지만 분위기는 금세 무르익었다. 한 학기짜리 평생교육원 강좌에서 만나 외국여행까지 함께하게 되다니 이건 보통 인연이 아니라고, 넉살좋은 제임스가 먼저 입을 열었고 모두들 고개를 끄덕여 동의했다. 무엇보다 한 학기 동안 상냥하고 적극적인 호의로 여기까지 이끌어준 교수님에게 박수로 고마움을 전해야 한다고 메시 정을 추켜세우며 일행을 부추기는 바람에 그들은 외국의 조용한 술집이라는 것도 잊고 짝짝짝 요란한 박수로 한바탕의 소요를 만들어 내기도 했다. 메시 정은 그들의 교수이고 실제적인 리더였지만 가장 나이가 어렸다. 그녀는 미국에서 의상디자인을 공부하기 위해 6년쯤 체류했던 경력으로 대학의 평생교육원이나 문화센터 같은 곳에서 영어회화를 가르치고 있었다. 그녀는 학기 중에도 이런저런 구실을 만들어 야외수업을 한다거나 인터넷 카페를 활용해 유대감을 키우는 따위의 노력으로 강좌를 활성화하는 데 공을 들였다. 이미 세상 한 편으로 밀려나고 있다는 자괴감을 얼마쯤 안고 살아가는 노년의 수강생들에게 젊은 강사의 그런 노력은 꽤 적절한 처신이었던 듯, 대부분의 수강생들은 메시 정에게 호감을 가졌다.

"그 동안 꽤 많은 여행을 했다고 자부했는데 이런 여행은 처음이에요. 정말 좋아요. 갑자기 내가 참 바보같이 살았다는 생각이 들어요. 원체

술을 즐기지 않으니까 한국에 있을 때도 잘 안 가지만 여행 중에 이렇게 술집에 오는 건 꿈에도 생각 못했어요. 여행 중에 이런 재미도 있다는 걸 이제야 알았네요."

토마스가 사뭇 들뜬 표정으로 주변을 두리번거리며 말했다.

"반장님 표정이 꼭 생전 처음 놀이공원에 간 어린아이같이 해맑네요. 정말 여행 중에 한 번도 이런 데 안 가 봤어요? 그럼 도대체 그 동안 뭘 하고 살았대요?"

고지식한 토마스를 놀리는 게 취미인 제임스가 배꼽을 잡는 시늉을 하며 그의 시선을 쫓아 실내를 둘러본다. 어둠침침한 황색 불빛이 고여 있는 눅눅한 공간을 노란 색 어깨걸이 티셔츠와 빨간 색 짧은 반바지를 입은 여종업원이 천천히 오가며 주문을 받거나 음식을 나르고 있다. 그녀는 백인 여성이라고 하기 민망할 만큼, 옷 밖으로 드러난 살갗이 짙은 갈색으로 그을린데다 맨살을 뒤덮은 노란 털 때문에 다소 지저분한 느낌을 주었다. 하지만 훤칠한 키와 볼륨감 있는 몸매, 순박한 미소를 띤 얼굴은 제법 밉지 않은 인상을 주었다. 사방 벽에는 각가지 모양의 술병과 짤막한 홍보 문구가 담긴 광고지가 나붙어 있고, 술집 한 가운데 설치된 진열대 위에도 다양한 술병들로 가득 차 있다. 술집의 그 묘하게 어수선한 분위기는 거부할 수 없는 흡인력으로 음주를 부추기는 것 같았다. 탁자 위에 술병이 쌓여 갈수록 잔을 비우는 속도는 점점 빨라졌다. 제임스가 기념촬영을 해야 한다며 옆으로 지나가는 여종업원을 불러 세운 건 아마 분위기를 좀 바꿔보자는 의도였을 것이다. 그녀가 선뜻 제임스와 토마스 사이에 서서 포즈를 취했다. 제임스가 함께 사진을 찍자며 마이클을 일으켜 세우려 했을 때 그는 이미 꽤 많이 취해 있었다. 아니, 어쩌면 전혀 취하지 않았는지도 모른다. 그는 마치 혼자서 먼 곳을 헤매고 온 사람처럼 멍한 표정으로 제임스를 올려다보았다.

"이런, 이 양반 많이 취하셨네. 혼자서 마냥 자작을 하더니만. 자, 사진 찍읍시다. 일어나요."

"그 여자는 왜 그렇게 죽었을까요?"

제임스에게 한 쪽 팔을 잡힌 채 불쑥 내뱉은 마이클의 한 마디는 생뚱맞고 서늘했다. 하지만 그 한 마디야 말로 그때까지 의미 없이 겉돌기만 하던 좌중의 말장난들을 단번에 휘어잡아 그들 내면의 가장 깊은 골짜기로 이끌어 가는 힘을 지니고 있었다.

"2년입니다. 2년, 2년 동안 난 정말 아무것도 몰랐어요. 아내와 살아온 삼십 년 세월과 그 2년이 어떻게 달랐던가. 수도 없이 생각합니다. 하지만 모르겠어요. 아내의 어디에서 내가 죽음의 냄새를 맡았어야 했던 건지. 그녀의 어떤 행동이 몸속에서 자라고 있던 암덩이의 징후였는지. 내가 무심했던 탓일까요? 그럴지도 모릅니다. 자꾸 생각하다보면 실상 나와 결혼해서 같이 살아온 삼십 년 세월에 대해서도 난 아내에 대해 아는 게 아무것도 없다는 생각이 드니까요. 하지만 그녀는 왜, 왜 그 사실을 나한테 말하지 않은 걸까요? 2년 전에 병원으로부터 암 진단을 받았다는데 말입니다. 뭔가 나한테 복수를 하고 싶었던 걸까요?"

그는 한 학기 내내 맨 뒤의 창문 옆자리에 앉았다가 수업이 끝나면 조용히 사라지곤 해서 누구하고도 대화하는 걸 본 적이 없었다. 첫 수업 시간에 자기 소개를 할 때 공무원이었는데 지난해 퇴임을 했다는 말을 했었다. 겉보기에도 그가 공무원이었다는 걸 조금도 의심할 여지가 없을 만큼 평범하고 단정한 인상을 주었다. 수업시간에도 강사가 질문을 할 때 말고는 거의 말이 없어서 누구의 주목을 받을 만한 일이 없었다. 하지만 그는 한 번도 수업에 빠진 적이 없었고 여행 계획을 세울 때도 제일 먼저 동참의사를 밝혔다.

그가 누구였던가. 수강생 모두에 대해 꽤 세심한 성향까지 파악을 하고 있다고 자부했던 메시 정조차도, 마이클이 한 학기 동안 어떤 모습으로 자신의 머릿속에 입력되었던가를 기억해 내느라 말문을 열지 못하고 있었다.

"그건 약을 먹거나 목을 매 자살하는 것보다 더 나빠요. 어떻게 2년씩이나 식구들을 속이고 혼자서 천천히 죽어갈 생각을 할 수 있죠? 선생님은 믿어지십니까? 혹시 돈 때문이냐고요? 수술할 돈이 없어서 희생할 결심을 한 거 아니냐고요? 아니요. 아닙니다. 우리 먹고 살만큼 돈 있어요. 암 보험도 들었고요. 어느 날 화장실에 쓰러져 있는 아내를 병원으로 싣고 갔다가 이미 온몸에 암이 퍼져 있다는 말을 들었을 때, 나는 죄의식 때문에 죽을 거 같았어요. 아내는 나와 살면서 고생을 많이 했거든요. 시집온 지 십 년도 되기 전에 어머니가 중풍으로 쓰러지셔서 그 수발을 혼자 다 했어요. 그 세월이 8년입니다. 아내한테 고맙게 생각하며 살았죠. 그 후론 그리 나쁘지 않았습니다. 그냥 남들처럼 평범하게 살았죠. 난 그렇게 생각했습니다. 그런데 의사의 말이 2년 전에 본인에게 알렸는데 보호자가 없다고 했다는 겁니다. 그 말을 들었을 때 내 심정이 어땠을지 짐작이 가십니까? 아내가 말하더군요. 그냥 사는 게 너무 지루했다고. 당신 잘못 아니니까 죄의식 같은 거 가질 필요 없다고. 자기가 죽으면 꼭 좋은 여자 만나서 재혼하라고. 그게 설사 아내의 진심이었다고 해도, 그건 나를 향해 날리는 비수이고 조롱입니다. 그렇지 않습니까?"

"자기 인생의 마지막 퍼즐을 스스로 선택해서 끼워 넣을 작정을 하는 게 그렇게 나쁜 걸까요?"

마이클의 맞은편에서 듣는 듯 마는 듯 술을 마시고 있던 아바가 시비라도 걸 듯 툭 말을 던졌다.

"부인의 죽음을 이해하고 싶다면 그 이가 살아온 시간 속을 뒤져보세요. 한 생명의 죽음은 그 존재의 마지막 퍼즐 조각이라고 할 수 있으니까요. 그러니 그 삶의 조각들을 하나하나 맞추다보면 마지막 퍼즐 조각의 모양을 알 수 있지 않겠어요? 하긴 한 인간의 퍼즐 게임이 늘 완성된 형태로 마무리되는 건 아닙니다. 전 흔히들 말하는 정신병원에 근무하고 있답니다. 그 병원에 입원한 환자들을 전 퍼즐 조각의 경계가 허물어진 사람들이라고 생각해요. 그렇게 되면 더 이상 퍼즐 게임을 이어가는 게 불가능하게 되죠. 정성을 다해 그려놓은 수채화에 누군가가 물 한 양동이를 쫙 쏟아 부었다고 상상해 보세요. 사람의 정신에 가해지는 폭력이란 그런 거 아니겠습니다. 그들이 천천히 자신의 정신에 가해진 충격을 걷어내고 희미해진 퍼즐의 경계를 회복해 가는 걸 지켜보는 게 제가 하는 일입니다."

"아내가 살아온 시간의 조각들을 이제 와 어디서 찾는단 말입니까. 아내가 그렇게 가고 나니까 난 그 동안 아내에 대해 알고 있던 것들을 아무엇도 믿을 수가 없더란 말입니다. 그 사람은 살아오는 동안 나한테 바가지라는 걸 별로 긁은 적이 없어요. 농담도 잘하고 꽤 화통한 사람이었죠. 아니, 난 그렇게 생각했습니다. 그런 사람인 줄 알고 살았어요. 너그럽고 인내심도 많고 사는 데 별로 불만이 없었던……. 사실 나는 늘 바빴습니다. 공무원이 철밥통이라고 흔히들 빈정대지만 얼마나 골치 아픈 일이 많은지 아십니까. 내 머릿속에는 언제나 직장 일로 꽉 차 있어서 집안 일까지 살뜰히 살펴가며 살 여유가 없었어요. 우리는 같은 직장에서 만나 결혼을 했습니다. 그런데 어머니가 갑자기 중풍으로 쓰러지셨을 때 둘 중 한 명은 일을 그만두고 어머니를 돌봐야 했어요. 그래서 아내가 퇴직을 하고 어머니를 돌보며 살림을 맡게 되었죠. 그 사실이 아내한테 늘 미안하긴 했어요. 그런데 난 그런 내 마음을 왠지 아내한테 보이고 싶지가 않더군요. 아마 그래서 점점 무뚝뚝하게 대했던 것 같기도 해요. 하지만 아내는 내 마음을 알고 있다고 믿었습니다."

"어머니는 마이클 씨 어머닌데 왜 부인에게 그 일을 맡겼을까요? 똑같은 공무원이었으면 수입도 비슷했을 테고, 꼭 부인이 퇴직을 하고 그 일을 맡아야 할 이유가 있었습니까? 당연히 밖에서 돈을 벌어 와야 하는 건 남자라거나. 누군가를 돌보는 일은 여자가 해야 한다거나 그런 고리타분한 이유 말고 다른 이유요?"

아바의 말투에는 왠지 짜증이 잔뜩 묻어 있었다. 마이클은 아바의 신경질적인 반응에 머쓱해져서 말문을 닫았다.

"사람들이 자신을 밖으로 표출하는 방법이 늘 똑같은 건 아닐 겁니다. 예컨대 세상에 여자라곤 자기밖에 모른다고 믿고 살아왔던 남편에게 이미 오래 전부터 숨겨둔 여자가 있었다는 걸 알았다고 합시다. 그런 때에 모든 여자들이 드라마에 나오는 여자들처럼 행동하지는 않는단 말입니다. 배신감에 치를 떨고, 남편의 여자에게 모욕을 주고, 위자료를 듬뿍 받아 이혼을 하거나 남편이 여자와의 관계를 청산하도록 하기 위해 온갖 방법을 동원하는 따위의 일들 말입니다. 여자는 남편의 관심 밖으로 벗어난 것에 오히려 홀가분함을 느낄 수도 있지 않을까요? 여자라고 해서 독립적인 어떤 일을 꿈꾸지 말란 법이 없으니까요. 여자가 남편과 남편의 정부에게 아무런 내색도 하지 않으면서 철저하게 두 사람을 자신의 삶으로부터 소외시킬 수 있다면 그것도 복수라고 할 수 있지 않을까요? 혹시 압니까? 부인은 정말로 사는 게 지루해 견딜 수 없었는지. 그래서 거미가 새끼들을 제 등 위에 놓아기르듯, 암덩이라도 키워야 살 수 있었는지 알 수 없는 일이지요. 그러니 마이클 씨는 부인에게 몸속의 암덩이만큼도 의미가 없는 존재였다는, 그 사실만 슬퍼하면 될 일입니다. 그렇지 않습니까?"

"로즈 여사님, 정말 그렇게 생각하십니까? 사람의 관계가 정말 그렇게 아무것도 아니라고 생각하십니까? 아니오. 그건 잘못된 생각입니다. 사람 사이의 정이 그렇게 아무것도 아니라면 도대체 인간은 무엇에 의지해 이 팍팍한 세상을 살아가야 한단 말입니까? 2년 동안 아내가 철저하게 나를 소외시킨 채 혼자서 감당한 그 고통과 외로움의 무게를 그렇게 가볍게 단정해버리는 건 내 아내에 대한 모독입니다."

대화는 점점 격해져서 좁은 실내를 휘젓는 소란으로 변질되고 삿대질이 오갈 지경이 되었을 쯤 일행은 술집에서 쫓겨났다. 하지만 외국의 낯선 밤거리로 내동댕이 처진 그들은 뜻밖의 해방감에 몸을 떨며 서로를 부둥켜안고 거리가 떠나갈 듯 웃어댔다. 무엇이 그들 사이의 경계를 한 순간에 허물고 그렇게 한 덩어리가 되게 했는지, 어떤 말로도 설명할 수 없지만 그때 그들 사이에는 은밀한 통과의례를 함께 치러낸 자들만의 동질감 같은 것이 생겨났다. 리베라 호텔에서의 만찬은 말하자면 그것을 재확인하는 자리였던 셈이다.

승강장에 버스가 들어와 멎을 때마다 무리를 이루고 있던 행인들 사이에서는 작은 소요가 일며 몇몇은 타고 몇몇은 내린다. 승강장의 안내 모니터에는 분 단위의 정보가 재깍재깍 쉼 없이 떠오르고 그 시각에 맞춰 새로운 버스가 왔다가 떠나간다. 그 분 단위의 질서 안에서 사람들은 무기물처럼 흘러가고 새로운 무리가 흘러든다. 명은 멀리 보이는 모니터를 유심히 살피며 704번 버스의 도착 시각을 기다린다. 7분 재깍, 6분 재깍, 5분, 4분 모니터 영상의 정확하고 날렵한 변화에 따라 얇게 저며진 시간의 조각들이 도열하듯 재깍 재깍 명을 향해 다가온다. 명은 조용히 일어나 도열한 시각의 벽 속으로 스며든다. 따뜻하고 편안한 무기질의 시간 속으로 진입.

레드서머

레드 서 머

1

아이가 곤한 늦잠을 잔다. 붉은 티셔츠가 겨드랑이까지 말려 올라가, 앙상하게 드러난 등짝이 가냘퍼 보인다. 아이는 창이 부옇게 밝아오는 새벽녘에야 살며시 스며들었다. 늘 그런 식이다. 평소의 부산한 양하고는 영판 다른 모습으로 소리 없이 들어와 벽을 향해 웅크리고 누우면, 말 붙일 틈도 없이 잠 속으로 빠져든다. 숨이 턱에 닿을 만큼 지치지 않고는 이 동굴 같은 방을 생각조차 않는 것이리라. 열여섯 나이답지 않게 작고 가녀린 등이, 아이를 사로잡았던 거리의 것들을 떠올리게 한다. 구두코가 하늘로 치솟는 마녀구두, 구제 청바지, 삼성 애니콜, 빨간 도도파우더, 라네즈 마스카라, 노래방 기기의 소음과 뒤섞인 빠르고 거친 노래들. 인터넷에서 만난 익명의 채팅 친구들, 나예리 순정만화…….

내가 유일하게 되고 싶은 게 있다면 만화가에요. 만화 속에서는 무슨 일이든 가능하죠. 만화방에서 밤을 새우고 온 날이면 아이는 혼잣말같이 작게 웅얼거리곤, 그 말이 채 끝나기도 전에 잠이 든다. 무슨 일이든 가능하게 하는 장치가 아니고는 해결될 수 없는 문제들. 그 속에 아이를 여기까지 내몬 결절의 고리가 있으리라. 그 나이에 한두 번쯤 집을 벗어나고 싶어 하는 욕망을 품는 거야 자연스런 현상이라고 해도, 그것을 실천에 옮기고 이렇게 오래 밖으로 떠돌게 되었다면 거기에는 그럴 만한 결절이 있어야 한다. 인간의 삶을 한 순간에 전혀 예측할 수 없는 방향으로 뒤틀어 놓는 정신의 굴절, 혹은 마디. 그것을 나는 〈환생〉에서 결절이라 이름 지었다. 그리고 그것은 〈환생〉의 테마이면서 동시에 장애가 되었다. 나는 젊은 시절에 탐독했던 몇몇 정신분석 이론이 그 부분을 해결해 주리라고 믿었다. 하지만 나의 발명품인 〈환생〉의 주 고객이 될 세대는 이미 앞선 세기의 천재들이 상상할 수 있는 세계 안에 있지 않았다. 그들을 지배하는 상상의 세계는 자유롭게 우주를 넘나들고, 그 너머의 가상공간에다 자신들만의 언어로 새로운 세계를 확장해 나가고 있다는 걸 미처 감지하지 못한 건 큰 실책이었다.

며칠이든 바깥 잠을 자고, 다람쥐 마냥 거리를 쏘다녔을 아이의 몸에서는 비릿한 땀내와 도시의 매캐한 바람 냄새가 난다. 그것은 서울 밤의 냄새이기도 하다. 밖에서 밤을 보내본 사람만이 맡을 수 있는 도시의 냄새. 나는 모란공원 근처의 편의점에서 아이를 처음 만났다. 공원 모퉁이에 버려진 차 속에서, 한국에 와서 맞은 두 번째 여름을 보내고 있을 때였다. 새벽 세 시를 막 넘긴 시각쯤이었을 것이다. 근처의 피시방에서 하릴없이 시간을 죽이고 있다가 뻑뻑하게 잠겨오는 눈자위도

식힐 겸 밖으로 나온 게 그 시각이었다.

민아, 아빠는 무사하다. 아무 걱정 말고 즐겁게 지내거라. 내가 피시방에 가는 건 언제나 메일을 보내기 위해서였다. 지난 세월의 흔적들. 혼신의 힘을 다해 쌓아올린 내 삶의 터전은 어디에 있는가. 내가 살아갈 삶의 어느 모퉁이에서도 이토록 참혹하게 유리되리라고는 꿈에도 생각해본 적이 없는 피붙이들, 친구들, 고락을 같이 했던 회사 직원들. 그들에 대한 기억이 살과 피, 뼈 속의 마디마디에서 스멀거릴 때면 나는 목까지 차오르는 그리움을 품고 피시방을 찾아들었다. 하지만 내가 쓴 메일은 한 번도 제 주인을 찾아가지 못했다. 한 사회의 모든 기록에서 삭제된 존재. 난 누군가에게 메시지 따위를 남길 입장이 아닌 것이다.

허기나 메워볼 요량으로 편의점 구석의 플라스틱 의자에 앉아 컵라면을 먹고 있을 때였다. 제대로 된 음식을 먹을 기회가 점점 줄어드는 나에게 이 적막한 새벽, 쓰린 속을 달래줄 만한 음식이 있다는 건 여간 고마운 일이 아니었다. 설익은 라면발을 두어 젓가락 건져 목구멍 안으로 밀어 넣고, 짠 국물을 마시기 위해 고개를 드는데, 진열장 앞을 서성이는 아이가 눈에 띄었다. 문득 내가 컵라면을 사들고 의자에 앉았을 때도 아이는 여전히 거기 그렇게 서 있었다는 생각이 들었다. 열너덧쯤 되었을까. 아무리 봐도 이 시각에 거리에 나와 있을 수 있는 나이로 보이지는 않았다. 게다가 아무렇게나 길러 늘어뜨린 머리하며, 푹 눌러 쓴 모자, 헐렁하게 걸친 바지와 점퍼는 도무지 아이가 남자인지 여자인지조차 구분이 가지 않았다. 가끔 서툰 화장으로 꼭두각시 분장 같은 모양을 하고 나타날 때를 제외하면 아이의 차림새는 늘 그런 모양새다. 나는 뭔가 짚이는 게 있어 얼른 카운터 점원에게로 눈을 돌렸다. 아니나 다를까 그는 다른 손님이 가져온 물건을 계산하여 돈을 받고 거스름돈을 건네주느라 쉴 새 없이 움직이면서도 시선은 줄곧 아이에게 고정되어 있었다.

애야, 그 오렌지빵 두 개만 이리 가져올래?

얼결에 나는 아이를 향해 큰소리로 외쳤다. 마치 가게 안의 모든 이들에게 공표라도 하겠다는 듯. 아이는 눈치가 빨랐다.

아저씨 음료수도 있어야죠? 콜라로 할까요? 이미 아이의 거리 생활은 하루 이틀이 아닌 것이다.

아이가 붉은 셔츠를 입고 처음 내 방에 왔던 날, 똑같은 것 하나를 더 들고 와 나에게 입혔다. 그 아이가 세상을 살아가는 규칙 속에는 돈을 주고 물건을 사는 일 따위는 없다. 온통 붉은 색이 넘쳐나는 시장에서 붉은 티셔츠 두어 장 집어오는 건 싱거운 장난 같은 일이었으리라.

오늘 같은 날 티브이도 없는 방안에서 혼자 보내고 나면 평생 후회하게 될 걸요.

그럴 때의 아이는 마치 몸속에 탱탱하게 바람을 채운 고무공 같다.

그렇게도 축구가 좋으니?

요즘 축구 안 좋아하는 사람이 어디 있어요?

아이는 히죽 웃으며 나를 끌고 거리로 나갔다. 거리는 온통 붉은 물결로 넘실거렸고 그 물결 속에서 아이는 빠르게 몸속까지 고루 붉은 물을 들여갔다. 이 아인 아주 쉽게 자신을 보호색 속에 감출 줄 안다. 어쩌면 아이의 내면은 겹겹이 보호색으로 이루어져 있을지도 모른다. 그러기에 보호색은 곧 이 아이 자신이다. 아이를 보고 있으면 나는 어렴풋이 나의 〈환생〉이 실패할 수밖에 없었던 이유를 알 듯도 하다. 인생에는 반드시 일정한 패턴이 있고, 그 패턴의 원리만 찾아낸다면 인간의 삶을 게임기 속에서 완벽하게 재현해낼 수 있으리라는 확신은 지나친 오만이었다. 아이의 요깃거리 몇 가지 챙겨놓고 집을 나선다. 난 하루의 일용할 양식을 위해 일을 해야 하고, 아이는 내가 돌아오기 전에 떠날 것이다.

2

"아이가 집을 나간 지 한 해가 되어가고 있어요. 그 앤 내가 제 아빌 죽였다고 생각하죠. 아무 이유 없이. 이렇게 말하는 건 살아남은 자의 독선이라고 해도 어쩔 수 없어요. 난 아직도 그가 왜 집을 나갔는지, 어떻게 그리 어처구니없는 주검이 되어 돌아올 수 있는지 이해할 수가 없는걸요. 집을 나간 지 여드레 만에 제 아비가 주검이 되어 돌아온 후로 아이는 점점 이상하게 변해 갔어요. 물론 그 아이에게도 힘든 충격이었을 거예요. 근친의 갑작스런 유고는 때로 살아 있다는 것 자체가 죄가 되도록 몰아가거든요. 우린 특별히 정이 좋은 부부는 아니었지만, 남편이 죽기를 바랄 만큼 미움을 채워놓고 사는 사이는 아니었어요. 그런데 아이의 눈엔 내가 제 아비에게 그토록 모질게 구는 것처럼 보였던 걸까요? 아비가 그리 된 후로 아이는 나를 바로 보려하지 않았어요. 자꾸 집밖으로만 겉돌고, 하나둘씩 안 하던 짓을 하기 시작하더군요. 둘이 다 극도로 긴장해서 살얼음판을 걷는 것 같았죠. 결국 내가 먼저 폭발하고 말았어요. 난생 처음 심하게 욕질을 하고 몽둥이를 휘둘렀답니다. 무서운 일이었죠. 도리어 얼음장처럼 차가워진 아이가 말하더군요. 아빠를 죽게 하더니 이제 저까지 못살게 할 참이냐구. 그리곤 정말 가출을 해버렸어요. 아이들은 어떻게 제 부모한테 그리 잔인할 수 있을까요."

"아이들이 흥분해 내뱉는 말이 곧이곧대로 그 아이의 마음은 아닐 겁니다. 아이가 자라 어른이 되는 건데, 이상하게 어른이 되면 아이의 마음을 읽을 수 없게 되죠. 어쩌면 읽지 못하는 게 아니고 읽기를 두려워하는 건지도 모르지만요."

"우리 애처럼 집을 나온 아이들은 어디서 무엇을 하며 지낼까요? 그 애들이 맨몸으로 부딪치기에 세상은 너무 위험하지 않나요? 내 딸에게서 이 어두운 거리의 기억을 온전히 지워내는 건 이제 불가능한 일이겠지요?"

"어른이든 아이든 새로운 환경을 만나면 거기에서 살아남는 법을 터득하기 위해 날카롭게 촉수를 세우죠. 그런 과정에서 얼마쯤 자신에게 상처를 내기도 하고, 세상을 할퀴어 제 뿌리를 그곳에 밀어 넣기도 하죠. 그러면서 아이들은 서서히 이 거리의 일부가 되어가는 겁니다."

"내 분신이나 다름없었던 아인데, 딸아이의 작은 몸짓 하나에서도 마음을 읽어낼 수 있다고 자부했었는데 이상하게 아이가 집을 나가버리고 나니까 아이에 대해 아는 게 아무것도 없었다는 생각이 들어요. 아이는 왜 제 아빠가 나 때문에 죽었다고 생각할까요? 우린 사실 그리 사이가 나쁜 부부도 아니었는데 말이에요."

"그건 그저 아빠의 죽음을 감당하기가 힘들다는 응석 같은 게 아니었을까요. 특별한 이유가 없다면 말이에요. 하지만 확실한 건 그 아이 자신만이 알고 있겠죠."

"이 공원에는 자주 나오시나요?"

"그런 편입니다. 이곳에 오면 어쩌다 잘못 빨려든 블랙홀로부터 튕겨져 나와 맨 처음 떨어진 외계의 어떤 장소 같은 느낌이 들어요. 아무래도 내가 가장 외롭고 힘들었던 시간들을 보낸 곳이기 때문이겠죠? 귀국해서 첫해 여름을 이 공원에서 보냈거든요. 이곳은 어떤 이유에서건 집을 잃은 이들이 아웃사이더의 삶을 익히는 학습장이라고 할 수 있습니다. 먼저 집을 나와 정착지를 얻은 친구나 선배로부터 정보를 얻기도 하고, 하룻밤 잠자리를 제공해줄 누군가를 찾기도 하고, 운이 좋은 날은 봉사단체에서 나누어 주는 식사로 한 끼쯤 먹을 만한 음식을 맛볼 수도 있는 곳이죠. 여름이면 아예 이곳에서 노숙을 하는 치들도 꽤 있어요. 부인도 누군가로부터 그런 말을 듣고 이곳에 오는 것이겠지요?"

"예, 그런 셈입니다. 하지만 이곳에서 내 아이를 찾을 수 있으리란 기대는 이제 점점 희미해지고 있어요. 그런데도 습관처럼 밤이면 이곳을 찾게 되네요. 더구나 요즘은 이 거리의 붉은 물결 속에 있으면 이상하게 편안하고 아이의 문제에 대해서도 아주 낙관적이 돼요. 저 붉게 상기된 인파 속 어딘가에 그 아이가 있겠지 싶으면 아이와 함께 숨쉬고 있다는 안도감마저 드는 걸요."

"이해합니다. 전 이곳에 자주 오는 아이 하나를 알고 있어요. 우리나라가 16강전을 치르던 날은 저도 그 아이가 가져다준 붉은악마 티셔츠를 입고 고래고래 고함을 질렀는걸요. 그 아이도 집을 나온 지 일 년쯤 되었을 겁니다. 아슬아슬해 보이긴 하지만 아직은 용케 잘 견디고 있어요. 아주 가끔 내 방에 스며들어 겨울잠을 자는 다람쥐처럼 깊은 잠을 자고 가는데, 아이의 방문이 뜸해지면 내가 도리어 궁금해져서 이곳을 찾게 되더군요. 그 아인 제 안에 작은 악마가 하나 살고 있어서 그놈과 타협하고 공존하는 것이 제 인생의 과제라고 말하곤 하죠. 하지만 부인의 따님은 아닐 겁니다. 그 앤 제 아버지가 여섯 살 때 절 버렸다고 말했거든요."

"그 나이의 아이들은 무슨 이야기든 아주 쉽게 지어내죠. 어쩜 그 애가 내 딸일지도 모르겠어요. 내 딸이 아니더라도 그 앨 한 번 만나보고 싶네요. 그렇게 해주실 수 있을까요?"

"글쎄요. 그럴 가능성은 적어 보이지만 그 앨 만나면 꼭 부인에게 데려오죠. 저도 만나고 싶다고 언제나 만날 수 있는 건 아니거든요. 어쩌면 내 아이도 아빠가 절 버렸다고 생각할 겁니다. 벌써 삼 년째 아일 못 만나고 있거든요."

"아, 그래서 아이를 찾으러 이곳에 오시는군요?"

"아닙니다. 제 아이는 이곳에 없어요."

"……."

"민이와 바다낚시를 간 적이 있어요. 아, 민이는 제 아들입니다. 그 애가 여덟 살 때던가요. 그 애 일곱 번째 생일날 낚시도구를 선물로 사줬거든요."

"좋은 아빠였군요. 좀 성급한 것 같긴 하지만."

"글쎄요. 아마 그건 제 성격이 급해서라기보다 삭이지 못한 울화 탓일 겁니다. 미국으로 간 이후 나는 줄곧 누군가에게 화를 내고 있었거든요. 마치 내가 미국으로 갈 수밖에 없었던 게, 다른 누군가의 탓인 것처럼 한풀이라도 하듯 그렇게 살았어요. 이놈의 세상, 그래 어디 한 번 살아보자. 잘 살기 위해 미국을 왔으니 잘 살아보는 거다. 누구에게 본때라도 보이듯 나는 뭐든 빨리 빨리 해치우지 못해 안달을 했었죠. 그래서 미친 듯이 돈 버는 일에 매달렸고, 성과도 제법 있었죠. 지금은 이렇게 고국 땅에 와서 국제미아 신세가 되어버렸지만 허허. 이거 늙은 거지가 소시적 어쩌구 하는 꼴이군요."

"아, 미국에서 살다오셨군요."

"예, 그렇습니다. 아무튼 난 작은 보트를 한 척 가지고 있었는데 주말이면 이웃에 사는 친지 가족들과 배를 타러 바다로 갔어요. 보트를 타고 바다로 나가면 아이를 데리고 바위로 올라가 낚시 던지는 법을 가르쳐주곤 했는데, 한 번은 아이가 발이 미끄러져 그만 물속에 빠지고 말았어요. 아이는 구명조끼를 입고 있었고 수영도 제법해서 그리 급할 게 없었는데도 난 미친놈처럼 물속으로 뛰어 들었어요"

"당연히 그러셨겠죠. 하지만 너무 걱정 마세요. 이제 아이는 아빠가 구해주지 않아도 제 스스로 물살을 헤치고 나올 수 있을 만큼 자랐을 거예요. 아이들은 자라게 마련이거든요."

"그럴까요? 그 앤 아직 열두 살에 불과한 걸요. 아빠가 필요한 나이죠. 야구장도 데려다줘야 하고, 농구도 같이 해줘야 하는데."

"기회의 땅 미국. 꿈이 현실로 실현되는 곳. 이런 선망이 유행병처럼 번지던 때가 있었죠. 저도 한때 구체적으로 미국행을 궁리했던 적이 있었어요. 그것을 실천으로 옮기지는 못했지만 말이에요. 전 겁이 많은 편이거든요. 그런데 왜 한국으로 돌아오셨어요? 그것도 가족을 모두 두고 혼자서."

"돌아온 게 아니라 다니러왔다가 가는 길을 잃은 겁니다."

"……"

"그렇게 되어버렸어요. 우습죠? 이 나이에 고국에 돌아와 국제미아가 되다니."

"아, 어쩌다 일이 그렇게…… 돌아갈 길은 영영 없게 되어버렸나요?"

"아니오. 꼭 그렇다고 할 수는 없지만…… 현재로선 막막합니다. 기록상 저는 어디에도 존재하지 않는 사람이거든요. 제가 만들려고 했던 〈환생〉에서 게임이 막다른 길로 몰렸을 때 스스로 몸을 던지는 곳이 블랙홀인데 현재의 제 상태가 그렇습니다. 게임에서 블랙홀로 몸을 던져 넣는 것은 설계자가 패배를 인정하지 않고 자멸을 택하는 방법이죠."

"게임이라구요? 그런 걸 만들려고 하셨군요? 재미있네요. 그런데 게임의 제목이 〈환생〉이란 말이죠? 부활이 아닌 환생. 어떤 한의 고리를 잡고 다시 태어나는 삶. 왜 하필 그런 게임을 만들려고 하셨죠? 그건 이미 한물간 정서 아니던가요?"

"한물간 정서, 날카로우시군요. 하지만 어느 시대에 살든 인간에게 완벽하게 만족하는 삶이란 있을 수 없죠. 늘 그때 이랬으면 혹은 저랬으면 어땠을까 하고 되짚어 보게 하는 게 인생 아니던가요. 그러니 〈환생〉

은 여전히 유효한 겁니다. 이 게임은 프로그램 자체가 본래 한 장의 도화지 혹은, 우주가 생성되기 이전의 카오스 같아서 게임의 내용이 어떻게 구성되어 가느냐 하는 것은 전적으로 설계자 즉 게임을 조작하는 이의 의도에 달려 있죠. 자신이 살아온 삶의 어떤 순간으로 되돌아가 인생을 다시 살아보고 싶어 하는 심리. 그것을 게임을 통해 재현할 수 있다면 멋진 일이 아닙니까?"

"한때 다마구치라는 작은 장난감 안에다 가상의 생물을 키우는 놀이가 유행한 적이 있었죠. 말하자면 그런 게임이겠군요?"

"예, 비슷하긴 한데 다마구치보다는 훨씬 복잡하고 까다로운 원리가 적용되는 게임입니다. 〈환생〉에서는 작은 애완동물이 아닌 자신을 키우는 일이니까요."

"그래, 게임을 만드는 일은 성공을 하셨나요?"

"아니오. 그렇지 못했습니다. 〈환생〉의 제작은 제가 미국에서 그 동안 모은 돈과 몇몇 친구들의 후원을 받아 설립한 회사의 첫 사업이었어요. 꼭 성공해야만 했죠. 진행 과정도 제법 순조로운 듯했습니다. 인생 여정에 몇 단계의 위기와 선택의 고비를 설정하고 그때마다 있을 법한 다양한 변수들을 유추해 배치하는 작업. 사실 그건 그리 까다로울 것도 없는 프로그램이었고 거의 성공단계에 이른 듯 보이기까지 했습니다. 모두들 커다란 기대에 부풀어 있었죠. 그런데 엉뚱하게도 전혀 예상치 못한 변수는 게임 속에서가 아니고 우리들 멤버 내부에서 발생해 순식간에 우리를 블랙홀로 밀어 넣더군요. 그 후로 나는 문득문득 우리의 인생이란 것도 결국 어떤 초월적 존재의 게임기 속에 존재하는 한 프로

그림에 지나지 않는 건 아닐까 하는 생각에 빠지곤 합니다. 그러니까 내 실패는 이미 예정된 프로그램 속의 한 변수에 불과할지도 모른다는 생각이 떠나질 않는단 말이죠."

"21세기형 운명론이군요? 흥미로워요. 그런데 혹시 친구 분들 사이에 생긴 그 어떤 변수라는 것이 선생을 지금 이렇게 한국이라고 하는 블랙홀로 빠져 들게 한 원인이 된 건가요?"

"정확하게 보셨습니다. 친구 중 하나가 회사 공금을 도박으로 몽땅 날리고, 한국으로 날아와 버렸거든요. 한 육 개월 그 친구를 찾아다니는 동안 미국의 사업은 거덜이 나고, 난 영주권 갱신 시기를 놓쳐 다시 들어가는 것도 불가능하게 되어버렸으니까요. 하긴 설사 돌아갔다고 해도 파산자의 말로란 여기나 거기나 별로 다를 게 없죠."

"일이 그렇게 된 거군요. 정말 안 됐습니다. 그럼 아직 완전하게 미국 시민이 되신 건 아니었군요? 미국이란 나라는 일단 그 나라의 시민이 된 사람에게는 후하고 너그럽다는 얘기를 들은 적이 있어요?"

"시민권 없이 사는 이들에게는 그렇게 보일 수도 있겠네요. 하지만 뭐 전 영주권만으로도 사는데 그리 불편을 느끼진 않았습니다. 어떤 경우에는 한국 국적을 버리지 않는 편이 유리한 점도 있었구요. 이번 일만해도 내가 미국시민이라고 해서 상황이 크게 달라질 일이 아니거든요. 블랙홀이란 게 그렇지 않습니까. 일단 빠져들고 나면 누구에게도 예외란 없는 거죠."

"자신의 삶에서 뭔가 수정해보고 싶은 부분이 있었던 거겠죠. 환생이라는 게임을 만들게 된 동기 말이에요. 전에 티브이에서 A와 B의 경우를 가정해 놓고 두 삶을 재현하는 오락 프로그램을 본 기억이 나네요?"

"글쎄요. 뭐 꼭 내 인생을 어떻게 되돌려보고 싶은 욕구가 그 게임기를 만들도록 충동질했다곤 할 수 없습니다. 그저 하나의 사업 아이템일 뿐이죠. 다만 앞에서도 잠깐 말씀드렸듯이 난 빨리 성공이란 놈의 상투를 움켜잡아서 미국에 본때를 보여주고 말겠다는 오기에 지나치게 집착했다는 생각이 들긴 합니다."

"미국행에 그토록 한이 맺힐 만한 이유라도 있었던 건가요?"

"한이라…… 막 전역을 하고 돌아와 보니 이민 갈 준비로 온 집안이 술렁이더군요. 누이가 결혼하면서 먼저 미국으로 건너가 살고 있었거든요. 혼자 한국에 남겠다고 고집할 만한 특별한 애착이나 그럴듯한 이유가 있는 것도 아니고, 그렇다고 신나서 따라나설 마음도 아닌 어정쩡한 상태에서 급물살에 휩쓸리듯 미국에 왔습니다. 막상 낯선 땅에 떨어지고 보니, 군 생활 중에 잠시 소원했던 여자 친구하고도 시간만 있었으면 잘해볼 수 있었을 것 같고, 다니던 대학 친구들이며 캠퍼스가 눈앞에 어른거리고, 너무 쉽게 포기해버린 전공이 꼭 내 적성이었던 것 같고. 훗, 버리고 떠난 것에 대한 미련이 좀 지나쳤다고 할까요.

"예, 이해할 수 있을 것 같아요. 게임기 만드는 일을 시작하기 전에는 무슨 일을 하고 사셨나요? 영화나 드라마에서 보면 세탁소나 슈퍼마켓 같은 걸 하는 이들이 많이 나오던데 정말 거기서 그런 일들을 하며 사나요?"

"예, 제일 손쉽게 시작할 수 있는 일이니까요. 하지만 전 그런 일을 하지는 않았어요. 입국 초기에 전전했던 몇몇 직업을 빼면, 헌 비디오테이프를 모아서 대여점에 납품하는 일을 했던 기간이 가장 긴 것 같네요. 그 일로 돈도 꽤 벌었지요. 교민 1세들은 그곳에 산 세월이 얼마가 되었건 대부분 한국에서 생활하던 습관을 그대로 유지하고 싶어 하죠. 한국 음식을 먹고, 한국 신문을 읽고, 한국 티브이 드라마를 보고, 온갖 수단과 방법을 동원해 아이들에게 과외공부를 시키고……. 그래서 한국인 거주지역이 있는 곳에서 비디오 대여점을 하려면 한국 드라마 복사본을 비치하는 게 필수였어요. 거기에 착안해 저는 헌 테이프를 재생해 대여점에 납품하는 일을 했습니다. 상당히 비싼 가격으로 새 테이프를 구입해 드라마를 복사해야 했던 그들에게 헐값에 제공되는 내 재생 테이프는 아주 인기가 좋았답니다. 전 반대쪽으로 감겨 있는 헌 테이프를 아주 빠른 시간에 원위치로 되돌려 놓는 기계를 직접 만들어 사용했기 때문에 아무도 쉽게 따라할 마음을 먹지 못했죠."

"그들은 여기를 떠나면서도 이곳에서 키운 꿈이며 습성, 걱정까지도 그대로 껴안고 가는 모양이군요. 뜻밖이에요. 나는 여길 떠나기만 한다면 이곳의 흔적은 깨끗이 지운 채 완전히 새로운 모습으로 살아갈 수 있으리란 기대 때문에 떠날 생각을 했던 건데, 그렇다면 역시 저의 경우는 안 가길 잘한 셈인가요?"

"그렇게 깨끗이 지워버리고 싶은 무엇이 있었던가요?"

"글쎄요. 잘 모르겠어요. 그렇게 심각하고 무거운 마음으로 그런 생각을 했던 것 같지는 않은데……. 전 어쩌면 선생이 그때 버리고 떠난 그것들을 평생 부여잡고 살아가야 한다는 게 숨이 막혔던 것인지도 모르지요. 하지만 아주 오래 전 일인 걸요. 다만 뿌리까지 뽑아 옮겨 앉아서도 이곳의 습성들을 그냥 지니고 산다는 게 좀 신산스럽게 느껴져서요."

"그렇다고 해도 그들로부터 2세, 3세로 내려가면서 결국은 미국인으로 살아가게 되리라는 걸 그들은 알고 있죠. 어쩌면 그것이 더욱 그들로 하여금 과거의 것에 집착하게 하는지도 모르겠구요."

"그럴 수도 있겠네요."

"아직도 함성이 간간히 들려오죠? 꽤 늦은 시각인데……. 요즘은 축구가 온통 세상을 빨갛게 물들이고 있다는 착각이 들어요. 마치 함성과 빨간 색이 동의어처럼 느껴진단 말이죠. 저에게도 빨간 셔츠가 한 장 있어요. 단 한 번밖에 입지 않았지만……. 이 공원에서 만나 알게 된 여자 아이가 그걸 나에게 주었죠."

"가끔 댁으로 찾아온다는 그 여자아이 말인가요?"

"예, 그렇습니다. 전 그 앨 이 모란공원에서 처음 만났어요. 참으로 맹랑하고 엉뚱한 아이였죠."

"예, 그 아일 다시 만나면 저에게 소개해 주신단 약속 잊지 마세요. 전 이제 돌아가 잠을 좀 자야겠어요. 내일의 일을 위해서……. 요즘은 아이들이 수업시간에 조는 걸 당연해 하는 것 같지만 선생까지 그럴 순 없는 일이거든요."

"그렇게 하세요. 그런데 참, 그 아이를 만나면 이리로 데리고 올까요? 아니면 연락처라도 알려 주시겠어요?"

"예, 제 명함을 드릴게요. 꼭 연락해 주세요. 그럼 안녕히."

3

엄마가 또 공원엘 왔다. 어디서도 나를 찾아낼 수 없으리라는 걸 그
녀는 아직도 깨닫지 못하고 있는 거다. 그곳에서 그녀가 K를 만나는 건
별로 이상할 게 없다. 그 공원엘 가면 누구든 그를 만날 수 있다. 그는
모란공원을 떠도는 바람이거나 백양나무 아래의 간이의자 같은 존재
다. 나는 가끔 그 바람의 냄새를 따라 그의 작은 동굴을 찾아간다. 그곳
에서는 내 안의 악마조차 방해하지 못하는 긴 잠을 잘 수가 있다.

내 안에 있는 녀석이 붉은 색에 미친다는 건 새롭게 안 사실이다. 붉
은악마를 알기 전까지 나는 색깔에 대한 개인적 취향 따위에는 관심조
차 없었다. 다만 나를 감추기 위한 위장의 수단으로 색을 사용했다. 미
움을 감추기 위해 노란 바지를 입고, 슬픔이 목까지 차오를 때 진초록
신발을 신는 것. 분노로 가슴이 빨갛게 타오를 때 검은 재킷에 몸을 숨
긴다거나, 참을 수 없는 자살 충동에 시달릴 때 흑갈색의 커다란 파카
속에 나를 집어넣는 것 따위. 하지만 빨간 색과는 친해질 기회가 별로
없었다. 그 선연한 빛은 무엇을 숨기기엔 그리 적합한 색이 아니기 때
문일 것이다. 내 안에 웅크리고 있는 녀석도 그때까지는 색에 대한 제
취향까지 내게 강요하지는 않았던 셈이다. 월드컵 축구가 시작되고 거
리마다 붉은 색으로 넘쳐날 무렵, 나는 별 생각 없이 붉은 티셔츠를 걸
치고 붉은악마의 무리 속으로 들어갔다. 그리고 나도 차츰 관중들의 함
성과 열기 속으로 빠져들었다. 그러던 어느 순간일 것이다. 온몸의 솜
털들이 파르르 떨고 일어서는 느낌. 그 솜털이 차츰 자라나 새의 깃털
처럼 가볍고 부드럽게 온몸을 감싸고, 찬란하게 붉은 빛을 띠기 시작하

더니 내 몸이 날아오를 듯 가벼워지는 느낌에 사로잡혔다. 나도 모르게 내 발이 땅바닥으로부터 가볍게 들어올려지는 그 순간 나는 놈의 짓이라는 것을 깨달았다. 그 순간부터 난 나와 놈의 존재를 도무지 분리해 생각할 수가 없었다. 놈에게 완전히 정복당했다는 느낌, 혹은 나와 녀석이 완벽하게 하나가 되었다는 일체감. 그것은 뜻밖에 그리 나쁘지 않았다. 이렇게 녀석은 차츰 나를 잠식해 가는구나, 하는 경계심 때문에 잠시 긴장했을 뿐, 금세 녀석이 이끄는 강한 마력에 빨려들었다. 붉은 물결이 온 거리에 넘실거릴 때 나는 끝없이, 끝없이 확장되어 나가는 놈의 실체를 본다. 세상은 온통 악마의 물결이다.

녀석이 모습을 드러내려고 할 때면 대개 몇 가지 징후가 나타난다. 그 징후는 보통 한 가지씩 나타나지만 두세 가지 징후가 한꺼번에 겹쳐서 나타나기도 한다. 맨 처음 내가 감지한 놈의 징후는 목젖에 미세한 모래알이 달라붙는 듯한 간지러움이었다. 그럴 때 두어 번 헛기침을 하고 나면 마치 헬륨가스라도 마시고 입을 여는 것처럼 말소리의 톤이 튀고, 흉골을 북채로 둥둥 두드리는 것 같은 울림이 전신으로 번져나간다. 그때 내 입에서 튀어나온 말이 지닌 위력을 나는 아직도 완전히 알고 있다고 할 수는 없다. 단지 그것은 정확하게 과녁에 가서 꽂히는 명사수의 탄환처럼 반드시 대상을 찾아내 심장을 꿰뚫는다는 사실을 알 뿐이다.

녀석이 내 몸 안에 살고 있다는 사실을 알게 된 것은 꽤 오래 전이다. 지금도 나는 우리 집 문간방에 잠시 세 들어 살던 금이 언니의 방에서 아버지를 보았던 순간, 내 입으로부터 튀어나왔던 그 말이 너무도 낯설다. 전혀 예상치 못했던 너무도 엉뚱한 상황. 나는 다만 그 상황이 감당할 수 없을 만큼 당황스러웠을 뿐이었다. 그래서 아주 단순하게 그 순간을 감쪽같이 모면하고 싶은 간절한 열망에 휩싸였다고 밖에 말할 수 없다. 어떻게 하면 그 순간을 모면할 수 있을까. 그것은 내 안에서 아버지에 대한 배반감이라거나 실망, 미움 같은 구체적인 감정조차 미처 만들어내지 못한 찰나적인 순간의 당혹감이었다. 하지만 그 이상한 상황이 아무리 당황스러웠다고 해도, 그 순간 아버지가 죽어야 할 만큼 나쁜 일을 저질렀다고까지 분개했었는지, 수없이 되짚어 보지만 확신이 서질 않는다.

벌거벗은 채 금이 언니와 엉켜 있다가 나의 출현에 당황해서 어쩔 줄 모르는 아버지를 멍청히 바라보고 있는데, 이상하게 목젖이 뻣뻣해지더니 나도 모르게, 하지만 아주 또렷이 죽어, 죽어, 죽어라는 말이 튀어나왔다. 그러자 아버지는 마치 그 말에 마법이라도 걸린 듯 허겁지겁 옷을 주워 입고 집을 뛰쳐나갔다.

그리고 열흘쯤 지났을까. 아버지는 경찰 조사에서조차 명쾌하게 원인이 규명되지 못한 모호한 교통사고 사망자가 되어 돌아왔다. 그것이 그러니까 놈이 내 안에서 분명하게 정체를 드러낸 첫 번째 사건인 셈이다. 하지만 그때까지도 나는 그것이 내 안에 숨어 있는 악마의 장난이라는 걸 쉽게 받아들일 수 없었다. 세상에 납득하기 힘든 사건이 어디 한두 가지던가.

그쯤의 우연이야 얼마든지 일어날 수 있는 일이다. 정작 내가 놈의 정체를 받아들일 수밖에 없었던 건 그 후로 내 몸에서 일어나는 이상한 변화들 때문이었다. 그 일이 있은 후 나는 이상할 만큼 두려움이 없어졌다. 아무에게나 시비를 걸고 누구의 물건이든 욕심을 내면 곧바로 내 주머니로 들어왔다. 그러는 사이 친구들은 하나둘 나를 떠나갔고, 내 주변을 맴돌며 눈치를 보는 몇몇 아이들 말고는 아무도 나를 상대하려 하지 않는다. 이제 내게 무서운 건 단 하나뿐이다. 그 목소리, 헬륨가스를 마신 목소리가 언제 또 내 입에서 튀어나올지, 그것만이 나를 극도로 긴장시킨다. 더구나 그 무렵 엄마는 걸핏하면 내 신경을 긁어댔기 때문에 언제 정면으로 맞부딪칠지 알 수 없었다. 내가 차츰 말을 잃어갔던 것도 그 무렵부터였다. 아버지의 갑작스런 죽음과 나의 변화가 엄마를 점점 미치게 만드는 것 같았다. 엄마는 잠시라도 내가 자신의 시야에서 벗어나는 걸 참지 못해 했고, 그럴수록 나는 엄마를 대하는 게 두려웠다. 더 이상 엄마와 함께 생활하는 건 불가능했다.

4

굳게 잠긴 베란다의 창문 너머에서 간간히 관중들의 환호소리가 들려온다. 멀티비전이 설치된 아파트 앞 광장에서는 오늘도 밤새 축제가 이어질 모양이다.

방금 외출에서 돌아온 여자는 진한 어둠으로 공간 구분이 되지 않는 실내의 구석구석에 잠시 시선을 일별하고 곧장 베란다로 나와 선다. 겹겹이 쌓인 실내의 정적이 힘겨웠던 걸까. 여자의 입에서 작은 한숨이 새어나온다. 어깨에 걸린 가방에서 담배와 라이터를 꺼내든 여자가 창으로 다가가 잠긴 고리를 풀고 창문을 반쯤 밀어낸다. 눅눅하게 열기가 고여 있던 실내로 신선한 공기가 밀려든다. 광장으로부터 와, 와 환호가 터져 올라온다. 한국의 마지막 경기를 패배로 끝낸 저녁이지만 그들에게 아쉬움은 없어 보인다. 본토에서 치르는 월드컵 경기에서 16강 획득이 목표였던 한국은 8강에서 4강까지 승승장구하자 온 국민이 광적인 열기에 사로잡혔다. 이 광기의 상징인 붉은악마의 물결은 또 얼마나 기발한 조화인가. 여자는 거리마다 운집해 꿈틀거리는 붉은 물결을 볼 적마다 기묘한 안도로 가슴을 쓸어내렸다. 저 속에 내 아이가 있다. 붉은 물결이 살아 꿈틀거리는 한 아이와의 소통은 가능하다. 여자는 주문처럼 입술을 달싹이며 광장 쪽을 유심히 살핀다. 와, 다시 한 번 환호가 터지고 쾅, 쾅, 쾅 요란한 소음과 함께 찬란한 불꽃이 어두운 하늘 위로 퍼져나간다. 그 순간일 것이다. 여자는 연달아 피어오르는 불꽃 사이로 찬연히 날아오르는 한 마리의 붉은 새를 본다.

내 아이다.

여자가 다급한 손길로 방충창을 밀어내고 창틀 위로 올라선다. 다시 한 번 폭음이 터지고 밤하늘을 뒤덮는 불꽃을 향해 여자가 커다랗게 팔을 벌린다. 분분히 날아오르는 붉은 새들를 향해. 아이를 향해.

이타방

이 타 방

1. 축제

종일 축제로 북적이던 도시 위로 어둠이 내리고 있다. 이제 막 시작
된 어둠이, 스러져가는 노을의 끝자락과 맞물려 거리는 한결 차분하고
안정된 느낌을 준다. 비록 인위적으로 불러 모은 인파이고 일회적인 행
사였다고는 해도 이 거리가 그 만큼 북적인 것은 참으로 오랜 만의 일
이다.

내국인은 출입조차 통제하며 한껏 오만을 누리던 때가 있었다는 게
믿기지 않을 만큼 세상은 변했다.

이유야 어찌되었든 첨단 유행의 발원지로, 달러가 넘치는 꿀단지로
삼십 년 가까이 융성을 누려온 거리이다. 하지만 이제 이곳은 비밀이 모
두 드러난 마술처럼 신비감이 사라져 버린 지 오래다. 비법이 드러난 마
술은 한낱 비루한 속임수에 지나지 않듯, 이곳도 누추한 몰골을 그대로

드러낸 도시의 변방으로 변해가고 있는 것이다. 음습한 뒷골목의 주인 공답게 이유가 모호한 폭행이나 살인사건에 연루되어 가끔씩 뉴스 매체에 얼굴을 비치는 것으로, 이 땅에 아직 미군이 남아 있다는 걸 상기시키는 주둔군의 모습도 예전하곤 영 다른 몰골을 하고 있긴 마찬가지이다.

근래 들어 연례행사가 된 거리 축제도, 여기서 잔뼈가 굵은 상인들이 점점 사양길로 접어들고 있는 거리에 활기를 좀 불어넣어 보자고 시작한 궁여지책이지만, 예전의 마법을 되살리기에는 어림도 없는 일이다. 루이비통이나 크리스찬디올, 샤넬 같은 명품을 귀신도 속을 만큼 똑같이 만들어내 십 분의 일도 안 되는 가격에 산더미처럼 쌓아 놓고 팔던 때는 그야말로 마법이 통하던 시대였다. 요즘은 매일같이 수십 가지씩 쏟아져 나오는 하찮은 신상품도 모사품을 만들어 낸다는 건 꿈도 못 꿀 만큼 단속이 엄하고 처벌도 혹독하다. 그래도 아이엠에프가 터지면서 환율이 치솟을 때 외국의 보따리장사들이 길을 텄고, 관광특구라는 명분으로 심야영업을 풀어주어 숨통이 좀 트인 셈이다.

행사는 E여자고등학교의 고적대와 풍물패가 마을 입구에 세워놓은 '내 고장 유래비' 앞에서 출발하는 것으로 시작되었다. 유래비에는 〈이 고장의 명칭은 조선시대 여행자들에게 숙식을 제공하던 원(院 : 여관)에서 비롯된 것이다. 1906년 일제가 이곳에 군대를 주둔시키면서 주민들을 지금의 위치로 강제 이주시켜 옛 이름대로 불리게 됐다. 이 고장 이름의 한자표기는 조선시대 이후 세 번이 바뀌었는데 그 내력이 우리나라가 겪은 외침의 역사와 맞물려 상흔을 엿볼 수 있게 한다. 또한 이

지역이 이타인과의 인연이 짧지 않음을 말해주고 있기도 하다.

'용재총화'에는 이곳을 지금의 배 이(梨)가 아닌 오얏이(李)를 써 李泰院이라 표기하였다. 임란 전에는 李泰院이라 불렸음을 짐작케 하는 대목이다. 임진왜란 때에 왜군들이 여승들만 있던 雲鍾寺를 점거하고 여승들을 마구 겁탈해 많은 혼혈아들이 태어나게 되었다. 전쟁이 끝난 후 나라에서는 이곳에 異胎院이라는 보육원을 두어 전쟁 중에 태어난 혼혈아들을 모아 돌보게 하였다. 그 후 이곳은 그 보육 시설의 명칭을 따 異胎院이라 불리게 되었고, 한 때는 귀화한 왜인들이 집단을 이루어 살았다 하여 異他方이라 칭하기도 하였다. 효종 때 이 명칭이 치욕스럽다 하여 배나무를 많이 심고 지금의 梨泰院으로 바꿔 쓰게 하였다.)라고 적혀 있다.

고적대와 풍물패를 앞세운 행렬은, 미군 군악대와 사열단, 의장대까지 동원해 제법 모양새를 갖췄다. 저녁에는 한다하는 연예인들을 불러들이고 불꽃놀이로 흥을 돋울 참이다. 연 이레가 계속될 축제기간을 심심찮은 볼거리들로 채우려니 그리 쉽게 마련된 행사는 아니었다. 다행히 관광사업 육성이 시급해진 정부의 시책과도 맞물려 홍보를 맡아준 덕에 사람들을 불러 모으는 데는 일단 성공한 듯싶다.

모처럼 북적이는 인파 속에는, 사십여 년 전 꽃 같은 나이에 이 거리로 흘러들어 거리와 함께 나이를 먹고 이제 이 거리만큼이나 노쇠한 노인들이 간혹 인파에 섞여, 이 지역과는 도무지 어울리지 않게 정연하고 일사불란한 축제의 광경을 지켜보고 있었다. 그네들이 이곳으로 왔을 무렵의 나이쯤인 여고생들이 그림같이 고아한 모습으로 의식을 이끄는 고적대를 보면서, 혹은 군악대의 앳된 외국인 청년들을 유심히 살피면서 그네들은 잠깐씩 자신들의 젊었던 시절을 떠올리고는 씁쓸한 미소를 짓는 듯도 했다.

곤한 낮잠에 빠진 야행 동물처럼 묵묵히 밤을 기다리고 있는 유흥업소들의 입구에서는, 요즘 들어 부쩍 늘어난 백인 여자들이 가끔씩 얼굴을 내밀고 호기심 어린 시선으로 행렬을 지켜보곤 했다. 구소련의 공산 정권이 무너진 후 출입이 쉬워진 러시아 여자들이 대부분이지만 때론 페루나 남미에서 온 여자들까지 눈에 띌 만큼 그네들의 국적도 다양해져가고 있다.

문수는 H호텔이 빤히 마주 보이는 식당의 창가 자리에 앉아 반 시간이 넘게, 천천히 밤을 맞이하는 거리를 바라보고 있다.

한바탕의 인파를 치르고 난 거리는 태풍이라도 쓸고 간 듯 기이한 적막감이 감돈다. 이제 온 거리가 화려한 불빛으로 새롭게 태어나는 시간이 되면 밤의 축제가 시작될 것이다.

며칠 전 철진으로부터 귀국한다는 연락을 받은 이후로 문수는 줄곧 시간을 역으로 거슬러 사는 것처럼 문득문득 현실 감각을 잃곤 한다. 고국을 떠난 지 이십여 년이 넘도록 거의 연락을 끊고 지내온 그였다. 문수도 이제 그를 지난 세월과 함께 기억 저편으로 묻혀버린 존재라고 생각했었다. 그가 미국으로 훌쩍 떠나버린 후에도, 문수 앞에 닥쳐온 삶의 무게는 조근이 옛 친구나 되짚으며 살 만큼 만만한 것이 아니었다. 간혹 바람결처럼 인편을 통해 그가 할렘가 근처의 좌판에서 신발 장사를 한다거나, 흑인폭동으로 알거지가 됐다거나, 세탁소에서 일을 배운

다거나 하는 소식을 전해 들으면서도 문수는 그저 무심하려고 애썼다. 그 동안 문수가 겪어온 거친 세월이 온전히 문수 자신의 몫이었듯, 이 국땅에서 살아남기 위해 발버둥치는 철진의 삶 또한 그의 몫일뿐이라고. 하지만 아득하게만 느껴졌던 태평양 너머의 낯선 땅에서 전화선을 타고 건너온 그의 목소리를 듣는 순간 문수는 단번에 까마득한 세월 뒤 편으로 역류해 곤두박질치는 자신의 의식을 멍하니 바라볼 수밖에 없었다. 거기에서 무슨 축제를 한다며? 여기 교포들이 그걸 보러가려고 관광단을 모집한다네. 아니 뭐, 꼭 그걸 보러간다기보다, 이번 참에 겸사겸사 고국엘 한 번 다녀오자는 얘기가 돌은 거지. 예전에 거기 살던 동포들 사이에서. 그래서 말야……. 그는 마치 해서는 안 될 일을 허락 받기 위해 안간힘을 쓰는 어린아이처럼 머뭇거리며 자신의 귀국을 알려왔다. 문수도 그의 말에 반갑다거나, 잘됐다거나, 뭐 하다못해 언제 오게 되느냐는 말조차 제대로 하질 못했는데 전화가 끊기고 말았다.

이제 잠시 후면 여기서 그들의 얼굴을 보게 될 것이다. 비슷한 시기에 연이어 서울을 뜬 철진과 형근. 문수는 고개를 돌려 다시 H호텔 건물을 올려다보았다. 스러져가는 빛의 잔영을 짧은 빛살로 반사시키는 호텔의 불투명창 안에서 거칠게 날뛰는 젊은 사내들이, 유령처럼 문수의 눈앞에 어른거린다고 느낀 순간, 지상 11층의 번듯한 호텔 건물은 나지막한 3층으로 내려앉았다. 소돔성의 마지막 밤처럼 흥청이던 거리와, 음험한 욕망을 잉태한 자궁같이 그 거리에 줄줄이 매달려 있던 술집들. 럭키, 세븐, 골든. 스타, 스카이, 게이트, 클락……. 그 중에서도 그 호텔의 나이트클럽은 가장 큰 배를 내밀고 헐떡이는 욕정의 어미였다. 밤새

가망 없는 욕망으로 배를 부풀렸던 자궁들은 매일같이 불행한 사생아를 토해내듯 분노를 배출시켜 은밀히 키워갔다. 그리하여 풍부하게 넘쳐흐르는, 향기롭고 달콤한, 환락의 젖을 먹고 자라난 시뻘건 분노는 원혼처럼 거리를 배회하며 가장 현란한 파괴의 꿈을 피워냈다. 식칼과 쇠파이프가 난무하고 멀쩡한 생명을 풀잎처럼 쓰러뜨렸던 그 밤은 그렇게 왔다.

2. 하숙집 아이

점심 끼니를 거르기 일쑤인 여름의 낮은 유난히 길고 지루했다. 새벽같이 마차를 끌고 일을 나가는 할아버지의 조반 때를 맞춰 저절로 눈이 떠지는 문수에게는 그만큼 더 긴 하루가 기다리고 있는 셈이었다. 외할아버지 댁에서 더부살이를 하고 있는 문수네 세 식구의 방은 할아버지가 쓰는 사랑채 바로 옆에 있다. 할아버지는 잠이 깨면 제일 먼저 마구간으로 나와 말을 보살폈다. 할아버지가 말 갈퀴를 쓰다듬으며 부드럽게 말에게 이야기를 하는 소리며 기분 좋게 크르릉 콧소리를 내는 말 울음소리를 꿈결처럼 듣는 그 순간을 문수는 어느 때보다도 좋아했다. 할아버지의 할아버지 때부터 문수네 외가댁은 마부였다. 외할아버지의 할아버지는 아홉 살 때 집을 뛰쳐나와 마부의 양자가 되었다. 그의 본가는 정승판서를 지낸 사대부가의 먼 후예였다. 그런 이유로 그들은 먹고 살기 위해 손에 때를 묻히는 건 수치라고 생각했다. 그들에게 농사를 짓기 위해 연장을 들거나, 장사를 하는 것은 손에 때를 묻히는 일이고 조상님을 욕되게 하는 일이었다.

아무리 배가 고파도 제대로 상에 바쳐지지 않은 음식을 게걸스레 먹는 것 또한 해서는 안 되는 부끄러운 일이었다. 할아버지의 할아버지는 배고픔을 참을 수가 없어서 집으로부터 도망을 쳤다. 그렇게 이태원으로 와서 늙은 홀아비 마부의 양자가 된 것이다. 외할아버지는 마부 일을 조금도 부끄러워하지 않았고 당신과 생사고락을 같이하는 말들을 자식처럼 사랑했다. 그런 할아버지의 여유로움이 문수에게 안락함을 느끼게 하기 때문일까. 창호지를 바른 문을 통해 순하게 걸러진 아침 햇살이 부드럽게 이마를 간질이고, 말을 어르는 할아버지의 말소리가 귓가를 맴도는 그 순간만은 한 달이 넘게 집에 돌아오지 않는 아버지에 대한 그리움도, 어머니의 한숨소리도, 거머리처럼 끈질기게 내장에 달라붙는 허기증도 문수의 마음에서 까마득히 잊혀졌다. 할아버지의 마차를 끄는 말은 두 마리였다. 한 마리는 멋지게 한 쪽 등으로 회색 갈기가 늘어진 진짜 말이었고, 또 한 마리는 작은 나귀였다. 할아버지는 배갈공장에서 아침 배달을 나가는 새벽에는 언제나 회색 말을 마차에 맸다. 회색 말은 이미 오래 전에 경마장에서 밀려난 폐마였지만 할아버지의 지극한 보살핌으로 건강하고 아름다운 갈기 털과 긴 허리에서 멋지게 둔덕을 이룬 엉덩이까지의 짧은 회색 털이 윤기로 반들거렸다. 그리고 낮에 용산시장이나 남대문시장으로 나가는 작은 짐들을 실어 나를 때는 나귀를 썼다. 요즘은 부대에서 흘러나오는 물건들이 많아 할아버지는 용산시장을 기웃거리며 일거리를 찾지 않아도 늘 일이 넘쳤다. 문수가 외가댁으로 올 무렵 외할아버지댁 바로 아래 공터에다 중국인이 배갈공장을 지었다. 중국인 배갈공장 사장은 독특한 억양의 서툰 한국 말을 한다는 것 말고는, 동네 사람들과 별로 다를 게 없는 사람 좋아 보 이는 중늙은이였다. 중국인들은 대부분 한국 사람과 어울리는 걸 꺼렸고 그들끼리만 친분을 맺고 살았다. 하지만 누구와도 쉽게 친해지는 재 주를 가진 할아버지는 배갈공장 주인과도 곧 친해졌다. 그들은 곧잘 서 로 잘 알아듣지도 못하는 자신들의 말로 이야기를 하면서도 아무렇지 도 않게 오랫동안 이야기를 나누곤 했기 때문에 동네 사람들은 그런 할 아버지를 몹시 신기해했다. 할아버지가 배갈공장 일을 맡으면서 쉴 새 없이 바빠졌는데도 외갓집 살림은 그리 나아지지 않은 듯, 동네의 다른 집들과 마찬가지로 널찍하던 마당에 한 칸 두 칸 방을 들여 셋방을 늘 려나갔다. 마당은 이제 가운데의 우물과 그 옆에 대여섯 포기의 봉숭화 꽃을 심는 화단을 빼놓고는 모두 이어 붙인 방들이 들어찼다. 아버지의 친구가 하숙을 하던 건넌방 아래에 방을 하나 더 달아내고 마구간 옆에 나란히 방이 두 개 더 들어섰다. 방은 만들어지기 무섭게 세가 나갔다.

　마을에는 매일매일 수없이 많은 아가씨들이 새로 들어왔다. 그녀들 은 들어오자마자 미국 군인들이 드나드는 술집에 취직이 되었기 때문 에 곧 그 마을에 방을 얻고 자리를 잡았다. 그녀들은 모두 자신들이 예 전에 살던 방과는 상관없이 미국 군인들의 취향에 맞는 방으로 그녀들 의 보금자리를 꾸몄다. 침대며 화려한 무늬의 커튼, 온갖 화장도구들이 나 요란스런 옷가지들, 그것들은 대부분 미군부대에서 흘러나온 중고 품들이었다. 그 때문인지 그녀들의 물건에는 미국 군인들에게서 나는 독한 향수냄새와 노린내가 배어있었다. 그리고 그녀들에게도 곧 그 냄새가 배어들었다. 할머니는 그네들의 방 앞을 지날 때마다 코를 움켜쥐며 상을 찡그리곤 했지만 어느덧 그들이 살고 있는 집 전체에, 그리고 온 마을이 서서히 그 냄새로 물들어가고 있다는 걸 그들은 미처 깨닫지 못하고 있었다.

할아버지의 말 손질이 끝날 때쯤이면 부엌 쪽에서 아슴아슴 생선조림 냄새가 문수의 코를 자극해왔다. 가끔이나마 비린 반찬이 상에 오르는 할아버지의 밥상에 마주앉기 위해서는 이때쯤 일어나 콧등에 물이라도 찍어 발라야 한다. 일찌감치 일어나 당신의 밥상머리에 다가앉는 문수를 할아버지는 퍽이나 기꺼워했지만 정작 문수의 속셈은 온통 고등어조림에 가 있었다. 할아버지는 고등어조림을 유난히 좋아해서 소금단지 속에는 노랗게 소금에 전 간고등어가 늘 두어 마리씩 들어 있었다.

할아버지가 마차를 끌고 집을 나서고 나면 나머지 식구들이 둘러앉아 아침을 먹었다. 학교에 가기 위해 하얀 교복을 차려입은 이모와 사철 까맣게 물들인 군복 파카를 입고 다니는 외삼촌이 밥술을 뜨는 둥 마는 둥 서둘러 학교로 가고 난 뒤, 할머니와 어머니는 식구들이 먹고 난 밥상에 마주앉아 남은 음식을 거둬 정수에게 떠먹이며 천천히 아침을 들었다. 그러면서 간혹 지나가는 말처럼 아버지 이야기를 했다. 며칠 전 어떤 여자를 차에 태우고 가는 걸 누가 봤다거나, 무슨무슨 식당에서 함께 밥을 먹는 걸 봤다더라거나. 대부분 할머니가 쥐어박듯 거칠게 아버지 소식을 전했고 어머니는 말없이 듣고만 있었다. 한 달에 서너 번 보기도 어려운 아버지. 문수는 할머니의 이야기를 들으며 아버지의 얼굴을 떠올리려 애를 쓰곤 했다. 한 번도 흐트러진 모습을 보인 적이 없는 아버지의 말끔한 외모. 문수는 점점 윤기나는 아버지의 차림새 외에는 구체적인 모습을 떠올리기가 어려워져 간다. 할머니는 그놈의 미군부대가 들어오면서 사람들이 이상해졌다고 치를 떨듯 말을 맺곤 했다. 미군부대가 들어오고 외지인들이 밀려들면서 인심도 사나워지고 사람 사는 도리도 무너졌다고, 아버지가 변한 것도 그 탓이라고 입버릇처럼 말했지만 문수로서는 미군부대가 들어서기 전의 마을이 어땠는지 별로 기억에 남는 게 없었다. 살빛이나 머리카락이 다르고 알아들을 수 없는 말을 쓰는 외국 군인들과 그들 옆에 붙어 다니는 요란한 차림의 여자들은 문수가 이 마을에 들어오면서부터 보고 자란 변함없는 주변 환경이었다. 문수 또래의 소년들은 누구나 미군들이 던져주는 초콜릿이나 껌을 주어 주린 배를 달랬고, 그들이 버린 쓰레기통을 뒤져 먹다 남은 햄버거 조각을 씹었다. 휴전협정을 위한 교섭과 전투가 지루하게 계속되던 전쟁 말기나, 이미 휴전협정이 맺어지고 전투가 끝난 후나, 이 마을의 풍경은 실상 별로 다를 게 없었다. 더구나 휴전이니 교전이니 하는 것들의 의미를 제대로 알지 못하던 소년들에게 전쟁은 그저 콧대 높은 외국 군인들과 여자들, 약간의 배고픔, 지저분하고 거친 눈빛을 한 고아들, 강퍅하고 야박해져 가는 어른들, 따위의 부서진 삶의 조각들로 주변에 널려 있었다.

조반상을 치우고 나면 어머니는 삼각지 로터리에 있는 큰 이모의 제과점으로 일을 봐주러 갔다. 마지막으로 할머니가 미군부대에서 흘러나온 물건 몇 가지를 챙겨 외출을 하고 나면 집안은 막막한 적요와 찐득한 열기를 품은 여름 햇볕이 온 집안을 감싸고 무겁게 가라앉았다. 문수는 끝내 숨이 막혀오는 갑갑증을 견디지 못하고 다리가 불편한 동생 정수를 데리고 집을 나섰다. 아가씨들이 세를 든 방은 아직 한밤중인 듯 조용했다. 문수는 밤중에 소변이 마려워 잠이 깨는 날이면 가끔 그네들이 미군을 데리고 들어오는 것을 볼 수 있었다. 안채에 달아낸 큰방에 사는 여자는 본래 이름이 숙자지만 혀 짧은 미군들이 부르기 쉽도록 수지라는 이름을 하나 더 지었다고 했다. 그래서 모두들 그녀를 수지라고 불렀다. 그녀는 인물이 좋은데다 미군들과 말이 잘 통해 그들에게 인기가 좋았다. 그렇지만 그녀가 미군들과 잘 통하는 건 영어를 잘해서가 아니고 눈치가 빨라서라는 게 어른들의 생각이었다. 고등학교에 다니는 막내이모도 그녀가 말하는 건 영어가 아니라고 빈정거렸다. 하지만 그녀는 마음이 착하고 인심도 후했다. 문수형제에게 잔심부름을 시킬 때면 초콜릿이나 껌을 한 움큼씩 안겨주는 걸 잊지 않았고, 할머니가 부탁하는 물건을 곧잘 구해주었기 때문에 할머니도 그녀에게는 여간해 잔소리를 하지 않았다. 마구간 끝 방에 세를 든 여자는 이름이 지니였는데 나이가 많고 성질도 사나워서 같은 일을 하는 여자들이든, 미군들이든 걸핏하면 싸움질을 했다. 할머니는 그녀가 일곱 명이나 되는 식구들을 먹여 살리느라 그렇게 억척을 떠는 거라며 그녀와 싸우고 나서는 한 번도 보지 못한 그녀의 식구들을 욕하곤 했다.

친구들이 대부분 학교에 가고 없는 이 시간이 문수에게는 제일 따분한 시간이었다. 이북에서 월남해온 아버지가 자신의 호적에 아내와 아들을 올리는 일에 게으름을 피운 탓으로 문수는 또래들이 이 학년이 되도록 학교에 들어가지 못하고 있었다. 시원하고 널찍한 놀이터로는 중국인 호박밭 옆의 느티나무 아래가 제격이겠지만 그곳은 동생과 단둘이만 가기에는 고아원 아이들이 마음에 걸렸다. 시설의 아이들과 동네 아이들 사이에는 터 싸움이 끊이지 않아서 그 패거리들과 섣불리 맞닥뜨리는 건 내키지 않는 일이었다. 고아원 아이들은 대개 원장의 지시에 따라 찬바람재 근처를 떠돌며 미군들에게 구걸을 하거나 느티나무 옆에 있는 마을 안 시장을 헤집고 다녔다. 그러니까 고갯마루에 세워진 콜터 장군 동상과 고아원 앞에 있는 중국인 밭 느티나무는 그들의 본거지나 다름없었다. 마을 안의 주먹깨나 쓰는 아이들과 고아원 아이들 사이에 찬바람재의 동상거리를 놓고 거친 싸움이 벌어지는 건 자주 있는 일이었다. 그런 싸움이야 아직 문수 나이또래 아이들에게는 먼 이야기였지만, 섣불리 느티나무 쪽에 갔다가 고아원패거리를 만나면 하릴없이 몰매를 맞거나 몸에 지닌 것을 몽땅 털리는 것은 흔한 일이었다. 그렇다고 강으로 가기에는 아직 좀 이른 시각이었다. 문수는 배갈공장 앞에서 혹시 아는 아이나 만날까 잠시 기웃거려 보았다. 문수가 걸핏하면 아이들을 몰고 양조장 앞의 술지게미 단지에서 지게미를 퍼내는 것은, 나름대로 믿는 구석이 있기 때문이었다. 요령껏 주인의 눈에 뜨이지 않도록 조심을 하지 않는 것은 아니지만, 설사 들킨다고 해도 마부 할아버지를 유난히 좋아하는 그가 그리 심하게 야단이야 치랴 싶은 것이다. 철부지 아이들은 문수 할아버지가 술 배달을 하면서 정말로 문수가 그 술지게미 단지에 대해 무슨 권리라도 있는 것으로 믿는 눈치였다.

아이들 키에 두 길은 족히 될 만한 술지게미 단지는 양조장 문밖에 있었다. 단지가 차면 시장에 내다 팔기도 했지만, 고작해야 꿀꿀이죽에 들어가거나 짐승 사료로나 쓰이는 것이어서 동네 사람이 좀 덜어낸다고 까다롭게 이유를 달 주인은 아니었다. 하지만 아이들이 그렇게 마구잡이로 퍼내는 걸 번번이 눈감아줄 리는 없었다. 너 나 없이 점심 끼니라곤 구경하기 힘든 아이들인지라 문수가 눈치껏 퍼내 오는 배갈공장 술지게미는 언제나 환영을 받았다. 빈속에 독한 알코올기가 남아 있는 배갈 지게미를 양껏 퍼먹은 아이들은 지하의 곡식창고 속으로 숨어들어 장난질을 치다가 술기운에 곯아 떨어져 거기서 한나절을 보내곤 했다.

문수는 이내 소용없는 짓이라는 걸 깨닫고 야산 밑의 복숭아밭으로 발길을 돌렸다. 복숭아밭에는 한창 복숭아가 익어가고 있었기 때문에 주인의 감시가 심했지만 밭 뒤쪽의 야산에서 놀다가 주인의 눈을 피해 잘 익은 복숭아 몇 개 따내는 일은 그리 어려울 게 없을 터였다. 문수는 복숭아밭 구석구석을 손바닥 안처럼 꿰뚫고 있었다. 문수가 복숭아서리에 처음 낀 것은 지난해였다. 그때는 동네 형들의 매가 무서워 어쩔 수 없이 어울렸지만, 장난이 거듭될수록 그 재미에 빠져 올해는 자진해서 밤서리에 낀 게 벌써 세 번이었다. 저녁 해가 기울 무렵이면 아이들 두엇이 숨어들어 밭 가운데 있는 우물 속에 들어가 날이 저물기를 기다렸다. 우물 속에는 문수의 배꼽 아래가 찰 만큼 물이 고여 있었다. 지하로 흐르는 물은 한여름이라도 온 몸이 뻣뻣이 얼어들 만큼 차가웠다. 아이들은 체온을 빼앗기지 않기 위해 서로의 몸을 부둥켜안고 밤이 오기를 기다렸다. 인적을 분간하기 어려울 만큼 어둠이 몰려들면 우물에서 나와 울타리 밖에서 기다리고 있던 치들에게 전지불 신호를 보내고 작은 쪽문을 열어주었다. 그들은 재빨리 미리 준비한 자루에다 양지 쪽의 잘 익은 복숭아를 훑어 담았다. 아이들은 어느 나무에 실하고 맛있는 과일이 달려 있는지 주인보다도 더 정확히 꿰뚫고 있었다. 서넛의 아이들이 자루를 채워 들고 나오는 데는 불과 한 시간도 걸리지 않았다.

정 과수원으로 들어가는 일이 만만치 않으면 야산에 널려 있는 산복숭아도 요즘은 제법 먹을 만하게 맛이 들어 있었다. 문수는 정수의 손을 잡고 조심스레 풀잎이 뒤덮인 오솔길을 찾아 발길을 옮겼다. 나무와 잡초가 빽빽이 우거진 여름 숲은 아무리 보잘것없는 야산이라고 해도 발을 들어놓기가 만만치 않다. 송충이나 쐐기 같은 벌레에 정강이를 쏘이는 일이야 별 것 아니라 해도 잘못했다간 숲 속을 기어 다니는 뱀에 물릴 수도 있었다. 숲으로 들어서자 후끈한 열기를 머금은 공기에는 비릿한 풋내와 함께 농익은 과육의 향기가 은은히 배어 있었다. 아직 이른 시각 탓인지 밭에는 아무도 보이지 않았다. 문수가 잘 익고 싱싱한 과일을 직접 나무에서 딸 수 있을지도 모른다는 기대를 품고 막 밭으로 들어가려 할 때 동생이 그를 불렀다.

"형아, 저기 지프차가 섰다."

정수의 말대로 보광나루 쪽에서 올라오던 군용 지프가 밭 아래 큰길에서 멎었다. 문수는 순간적으로 밭으로 들어가던 발길을 멈추고 정수 옆으로 갔다. 그것은 정말이지 무어라 말 할 수 없는 느낌이었다. 차를 보는 순간 문수는 운전석의 앞 유리로 눈이 갔고 거리상으로 차 안의 사람을 알아본다는 것은 거의 불가능한 일이었을 터인데도, 아버지다 하는 느낌과 함께 가슴이 마구잡이로 뛰기 시작했다. 그는 아버지가 아닐 수도 있고, 그 느낌은 문수의 육친에 대한 사무침이 잠시 어떤 환상 같은 걸 불러온 것일 수도 있었다. 하지만 문수는 눈곱만큼도 그 느낌에서 비켜설 수가 없었다. 근래 들어 한 달에 한두 번 만나기도 쉽지 않은 아버지였다. 문수는 가끔 아버지의 모습이 어땠는지 떠올려 보려고 무던히 애를 쓰곤 했다. 하지만 아무리 떠올리려 해도 가물가물 생각이 잘 나지 않았다. 그런데 형체조차 알아보기 힘들 만큼 멀리 차 속에 있는 아버지의 모습이 손에 잡힐 듯 선명히 느껴지는 것이었다.

잠시 후 차 문이 열리고 안에서 사람이 나왔다. 문수는 한 순간도 차에서 눈을 뗄 수가 없었다. 운전석에서 내린 남자가 반대편으로 돌아가 문을 열자 양장 차림의 여자가 안길 듯 남자의 손을 잡고 차에서 내렸다. 두 사람의 대화가 어렴풋이 들려왔다. 그들은 멀리 보이는 강과, 더위와, 복숭아밭에 대해 그리고 산그늘의 시원함에 대해 뭐라뭐라 이야기를 나누고 있었다.

아버지였다. 아버지라는 사실이 확실해지자 문수는 오히려 마음이 차분히 가라앉았다. 문수는 동생을 데리고 길로 내려갔다. 아버지의 시선이 문수형제에게 머문 것은 그들이 거의 길로 내려섰을 때였다.

"아버지. 안녕하세요."

문수는 거의 필사적으로 목소리를 끌어내 아버지를 불렀다. 그렇지 않으면 당장이라도 여인을 데리고 떠나버릴 것 같은 조바심이 문수를 그렇게 몰아갔다. 여자가 놀라움으로 커다랗게 벌어진 눈으로 아버지를 올려다보았다. 혼란스럽게 엉기던 아버지의 표정은 곧 냉정을 되찾았다.

"응, 문수구나. 잘 있었니?"

아버지의 목소리와 표정은 문수가 한 발자국도 더 다가갈 수 없을 만큼 차가웠다.

"하숙집 아이야. 얘 아버지가 군대에서 행방불명 됐어. 안 됐길래 좀 놀아주고 했더니 나보고 아버지래."

아버지가 주머니를 뒤져 동전 하나를 내밀었다. 마치 늘 그래왔던 것처럼.

"그래, 이거 가지고 가서 과자 사먹고 놀아라. 자—어서 가. 애들이 이런 데 오면 위험하다. 어서 가."

"우리도 이제 갑시다. 부대에 들어가 봐야지."

"복숭아 사자면서요?"

"원두막에 아무도 없는 것 같아. 이따 내가 사 가지고 갈게."

아버지가 차로 가면서 다시 한 번 어서 가라고 손짓을 했다. 여자의 종알대는 소리가 또렷이 문수의 귓전을 파고들었다. 저 애들 안 됐네요. 그렇지만 아버지라고 하는 건 너무했다. 애초부터 왜 그렇게 부르게 해요. 징그럽게. 아이, 난 깜짝 놀랐단 말예요.

요란한 시동소리와 함께 자동차가 사라지면서 피워 올리는 흙먼지를 고스란히 뒤집어쓰고 서서 문수는 끊임없이 같은 말을 되새겼다. 징그러운 하숙집 아이…….

저녁에 아버지가 집으로 왔다. 하지만 문수는 낮에 아버지를 보았다는 말을 아무에게도 하지 못했다. 할머니는 호들갑스레 아버지에게 인사 올리라고 재촉했지만 문수는 아버지를 차마 바로 쳐다볼 수가 없었다. 속 편한 어른들은 문수를 숫기 없는 아이로 밀어놓음으로써 잠시 동안의 어색한 분위기를 모면하려 했다. 하지만 아버지의 굳은 표정은 할머니나 할아버지의 필사적인 노력을 허사로 만들었다. 집안의 분위기는 문수가 생각했던 것보다도 더욱 무겁게 가라앉았다. 문수는 조금씩 겁이 나기 시작했다. 낮에 있었던 일을 입 밖에 내지 않은 것도 어떤 알 수 없는 두려움이 본능적으로 문수를 조여 왔기 때문이었다. 그런데 그 두려움의 실체가 이미 어른들 속에 굳건히 자리잡고 있다는 것을 문수는 느낄 수 있었다.

아버지가 오는 날이면 문수형제는 할머니 방으로 옮겨갔다. 그것은 문수네 일가가 신의주에서 서울로 옮겨온 후 줄곧 있어온 일이었다. 첫 손자를 손수 받고 싶어 하는 조부모의 뜻에 따라 신의주 본가로 갔던 문수네 가족은 휴전이 되기 한 해 전, 문수가 겨우 발걸음을 뗄 무렵 친할아버지가 마련해준 나룻배를 타고 서울로 돌아왔다. 그때는 이미 전쟁이 막바지에 이르고 육로가 완전히 차단되어 어린아이까지 데리고 전선을 넘는 것은 무리였다고 했다. 하지만 신의주 갑부의 아들이며 서울에 와서 대학 교육을 받은 부르주아가 북쪽에서 살아남을 길은 없었다. 문수의 할아버지는 비밀리에 나룻배를 준비하고 온갖 재물을 실어 아들 내외와 어린 손자를 바다로 띄워 보냈다. 문수에게 신의주나 조부모에 대한 기억은 아무 것도 남아 있지 않다. 하지만 어릴 때부터 전설처럼 들으며 자라온 그 나룻배 이야기는, 그의 어린 육신 속에 잠들어 있던 어렴풋한 기억들, 어느 아득한 밤의 일렁임이나 숨 막히는 긴장, 잠깐씩 짧게 번뜩이던 불빛, 어른들의 숨죽인 속삭임 같은 것들에 살을 입히고 덧가지를 만들어 그의 꿈속에서 생생히 되살아나곤 했다.

바다를 통해 인천에 들어온 나룻배와 거기에 실렸던 엄청난 재물. 그것을 가로채기 위해 벌였던 기관원들의 은밀한 다툼, 그로 인해 아버지가 빨갱이로 몰려 치러야 했던 곤욕. 그 틈바구니에서 어부지리로 갑부가 된 뱃사공. 항간에는 그들을 밀고한 이가 바로 그 뱃사공이었다는 말도 심심찮게 나돌았다. 이러한 이야기는 문수가 자라면서 그 전설에 조금씩 덧붙여진 구체적 이야기들이었다. 아무튼 문수네 일가는 완전한 알몸이 되어 다시 옛 집으로 돌아온 것이다.

아버지는 훨씬 그 이전에 그러니까 고등학교에 입학하면서 서울로 유학을 왔고, 대학 졸업을 할 때까지 줄곧 외할머니댁에서 하숙을 했다. 여고생이었던 하숙집 딸과 대학생이 된 하숙생은 은밀히 사랑을 키워갔고, 하숙집 딸이 여고를 미처 졸업하기도 전에 그 사랑의 씨앗이 자라났다. 문수는 그렇게 세상에 태어났다. 누구도 그가 태어나기를 원치 않던 때에. 하숙집 딸의 아들. 징그러운……. 문수는 지프차에서 내리던 화려한 여자의 모습을 떠올리며 진저리를 쳤다. 어머니의 비명소리가 집안을 흔든 건 그 순간일 것이다. 곧이어 들려온 어머니의 애원과 통곡.

"가지 말아요. 여보. 제발 가지 말아요. 당신이 그렇게 가버리면 불쌍한 우리 문수, 정수 저것들 어떻게 해요. 여보, 제발 아이들을 생각해서라도 한 번만 생각을 바꿔요. 전 어떤 일이라도 다 참을게요. 당신이 떠나지만 않는다면 전 어떤 불평도 하지 않을 거예요. 여보, 제발……."

"내가 죽는 다니까. 안 그러면 난 죽어! 무슨 말인지 몰라! 그 여자의 오빠가 날 죽이겠다고 이 이마빡에다 권총을 들이댔다구. 그 자는 충분히 그러고도 남을 인간이야. 부대에서도 독종으로 소문난 대령이라구. 여보 날 좀 살려줘. 응. 여보."

아버지는 그렇게 떠나갔다. 커다란 군용 가방에다 자신의 물건을 가득 채워들고 그날 밤으로 집을 나간 것이다.

3. 고아원 아이들

집을 완전히 떠나기 전에도 아버지는 집에 오는 날보다 오지 않는 날이 더 많았다. 매일 아침 어머니의 시중을 받으며 출근을 하고, 저녁이면 집으로 돌아와 밥상 앞에 앉는 일상 속의 아버지를 본 것이 언제였던가. 문수의 기억 속에서 그런 아버지의 모습은 점점 아련하게 멀어져 이제는 언제 그런 때가 있었는지 떠올리기조차 힘이 든다. 하지만 식구들의 가슴속에 아버지의 자리가 얼마나 굳건히 존재하고 있었는지를 문수는 그가 떠나고 난 다음에야 깨달았다.

아버지의 부재는 집안에 깊이 모를 침묵의 늪을 만들어 놓았다. 어머니가 말이 없는 거야 전에도 마찬가지였다지만 할머니도 더 이상 아버지의 이야기를 입에 올리지 않았다. 그리고 아버지에 관한 것 이외에는 집안에 아무 것도 이야기거리가 없다는 듯 할머니의 입은 굳게 닫혀버렸다. 게다가 수선스럽게 집안을 휘젓고 다니며 말썽을 일으키고, 문수에게 심부름을 시키던 이모와 삼촌조차도 갑자기 어른이 되어버린 것처럼 조심스러워지고 문수를 대하는 태도가 달라져 여간 어색한 게 아니었다. 문수는 아버지의 부재가 만들어내는 그 암담한 분위기가 쉽게 이해

되지 않았다. 문수 기억 속의 아버지는 그저 조심스럽고 어려운 손님으로 남아 있을 뿐이었다. 그가 귀가하는 날이면 온 집안을 감싸고 돌았던 기묘한 긴장감은, 문수에게 아버지를 더욱 낯선 존재로 느끼게 했다.

언제부턴가 아버지가 집에 돌아오는 날은 한 달에 서너 번으로 정해져 있는 듯했다. 은밀한 축제라도 준비하듯 할머니가 분주하게 동동걸음을 치고, 할머니의 손에 등을 떠밀려 거울 앞에 앉은 어머니가 오랫동안 저녁 화장을 하는 날이면 밤에 아버지가 왔다. 그런 날 거울을 통해 보는 어머니의 표정은 금세 눈물이라도 빠트릴 것처럼 불안해 보였다. 문수는 그 불안감을 무마하기라도 하려는 듯 어머니 주변을 수선스레 서성대며 큰소리로 숫자를 세거나 노래를 불렀다. 그것은 저녁에 아버지 앞에서 해보여야 할 과제이기도 했다. 아버지가 저녁상을 물리고 나면 할머니는 문수와 정수를 그의 앞에 불러내 그 동안 배운 몇 개의 글자를 써 보이거나 노래를 부르게 했다. 의례적인 웃음조차도 불가능하게 하는 그 억지스런 재롱잔치의 엄숙함 때문에 문수는 언제나 잘 알고 있던 글자나 단순한 셈마저 틀리는 실수를 하곤 했다.

그 어색한 시험이 끝나면 아버지는 가방에서 캐러멜이나 초콜릿 따위의 군것질감들을 꺼내놓았다. 그것은 말하자면 그들이 부자지간임을 확인하는 일종의 의례 행위였던 셈이다. 할머니는 마치 종주먹을 들이대듯 그런 방법으로라도 아버지에게 의무감을 강요하고자 했던 것이리라.

이제 문수에게 아버지는 그가 가져다주던 서양과자들의 독한 단맛과 향으로만 어렴풋이 남아 있다. 아버지가 집에 올 때 가지고 오는 캐러멜이나 초콜릿 따위의 군것질감이 아니었다면 문수에게 아버지는 육친으로서의 어떤 기억도 남기지 못했을지도 모른다. 언제고 어머니로부터 아버지가 가져온 것이라는 언급과 함께 형제의 손에 쥐어지는 몇 알의 군것질감은 그러니까 아버지를 기억하도록 강요하는 일종의 매개물이었던 셈이다. 입안에서 녹으며 배속으로 흘러드는 그 들척지근하고 끈끈한 느낌, 그 먹을 것을 쥐었던 손에 종일 남아 있던 희미한 단내와 눅눅한 끈적임. 문수는 가끔 까맣게 때가 묻은 손을 코앞에 바짝 들여대고 냄새를 맡아보곤 했었다. 이미 온갖 먼지와 그의 손에 닿았던 이물질의 냄새를 빨아들여 그저 희미한 흔적으로만 남아 있는 아버지의 냄새. 아버지로 강요되는 그 달콤찝찔한 냄새는 기묘한 안도와 아릿한 그리움, 그리고 쌉쌀한 슬픔으로 문수의 가슴에 물처럼 고여 들곤 했다.

아버지의 이름으로 주어지던 군것질감을 더 이상 기대할 수 없다는 것 정도가 그러니까 문수가 실감하는 아버지의 부재증명이었다. 자신의 손바닥에서 아버지의 냄새를 포기하고 났을 때 문수는 문득 자신이 부쩍 자랐다는 느낌을 받았다. 문수는 이제 그 달콤찝찔한 냄새로부터 독립한 것이었다. 그는 그 군것질감들을 스스로 찾아나설 필요를 느꼈다. 제 것뿐이 아니고 늘 그림자처럼 따라다니는 동생의 몫까지.

문수는 거의 매일 밖으로 나돌았다. 아이들이 학교에 가고 없는 아침나절에는 저보다 어린아이들을 몰고 시장 안을 어슬렁거렸다. 그곳에 들어선 이상 이제 고아원 애들을 마냥 피할 수만은 없었다. 오전에는 그 애들도 문수패거리와 마찬가지로 어린애들만 남아 있게 마련이어서 그리 겁날 것도 없었다. 그보다 문수에게 가장 걱정이 되는 것은 지나가는 미군을 잡고 외쳐야하는 그 이상하고 낯선 말이었다. 문수는 뜻도 제대로 알 수 없는 그 말들이 도무지 입 밖으로 나오질 않았다. 미군만 보면 천연덕스럽게 달려들어 헬로! 깁미 초콜릿, 을 외쳐대는 고아원 아이들을 종일 지켜보면서 수없이 입안에서 되뇌어 보지만 막상 미군이 지나가면 입이 철썩 달라붙었던 것이다. 깁미 초콜릿. 깁미 시거렛. 깁미…… 깁미……. 시장을 한 바퀴 돌고나면 문수패거리들은 의례 배갈 공장으로 갔다. 공장 대문 앞에는 언제나 커다란 항아리가 산봉우리처럼 우뚝 솟아 있었다. 아이들은 코를 벌름거리며 양조장에서 흘러나오는 향긋한 술 냄새를 빨아들였다. 문수는 미리 단지 뒤에 감추어두었던 바가지를 꺼냈다. 그러고는 아이 하나를 단지 옆에 엎드리게 하고 그의 등에 올라서 판자로 만든 단지 뚜껑을 열었다. 밀폐된 단지 속에 갇혔던 진한 알코올이 눈과 코와 입으로 훅 — 밀려들었다. 문수는 숨을 멈추고 입을 앙다문 채 단지 안을 들여다보았다. 지게미가 반 넘어 담겨 있었다. 겨우 손이 닿을 만한 깊이였다. 바가지를 안으로 들이밀어 힘껏 지게미를 퍼내면서 아침에 집에서 들고 나온 당원이 주머니에 그대로 있는지 슬쩍 더듬어 보았다. 지게미에 당원을 한두 알 넣어서 아이들에게 돌리면, 시장에서 한 푼어치의 소득이 없었다 해도 충분히 아이들의 불만과 서운함을 달랠 수 있었다. 한 바가지 가득 올라오는 먹을 것을 보며 눈을 빛내는 아이들을 데리고 문수는 쪽마루 밑의 작은 구멍을 통해 양조장의 지하창고로 들어갔다. 창고 안은 한여름에도 서늘하고 눅눅한 공기가 고여 있어 아이들의 달뜬 몸에서 금세 열기를 걷어냈다. 창고 안에 배어 있는 구수한 누룩 냄새는 언제나 텅 빈 아이들의 창자를 자극해 걷잡을 수 없는 식욕을 불러일으킨다.

"자, 먹어."

문수가 지게미 바가지를 바닥에 놓자 아이들이 아귀처럼 달려들어 단번에 바닥을 냈다.

"애들아, 지금부터 내가 하는 거 따라해 봐."

독한 술기운으로 벌겋게 달아오른 아이들은 주문을 외듯 문수의 선창에 장단을 맞췄다.

깁미, 깁미. 짝짝!! 바블 바블 짝짝!! 깁미 초콜릿! 깁미 시거렛!

아이들이 하나둘 바닥에 늘어져 잠 속으로 빠져들었다. 문수는 온 몸에서 기운이 쭉, 빠져나가고 알 수 없는 슬픔이 물처럼 차오는 걸 느꼈다. 슬픔인지 분노인지조차 구분할 수 없는 그 감정은 차츰 거센 물결이 되어 어린 문수를 집어삼켰다.

문수는 점점 미군을 상대로 한 구걸에 익숙해졌다. 오전 내 어린아이들을 독려해 얻어낸 전리품을 가지고 문수는 찬바람고개 밑에서 친구들을 기다렸다. 이건 문수가 아침나절의 구걸에 익숙해지면서부터 거의 매일 해온 일이었다. 문수가 입에 물려주는 군것질감에 맛을 들인 아이들은 이제 문수의 말이라면 죽는 시늉까지 할 만큼 길이 들여져 있었다. 특히 같은 또래인 철진, 영훈, 동철 패들은 문수와 죽이 잘 맞는 친구들이었다. 이들 대여섯이 모이면 같은 또래에서는 무서울 게 없었다. 게다가 동철의 형인 동만은 근방에도 소문난 주먹패에 속해 있었다. 그러니 웬만큼 굵은 아이들도 동철이는 함부로 건드리지 않았다. 하지만 그런 동철이도 문수만은 만만히 대하지 못했다.

아직 문수의 손바닥에 아버지의 초콜릿 향기가 남아 있었던 때에 문수가 그 친구들과 자주 어울리지 않았던 것은 어머니의 엄한 단속 때문이었다. 미군부대에서 중책을 맡고 있는 아버지의 체면을 생각해서라도 절대로 함부로 행동해서는 안 된다는 게 문수가 그 동안 귀가 닳도록 들어온 말이었다. 하지만 이제 사정이 달라졌다. 그는 손바닥 위의 초콜릿 향기로부터 해방된 것이다. 그리고 그것이 문수를 제 나이에 걸맞지 않게 갑자기 훌쩍 자라도록 했다.

그들은 다음날 낮에 있을 고아원 배급에 끼어들 계획을 짜기로 약속이 되어 있었다. 휴전이 되던 해 느티나무 옆 공터에는 군용 천막으로 지은 커다란 막사가 들어서고 거리를 떠돌던 전쟁고아들을 그곳으로 모아들였다. 그곳에는 100여 명 가까운 아이들이 수용되어 있었는데, 평소에는 마을 아이들과 다름없이 부대 주변을 떠돌며 군인들에게 구걸을 하거나 시장 안을 패거리로 몰려다니며 먹을 만한 것들을 훔쳐 주린 배를 채우기 일쑤였다. 하지만 일주일에 한 번씩 미군부대에서 구호물자가 나오는 날은 그들에게 잔칫날이나 다름없었다. 군용 트럭에 가득 실어다 풀어놓는 구호물자에서는 헌옷가지며 운동화, 빵, 과자, 통조림 따위의 생필품들이 한없이 쏟아져 나왔다. 그것들은 고아원 아이들에게 뿐 아니라 궁하기로는 그들보다 조금도 나을 게 없는 마을사람들에게도 욕심을 내기에 충분한 물건들이었다.

그래서 마을 아이들은 그날만 되면 어떻게든 배급 줄에 끼려고 갖은 방법을 다 동원하게 마련이고 고아원 아이들은 그걸 막는 데 필사적이었다.

"오늘 저녁에 우리 형한테 그 고아원 떨거지 새끼들 몇 놈 죽사발 만들라고 할까? 그리고 단단히 다짐을 받아놓자. 내일 꼼짝 못하게."

"새꺄, 그럼 낼 받는 거 몽땅 형들한테 바쳐야 되잖아."

"……."

"그럼 어쩌냐? 그 떨거지들이 사방에서 지키고 있을 건데."

문수는 죽도록 고생해서 얻은 걸 동네 형들한테 빼앗기고 싶지 않았다.

친구들이 집에 가기 전에 길목에서 지키고 있었던 것도 그 때문이었다. 저녁쯤이면 필경 형들은 그들을 불러 모을 것이고 방금 동철이 말한 방법을 써서 아이들을 배급 줄에 세운 다음에 그들이 얻은 걸 몽땅 가로채고 과자부스러기나 나누어줄 게 뻔했다. 문수는 어떻게든 이번에는 동생과 제가 신을 운동화를 하나씩 얻고 싶었다. 문수가 신고 있는 고무신은 벌써 언제부터 엄지발가락이 빠져 나올 만큼 구멍이 나 있었고, 동생이 신은 낡은 운동화는 뒤축이 다 떨어져 나가 거의 맨발이나 다름없었다. 방금 문수가 나누어준 사탕이며 초콜릿을 하나씩 입에 문 아이들은 조금은 겁먹은 눈으로 문수만을 바라보고 있었다. 지금 문수가 하려는 것은 그러니까 마을의 형들에 대한 배신 행위가 될 수도 있었다. 어쩌면 나중에 그 사실이 알려지면 형들에게 죽지 않을 만큼 매를 맞을 수도 있는 일이었다.

"동철이 너는 오늘 우리하고 만났던 일 형한테 말하지 마. 그리고 너희들은 어떻게든 형들 눈에 안 띄게 피해 있어. 알았지?"

"……."

"그리고 내일은 따로따로 천막 근처에 숨어 있다가 떨거지들이 거지반 모인 담에 하나씩 끼어드는 거야. 그럴 때 될 수 있는 대로 지지배들 뒤에 가서 서. 지지배들은 우릴 잘 모르니까. 그럼 니들이 얻은 건 전부 니들 게 될 수 있어. 어때?"

"……."

아이들은 두려움과 기대가 엇갈리는 표정으로 문수의 말에 고개를 끄덕였다.

문수는 그날만은 조무래기들을 불러 모으는 걸 포기하고 집에서 빈둥거리다가, 일찌감치 동생을 데리고 천막 뒤쪽으로 갔다. 축대와 연결되어 있는 천막 뒤쪽에는 아이들이 면도칼로 찢어서 만든 작은 쪽문이나 있었다. 그리고 아이들이 장난삼아 피운 담배꽁초와 온갖 쓰레기가 널려 있는 축대 밑에는 지릿한 소변 냄새가 배어 있었다. 이곳에서 고아원 아이들은 아마 구걸을 하거나 훔쳐온 물건들을 나누고, 그것들을 더 많이 차지하기 위해 싸움질을 벌였을 터였다.

찢어진 문틈으로 들여다본 천막 안은 조용하고 한적했다. 대여섯 살이나 되었을까 싶은 아이들 몇 명이 여기저기 흩어져 단순한 손장난을 하거나 저보다 더 어린아이를 돌보고 있다. 좀 큰 아이들은 학교로 갔거나 거리로 나갔을 것이다. 고아원 아이들은 여간해서 혼자서 다니는 법이 없었다. 그들은 늘 떼로 몰려다녔고, 한 아이가 어쩌다 매라도 맞으면 반드시 그 패들이 보복을 했다. 그래서 동네 아이들은 그들을 떨거지라고 한꺼번에 몰아서 불렀다.

동네 사람들은 사실 어른들조차도 고아원 아이들을 한 사람씩 따로 떼어서 생각하기보다 한 덩어리의 골칫거리로 보는 데 익숙해져 있었다. 그런데 막상 천막 안에서는 여기저기 드문드문 떨어져서 마치 서로 전혀 무관한 사이인 것처럼 행동하고 있었다. 어두컴컴한 천막 안에 흩어져 있는 작은 아이들을 돌아보면서 문수는 전혀 생각지 못했던 묘한 충격으로 몸이 굳어오는 것을 느꼈다. 어쩌다 나무 밑에 떨어져 뒹구는 덜 자란 풋 복숭아처럼 혼자 떨어져 나온 작은 아이들. 그들은 부모가 없다. 그들이 문수와 다른 점은 단지 그것뿐이었다. 문수는 지금까지 그들을 저와는 전혀 족속이 다른 존재들인 것처럼 생각해 왔었다는 것을 깨달았다. 마치 처음부터 그렇게 한 곳에 뭉쳐 살도록 운명지어진 특별한 아이들인 것처럼. 강한 거부의 표정으로 단단하게 굳어진 눈빛을 한 채 저희들끼리만 몰려다니는 아이들에게는 분명 그런 게 있어 보였다.

왼쪽 구석자리에서는 한 여자아이가 무슨 이유에선가 계속 칭얼대는 어린아이를 참을성 있게 달래고 있다. 몸집으로 봐서는 정수보다도 작고 어려 보이는 창백한 얼굴의 여자아이. 그런데 어린애를 달래는 아이의 표정에는 이미 세상을 살 만큼 산 어른이나 지을 법한 능숙한 체념과 무감각이 깃들어 있다. 문수는 그 두 아이에게서 시선을 뗄 수가 없다. 아직 새파랗게 젊은 것이 새끼들만 바라보고 살 수는 없어. 저것들지 애비한테 데려다 줘. 하숙집 아들이야. 불쌍한 하숙집 아들. 징그러운. 징그러운…….

어른들이 한 마디씩 던진 말들이 문수의 기억 속에 박혀 있다가 더러운 벌레처럼 스멀스멀 기어 나와 심장 속으로 파고들었다. 문수는 세차게 진저리를 치면서 쪽문에서 눈을 떼고 서너 발짝 뒤로 물러섰다. 잠시도 더는 그곳에 있고 싶지 않았다. 문수는 정수의 손을 움켜쥐고 도망치듯 그곳을 벗어나 시장으로 스며들었다.

마을 안 시장은 마치 신비가 가득한 동굴의 입구 같다. 미군부대가 들어오기 전에는 오일장이 서면 그저 도시 근교의 농민들이 손수 기른 야채나 과일 따위를 한 보따리씩 들고 나와 난전을 벌이던 한적한 골목이었다, 그런데 시장 뒤의 주택가에 양색시들이 세 들어 살기 시작하면서 시장은 차츰 복잡해지고 살림집은 시장과 통하는 작은 동굴들이 되어갔다.

양색시들은 낮이면 시장에서 그네들이 필요한 물건들을 사거나 외국 군인들과 데이트를 했다. 시장에는 미군부대에서 흘러나온 온갖 물건들로 넘쳐 났고 차츰 새로운 물건을 사거나 구경을 하러 오는 외지인들도 늘어났다. 그리고 밤이 되면 양색시들은 자신을 그 시장에 내놓았다. 낮에 그네들이 산 화장품이나 옷가지처럼 그네들은 서양식 이름의 간판이 붙은 가게에 스스로를 진열했던 것이다.

그들은 마치 한두 마디의 단순한 소리와 몸짓으로 의사를 전달하는 동물들처럼 단음절의 외침과 몸짓으로 서로의 값을 흥정하고 계산을 했다. 하지만 그네들이 의사소통의 한계에 불편을 느끼는 것은 아주 잠깐 동안일 뿐 금방 거기에 익숙해졌고, 그 이상의 말은 별로 필요로 하지도 않는 것 같았다.

그리하여 그네들을 산 덩치 큰 흑인이나 백인 남자들은 대부분 그네의 작은 동굴로 따라들어 갔다. 그럴 때면 이상하게도 마치 작은 요정이 커다란 검은 소나 흰 말을 사서 자기 집으로 끌고 가는 것처럼 갑자기 주객이 바뀌어 보이는 것인데. 덩치 큰 남자들은 일단 흥정이 끝나고 나면 그렇게 순한 짐승처럼 고분고분해졌고 현란한 옷차림을 한 조그마한 여자들은 턱없이 의기양양해져서 남자가 알아들을 수 없는 자신들의 말을 큰소리로 떠들며 남자를 자신의 작은 동굴로 인도하는 것이었다.

그 진풍경을 보기 위해 사람들은 자꾸 몰려들었고 그럴수록 시장은 점점 더 복잡하고 신비스런 만화경이 되어갔다. 시장 안을 헤집고 다니다 보면 문수는 어느 사이 현실에서 벗어나 꿈속을 헤매는 것처럼 나른한 환상에 빠져들었다. 어쩌면 그래서 아이들은 시장을 좋아하는지도 모를 일이었다. 잠시나마 남루하고 궁핍한 현실에서 벗어다 나름대로의 아이다운 꿈을 찾아다니기에 시장은 안성맞춤이었던 것이다.

아이들이 시장을 헤집고 다니면서 외국인을 만나면 습관처럼 헬로 김미 초콜릿, 김미 시거렛, 을 외치는 것은 단순히 배가 고파서만은 아니었다. 그것은 갓 세상에 태어난 어린아이가 무엇이든 손에 잡히면 입안에 넣어보아야 직성이 풀리는 것 같은 아이다운 호기심의 표현이었고, 낯선 세상을 향한 그네들 방식의 도전이기도 했던 것이다.

실상 외국 군인들이 가끔 던져주는 그 지나치게 단 군것질감들은 허기증을 덜어주는 데는 별 도움이 되지 못한다는 걸 아이들도 이미 잘 알고 있었다. 오히려 그것들은 그 진한 단맛이나 독한 향기만큼이나 강한 힘으로 아이들을 지금까지 알지 못했던 미지의 세계로 끌어들이는 구실을 했다. 때문에 아이들은 그 달콤한 맛의 유혹에 이끌리는 것만큼이나 강한 반발심도 키워 가는 것이어서 때로 미군들이 타고 있는 군용차를 향해 돌멩이나 쓰레기 뭉치를 던진다거나 팔뚝 욕을 먹이는 짓거리를 예사로 할 수 있었던 것이다. 하지만 무엇보다도 그 혼잡한 시장을 헤집고 다니는 사이 아이들은 그 시장이 가지고 있는 독특한 거래의 생리를 빠르게 터득해 시장의 일원이 되어갔다.

아이들은 아마 깁미 초콜릿이나 깁미 캐러멜을 외치는 대신, 헬로 투데이 썸 메깃 러브?나 썸 매깃 러브 투나잇?, 따위를 배우기 시작하면 본격적인 시장의 일원으로 편입하게 되는 것이리라. 깁미 초콜릿을 웅얼거리며 손을 내밀던 아이들이 '썸 매깃 러브 투나잇?'을 익히고 나면 그들의 표정에서는 어느 사이 비굴함이 사라지고 교활하고 은밀하게 눈빛이 번뜩이기 시작한다. 그때쯤이면 그네들의 행동도 훨씬 대담하고 능란해져서 피부색이 다르고 덩치 큰 외국인들에 대한 두려움이나 거부감은 조금도 문제가 되지 않는다. 종일 밖으로 쏘다니며 까맣게 그을린 얼굴과 꾀죄죄한 몰골을 한 작은 아이들이 의기양양하게 낯선 이국인들에게 달라붙어 사내들을 유혹하는 몸짓과 말투는 이미 천연덕스런 뚜쟁이의 행동을 흉내내고 있었다.

절름발이 동생이 그 동안 제 손에 매달려 가혹하게 끌려 다니고 있었다는 것조차 까맣게 잊은 채 생각에 빠져 있던 문수는 정수가 더 이상 견디지 못하고 바닥에 풀썩 주저앉았을 때에야 정신이 퍼뜩 들었다. 정수는 거의 실신 상태였다. 불편한 다리로 너무 많이 걸은 것이 문제였다. 어린아이답지 않게 다부지고 힘이 좋은 문수에 비해, 정수는 몸집이 작고 마음이 여렸다. 게다가 서너 살 무렵 심한 열병을 앓고부터 다리를 절었다. 그런 정수에 대한 문수의 보살핌은 본능에 가까웠다. 어디를 가든 제 일부처럼 데리고 다니며 보듬어주었다. 그런데 얼마나 헤매고 다닌 것인지 정수가 거의 필사적으로 손에 매달려 끌려오고 있다는 것조차 잊고 있었던 것이다. 지쳐 늘어져 있는 정수를 들쳐 없고 집으로 달려가는 동안, 문수의 의식 속에서는 날아가 버린 신발과 고아원 아이들의 모습, 자식들에게조차 아무 관심이 없어 보이는 어머니의 절망. 아버지와 아버지의 여자 따위의 영상이 선명히 떠올랐다가는 아득히 멀어지곤 했다.

4. 오산 비행장

문수의 등에 업혀 집에 돌아온 정수는 그날 저녁부터 내리 사흘을 앓았다. 정수가 바깥 출입을 한 것은 그러고도 사나흘은 지나서였을 것이다. 정수가 앓고 누워 있는 동안 문수는 마음이 영 편치 않았다. 언제나 그림자처럼 쫓아다니던 정수가 옆에 없으니 마치 제 수족이 떨어져 나가기라도 한 것처럼 허전하고 무슨 일을 해도 신이 나질 않았다. 그렇게 대엿새를 혼자서 빈둥거리다가 모처럼 나루에 가고 싶다는 정수를 데리고 막 나가려는데 큰 이모가 왔다. 할머니가 기다리고 있었던 듯 이모를 맞아들였다. 이모는 손에 들고 있던 작은 보따리를 할머니에게 건네며 아이들에게 입히라고 말했다. 할머니가 받아서 펼친 보따리 속에는 문수와 정수가 입을 새 옷이 한 벌씩 들어 있었다. 이모가 사온 진청색 바지와 붉은 무늬가 있는 셔츠에서는 새 옷에서 나는 싱싱한 포르말린 냄새가 풍겨왔다. 문수는 뜻밖의 호사에 잠시 불안을 느끼며 할머니에게 어디 가느냐고 물었다.

"그래, 네 애비한테 갔다 오너라."

할머니가 이모를 흘끗 돌아다보며 기운 없이 말했지만, 이모는 본 체도 하지 않고 할머니가 차려준 점심밥을 부지런히 입속으로 퍼 날랐다.

찬바람이 일게 냉랭한 큰 이모의 표정을 보면서 문수는 잠시 같이 가는 이가 큰 이모가 아니고 엄마였으면 좋겠다는 생각을 했다. 엄마는 여간해 바깥나들이를 하지 않았다. 삼각지의 이모네 제과점과 집을 오가는 것이 엄마 생활의 전부나 다름없었다.

아주 가끔 정일 스님을 만나기 위해 봉운사를 찾아가는 게 그나마 그녀가 바깥바람을 쐬는 기회였다. 그럴 때 그녀는 늘 문수를 앞세웠다. 엄마와 단둘이 버스를 타고 떠나는 나들이 길이 무턱대고 좋아서 문수는 가슴이 뿌듯이 부풀어 오르곤 했었다.

봉운사 입구의 숲길을 문수는 특히 좋아했다. 버스에서 내려 숲길로 들어서는 순간 도시는 갑자기 아득한 거리로 멀어지고 모자는 단둘만이 깊은 산중에 갇힌 듯한 착각에 빠져들었다. 그럴 때 문수가 느끼는 엄마와의 일체감은 그를 단순한 어린애의 위치에서 엄마를 든든하게 지켜줘야 하는 보호자로 탈바꿈시켜 놓는 것이었다.

엄마의 손안에 갇힌 작은 손을 꼼지락거리며, 어린 문수는 손을 통해 전해지는 엄마의 밋밋한 체온과 제 손을 움켜쥐는 악력을 통해 한 여인의 공허하고 불안한 심중을 어렴풋이 읽어낼 수 있었다. 그 순간 문수는 그녀가 유독 저만을 데리고 이곳을 찾는 이유가 아주 선명히 깨달아졌고, 그 어느 때보다도 엄마에게 친밀감이 들었다. 하지만 아버지가 완전히 떠나버린 후 엄마는 봉운사 나들이마저 중단하고 말았다. 요즘 그녀는 문수형제가 가까이하기를 꺼릴 정도로 신경이 날카롭고 불안정했다. 이유 없이 아이들에게 불같이 화를 내고 매질을 하는가 하면, 온 식구가 달려들어 아이들을 격리시키고 진정제를 먹여야 할 정도로 아이들을 붙잡고 울어대기도 했다.

아이들은 절망에 빠진 엄마의 변덕스런 신경질을 감당하기에 아직 너무 어렸다. 엄마가 저희들을 껴안고 목 놓아 울 때면 문수는 차라리 매질을 하라고 소리치고 싶은 걸 억지로 참았다. 엄마의 울음은 정말 질색이야. 문수는 오늘의 나들이는 큰 이모의 잔소리와 함께 하는 것으로 만족해야 한다고 생각했다.

제법 눈치가 빠른 아이들이라고는 해도 형제는 갑작스런 호사에 들떠 있었고, 오랜 만의 나들이에 대한 기대로 맘이 부풀어 어른들의 마음을 미처 알아채지 못했다. 아침에 일을 나가는 엄마로부터 오늘의 나들이에 대한 아무런 당부가 없었던 것이 오히려 잠깐 다녀오는 가벼운 외출로 믿게 했는지도 모르겠다. 쌍둥이처럼 똑같이 새 옷을 입은 형제는 서로가 낯설어 잠시 마주보고 어색하게 웃었다. 형제는 이모와 버스를 타고 가면서 아버지에게 공손하게 절을 하라거나 아버지와 함께 살고 있는 여자에게도 공손히 인사하고 엄마라고 부르라거나 몇 가지 주의를 귓등으로 들으며 빠르게 스쳐가는 바깥 풍경에 정신을 빼앗기고 있었다.

오산에서 버스를 내린 이모와 형제는 철도를 따라 좁은 시골길을 지루하게 걸었다. 길 양편으로는 추수를 끝낸 빈들이 한없이 펼쳐져 있었고 가끔 하늘이라도 가를 것처럼 날카로운 금속음을 내며 비행기가 낮게 날았다. 손에 잡힐 듯 분명하게 윤곽을 드러낸 비행기가 머리 위를 지나갈 적마다 형제는 신기한 듯 소리를 질렀지만 이모는 질겁하며 귀를 막았다.

아버지의 집은 송탄역을 사이에 두고 양쪽으로 길게 펼쳐진 마을의 북쪽 산 밑에 있었다. 그 산 너머에 아버지가 일하는 미군 비행장이 있다고 했다. 비행장을 둘러싼 나지막한 산에는 빈 틈 없이 철책이 둘러쳐져 있었다.

약도를 가지고도 몇 번이나 물어 찾아간 아버지의 집은 그리 크지는 않지만 깨끗하고 아담한 양옥이었다. 이모가 대문 옆에 붙어 있는 벨을 누르자 누구냐고 묻는 젊은 여자의 새된 목소리가 먼저 대문을 넘어왔다. 이모가 뭐라 뭐라 꽤 길게 설명을 한 다음에야 대문이 열렸다. 문을 열어준 이는 열서넛이나 될까 싶은 여자애였다. 차림새며 말투에서 집안의 잡일을 거드는 아이라는 걸 금방 알 수 있었다. 이모는 기세 좋게 그녀를 옆으로 밀치고 안으로 들어가며 목청을 높였다.

"애들아! 뭐하고 있어 빨리 들어오잖구. 여기가 느이 아버지 집이다. 그러니 느이 집이나 마찬가지야. 어여 들어와 그렇게 어리벙하게 굴지 말고. 어여."

하지만 문수는 이상하게도 막상 대문 앞에 다다른 다음에야 그 집이 전에 과수원에서 보았던 여자의 집이며, 아버지는 이곳에서 그 여자와 함께 살고 있으리라는 사실이 아주 선명하게 깨달아졌다. 그리고 자신이 이 집 앞에 와 있다는 것은 무엇인가 불결하고 정당하지 못한 일에 가담하는 것이라는 알 수 없는 치욕감이 어린 가슴속을 어지럽혔다. 아버지를 만나러 오는 동안 왜 미처 그 생각을 하지 못했을까. 아니 오히려 아이의 무의식 속에 무겁게 자리잡고 있던 어떤 예감이 엄연히 존재하는 현실을 외면하도록 은연중에 조종하고 있었던 것은 아닐까. 감당하기 힘든 그 불길한 예감은 뜻밖의 나들이를, 그저 잠시 일 때문에 집을 떠나 있는 아버지를 만나러 가는 것쯤으로 선선히 받아들이도록 강요라도 했던 것인가. 문수는 갑자기 한 발걸음도 집안으로 들여놓고 싶지가 않았다. 할 수만 있다면 그 자리에서 그냥 멀리 도망쳐버리고 싶을 뿐이었다. 하지만 문수는 이미 이모의 손에 등을 떠밀려 집안에 들어와 있었고, 몇 그루의 정원수가 심겨져 있는 좁은 마당을 지나 거실로 들어섰다.

집안에는 아무도 없는지 그 작은 소란은 그저 잠시 고적했던 집안의 공기를 흩트려 놓았을 뿐 아무런 반응도 끌어내지 못했다.

"어른들은 아무도 없니?"

이모가 대뜸 처녀에게 물었다.

"예, 저─사장님은 회사에 가시고 사모님은 외출 하셨는데요."

"그래, 자알들 한다. 아주 고대광실같이 꾸며 놓고 사는구나. 제 새끼는 죽는지 사는 지도 모르고."

이모가 집안을 둘러보며 혼잣말처럼 중얼거렸다.

과연 집안은 문수가 살고 있는, 외가하고는 비교가 안 될 만큼 아름답고 화려하게 꾸며져 있었다. 문수가 알고 있는 가장 좋은 집은 동네에서 양복점을 하는 화영이네 집이었다. 미군부대가 들어오면서 화영이네 양복점은 갑자기 엄청나게 돈을 많이 벌어 새로 집을 지었는데, 동네에 처음 생긴 이층 양옥이었다. 하지만 실내에는 예전에 있던 가구며 살림들을 그대로 들여놓아 별로 달라진 게 없어 보였다. 그런데도 문수는 화영이네 집에 놀러갈 때면 흙투성이인 제 발이며 옷이 신경 쓰였고, 어디에 앉아야 좋을지 몰라 허둥거리곤 했었다. 그런데 아버지의 집은 화영이네에 댈 게 아니었다.

우선 커다란 창문을 천장에서 바닥까지 닿도록 가린 화사한 연분홍색의 커튼은 거실 전체에 은은한 노을빛을 뿌려 놓은 것 같은 느낌을 주었다. 그리고 거실이 좁아 보일 만큼 육중한 부피로 구석자리를 차지하고 있는 피아노와 화려한 장식장 위의 장식품들, 눈부시게 흰 벽에 걸린 그림들. 하지만 그 어떤 것도 지금 문수의 시선을 끌지는 못했다. 문수의 눈이 붙박여 있는 곳은 피아노 위에 걸려 있는 커다란 액자 속의 사진이었다. 그 속에는 까만 양복을 입은 아버지와 복숭아밭에서 본 여자가 새하얀 드레스를 입고 다정하게 웃고 있었다. 문수는 잠시, 멋진 결혼 예복을 차려입은 아버지의 옆에 어머니를 세워보았다. 하지만 왠지 아버지 옆에 서 있는 어머니는 울듯이 인상을 찌푸리며 어색해 했고, 그런 어머니는 아버지와 전혀 어울리지 않았다. 아버지 옆에서 화사하게 웃고 있는 그 여자는 너무나 아름다워서 그 동안 그녀를 향해 가져왔던 미움이나 원망이 모두 무례한 짓으로만 여겨졌다. 그녀의 옆에서 웃을 듯 말 듯 어색한 표정을 짓고 있는 아버지에 대해 문수는 한 순간 알 수 없는 질투와 적개심이 불길처럼 솟아올랐다. 아, 문수는 어서 빨리 그 집에서 나가고만 싶었다. 문수는 애원이 담긴 눈빛으로 이모를 보았다. 이모도 왠지 무엇을 해야 할지 목적을 잃은 사람처럼 불안하게 집 안을 서성거리고 있었다. 문수는 이모도 빨리 이 집을 떠나고 싶은 거라고 생각했다. 문수의 생각이 옳았다. 이모가 무엇인가 결단을 내린 듯 아이들을 바라보며 입을 열었던 것이다.

"얘들아, 잠깐만 여기 있어. 이모가 나가서 뭐 좀 사 가지고 올게. 들어올 때 사 온다는 게 깜빡 잊었다. 여기 얌전히 앉아 있거라. 내 금방 갔다 올 게 알았지?"

문수는 이모의 표정이 너무 결연해서 조금 겁이 났다. 이모의 지나치게 과장된 다짐은 오히려 아이에게 의심을 불러일으킬 정도였던 것이다. 하지만 그런 이모의 태도는 또한 아이의 어렴풋한 의혹을 단호히 거부하고 있었다. 이모는 아이들을 거실 소파에 앉혀두고 서둘러 집을 나갔다. 그것이 전부였다. 이모는 다시 돌아오지 않았다. 저녁때가 훨씬 지나 외출했던 그 집의 안주인이 돌아올 때까지. 그녀는 짐작했던 대로 과수원에서 보았던 그 여자였다. 징그럽게 왜 아버지라고 부르게 해요. 놀랐잖아요. 그녀는 그때처럼 그렇게 놀란 눈으로 징그러운 벌레를 보듯 형제를 보며 외쳤다.

"명자야! 얘들은 뭐니? 얘들이 왜 여기 와 있어?"

그러자 문수는 정말 자신이 벌레가 된 것만 같아서 어떻게든 그녀가 보이지 않는 곳으로 숨고 싶었다.

"낮에 어떤 아줌마가 데려다놓고 갔어요. 사장님 아들이라고."

"무슨 소리야! 왜 아무한테나 문을 열어줘!"

"사장님 친척이라고 해서……. 사장님 친척이라고, 그, 급히 전할 게 있다고, 그 그렇게 말하는 바람에……."

여자의 비명은 차라리 문수를 편안하게 했다. 이제 무슨 일이든 일어나겠지. 이 집에서 나갈 수 있는 어떤 구실. 내쫓김. 대문 밖으로의 추방. 문수는 조금 전 이모와 함께 걸어온 좁은 시골길을 떠올렸다. 빈 논이 끝없이 펼쳐져 있고 들풀이 말라붙어 발에 밟히던 논둑길. 그 길을 따라가면 집으로 가는 버스가 있다. 지붕 위를 낮게 스친 비행기 소리가 하늘을 찢어발긴 창창한 소리로, 집안 공기를 속속들이 균열 내놓고 사라졌다. 여자가 습관처럼 얼굴을 찡그리며 소리가 끝나기를 기다리고 서 있었다. 문수는 한 손으로 정수의 어깨를 잡아 일으키며 자리에서 일어났다. 동생이 어렵게 의자에서 엉덩이를 떼고 엉거주춤 일어서는 걸 기다렸다가 고개를 들어 여자를 보았을 때, 그러나 그녀는 문수가 기대했던 어떤 일도 하지 않은 채 돌아서 방으로 들어갔다. 새하얗게 경직된 여자의 옆얼굴이 설핏 문수의 시선을 스쳤다.

아버지가 들어온 것은, 문수형제가 소파 앞에 엉거주춤 서서, 여자를 빨아들이고 굳게 닫혀버린 방문을 멀거니 바라보고 있을 때였다. 두 아들과 아버지의 상봉. 아버지의 한 쪽 발은 구두에서 반쯤 빠져 나와 뒤축 위에 얹혀 있었고, 몸은 옆으로 쓰러질 듯 어색하게 기울어진 채 얼어붙어 있었다.

"느이들이 어떻게 여길……."

아버지가 겨우 말문을 연 것은 아이들이 돌아서서 예전과 다름없이 정숙한 인사를 하고 난 다음이었다.

"누구하고 왔니?"

"이모하고……."

문수의 말은 갑작스런 흐느낌에 묻혀 끝을 맺지 못했다. 이모는 갔다. 아이들의 큰 이모. 폐기처분하듯 조카들을 아비의 집에 팽개치고 가버린. 하숙집 큰 딸. 고집 세고 똑똑한. 그녀는 언제나 정당하다. 이런 일을 할 수 있는 이는 그녀밖에 없으리라. 철부지, 바람둥이 하숙생에게 넋이 빠진 동생의 머리채를 잡을 수 있는 언니. 결혼한 지 오 년도 되기 전에 일궈낸 그녀의 부가 그녀의 위치를 더욱 확고하게 해주었으리라.

"명자야!"

"예—."

"아이들 저녁 멕였니?"

"아니 저—."

"애들 저녁 멕여라. 그리고 저 방에 자리 깔아줘."

그것이 전부였다. 아버지가 아이들에게 보여준 관심은 거기까지였다. 그 후로 아버지는 마치 아이들이 집안에 있다는 것조차 잊은 것처럼 행동했다. 아이들은 아버지와 그 여자가— 새 어머니라고 불러야 하는— 아침을 먹고 난 후 명자 누나의 잔소리를 들으며 밥을 먹었다. 그러고는 곧장 그들의 방으로 들어가야 했다. 그들은 절대로 남의 눈에 띄어서는 안 되며, 가능한 한 새 어머니의 눈에도 띄지 않도록 조심해야 했다. 그 집안에서 아이들이 마음대로 드나들 수 있는 곳은 화장실뿐이었다. 그런 사실을 인지하기 시작하면서 아이들은 이상하게 밖에서 인기척이 들리면 소변이 마려워졌다. 갑작스럽게 낯선 공간에 갇힌 아이들은 그 외에도 전에 없던 이상한 버릇들을 하나씩 늘려갔다. 거실을 오가는 발소리며, 속삭이듯 작게 들려오는 말소리로도 누가 어떻게 움직이며 어떤 감정 상태인지까지 알아낸다거나 전에 없이 자주 소변이 마렵다거나 하는 게 그런 것이었는데, 하루에도 수십 번씩 지나가는 비행기를 보기 위해 창가에 매달리는 버릇도 그런 것들 중의 하나였다.

아이들은 매일 지붕 위를 낮게 날아 비행장으로 들어가는 비행기와 비행장에서 어딘가로 날아가는 비행기의 수를 세었다. 자신들이 할 수 있는 일이라고는 그것밖에 없다는 듯. 멀리서부터 점점 가까이 비행기가 지붕 위를 지나는 순간, 아이들은 소리로서 그것을 정확하게 짚어낼 수 있었다, 그 순간을 기다려 아이들은 필사적으로 창문을 향해 돌진했다. 마치 아이들이 보고 있다는 걸 알기나 하는 것처럼 창문 앞에서 한순간 정지했다가 유유히 산을 넘는 비행기를 보기 위해. 아이들의 귀는 점점 하늘을 찢는 고음에 길들여졌다.

"니들도 점점 귀머거리가 되어가는구나. 여기 살면 다 그렇게 된다. 비행기가 날아올 땐 귀를 막아. 멍청이처럼 일부러 달려가지 말고."

몇 번을 불러도 못 알아듣는 아이들에게 명자는 비행기 소리처럼 쨍쨍하게 외쳤다.

아이들이 점심을 먹고 방으로 들어가면서 스무 대째의 비행기를 센 날이었다. 전날보다 두 대가 적은 수였다. 아이들은 귀를 곤두세웠다. 한 대라도 놓쳐서는 안 된다는 듯. 비행기 소리가 멈춘 정적 속으로 자잘한 소리들이 흘러갔다. 대문 밖에서 놀고 있는 아이들의 외침과 뜀박질 소리. 떠돌이 봇짐장수들의 외침소리. 고가도로를 거쳐 비행장을 드나드는 자동차들의 끊임없는 징징거림. 스물한 대째의 비행기가 막 지나간 다음일까. 아니, 그 직전에도 그 소리를 들은 것 같다. 작고 한없이 가냘프지만 왠지 귀에 익어 그냥 스쳐가지 않은 소리의 잔영. 그 소리가 날카롭게 귀를 째는 쇳소리 뒤에도 용케 매달려 아이들의 귓전을 맴돌았다. 문수야! 정수야! 틀림없이 그런 소리였다. 도저히 믿을 수 없는 일이지만 누군가가 그렇게 그들을 부르고 있었다. 아이들은 문을 박차고 밖으로 뛰어나갔다. 한 집 또 한 집, 남의 집 담장 안을 들여다보며 마치 놀러나간 아이를 부르듯 두 아이의 이름을 부르는 노인. 외할아버지였다. 새벽마다 늙은 은회색 경주마를 끌고 정정하게 집을 나서던 마부 할아버지. 할아버지, 할아버지, 문수는 속으로만 웅얼거릴 뿐 차마 입을 열어 할아버지를 부르지 못했다. 입을 열면 울음이 먼저 쏟아져 나와 도저히 할아버지를 부를 수 없을 것 같아서였다. 머뭇거리는 문수를 쓰러질 듯 앞지르며 정수가 먼저 할아버지를 불렀다.

"할아버지! 할아버지."

마부 할아버지는 십 년도 더 넘는 세월을 한꺼번에 살아버린 듯 하얗게 늙은 노인이 되어 아이들을 끌어안았다. 꼬박 일주일이라고 했다. 할아버지는 그렇게 한 이레 동안을 온 동네 고샅을 헤매며 아이들을 불렀다고.

그해 겨울을 두 아이는 내내 귓전을 맴도는 비행기 소리에 시달렸다. 밤이건 낮이건 그 아이들의 귓전에서는 쉴 새 없이 비행기가 쌩쌩 지나갔다. 그럴 적마다 아이들은 하얗게 질려서 방으로 뛰어들어 이불 속으로 몸을 숨겼다. 정수는 밤마다 몹쓸 꿈을 꾸었기 때문에 병원에까지 가야 했다. 문수도 가끔 아무도 없는 낯선 곳에 혼자 버려져 있거나, 누군가가 문수의 방문에다 꽝꽝 못을 박는 꿈을 꾸다가 놀라 깨어나곤 했지만 아무한테도 말하지 않았다. 하지만 정수의 꿈은 잠 속에만 숨어 있지 않고 잠 밖으로 튀어나와 매일 밤 정수를 밖으로 끌어냈기 때문에 식구들에게 들키고 말았다. 겨우내 병원 약을 먹은 정수는 좀 멍해지긴 했지만 통통하게 살이 찌고 살결이 뽀얘져서 딴 아이처럼 변하였다. 정수의 꿈은, 날씨가 풀리고 그 애가 강에 나가 노는 시간이 많아지면서 다시 잠 속으로 들어갔다. 그리고 그해 봄 문수는 드디어 초등학교에 입학을 했다.

그해는 유난히 꽃샘추위가 매서웠다. 초등학교 입학식이 있던 날 어머니는 문수를 데리고 학교에 갔다. 그렇지 않아도 몸집이 좋은 문수는 저보다 두 살이나 밑인 아이들 뒤에서 쑥스러운 듯 멋쩍게 서 있었다. 지난해 새로 건물을 짓고 처음으로 학생을 받아들이는 보광초등학교 운동장에서는 미처 다져지지 않은 붉은 흙이 아이들 발에 벌겋게 묻어났다. 운동장 둘레에 어린 포플러 나무의 묘목이 드문드문 심겨져 있고, 한 옆에서는 아직도 마무리 공사가 한창인 신설 학교는, 이른 봄 날씨만큼이나 을씨년스러웠다.

문수는 울 너머에서 친구들을 기다리던 이태원초등학교를 오래 전부터 제가 다닐 학교로 마음속에 정해놓고 있었다. 잘 다듬어진 운동장과 학교를 둘러싼 아름드리 느티나무들. 엉성한 울타리에 나 있는 수많은 개구멍들. 학교 주변에 줄줄이 늘어선 작은 문방구점들. 쉬는 시간이면 아이들은 쏜살같이 개구멍을 빠져나와 띠기를 하거나 알이 굵은 사탕을 몇 알 사들고 돌아가곤 했다. 여름이면 낡은 건물의 천장에는 둥그렇게 빗물자국이 번져나고, 음산한 귀신이야기가 수없이 흘러넘치는 그 교실 속의 일원으로 편입되고 싶어 문수는 몸살을 앓았었다. 비 오는 저녁이면 어두운 교실의 책상과 걸상이 밤새 저 혼자 덜그럭거리며 움직이고, 밤에 화장실에 간 숙직 선생님을 시키면 손이 올라와 변기 아래로 잡아당겼다는, 낡은 교실의 전설들을 들으며 문수는 오금이 졸아들곤 했었다.

학교는 모름지기 그런 곳이어야 했다. 학교에 들어서자마자 외국에서 구호물자로 들여온 시멘트의 독한 냄새가 먼저 아이들을 빨아들이는 신설 학교는 처음부터 문수의 마음을 사로잡지 못했다. 아직 뿌리조차 내리지 못한 어린 묘목들은 노랗게 잎이 시들어가고, 학생이래야 이태원초등학교에서 옮겨온 이삼 학년에 새로 입학한 일 학년을 합쳐 이백여 명 남짓한 새 학교에는 장난꾸러기들의 호기심 한 자락 파고들 구석도 없어 보였다. 문수의 학교생활은 그렇게 시멘트 냄새와 함께 시작되었다.

5. 오래된 시계

혼잡하게 북적이는 거리에 비해 가게 안은 기괴하리 만큼 적막하다. 반 시간이 넘게 가게 앞에 서 있었지만 두서넛의 외국인이 문밖에서 안을 기웃거렸을 뿐 단 한 사람도 가게 안으로 선뜻 들어서는 이가 없다. 용도도 분명치 않은 잡다한 물건들이 어수선하게 쌓여 있는 가게. 형근은 한 지점에 시선을 고정시킨 채 얼어붙은 듯 꼼짝 않고 서 있다. 화영, 그녀가 거기 있다. 가게에 쌓여 있는 온갖 잡동사니들만큼이나 비현실적인 모습을 한 골동품 가게의 여주인. 그녀는 그것들을 팔기 위해서라기보다 마치 그 물건들의 일부로서 그 자리에 존재하는 것만 같다. 형근이 가게 문을 열고 안으로 들어선다. 마치 정지된 화면 속의 영상처럼 비현실적으로 보였던 잡동사니들이 와락 그의 시선 안으로 다가든다. 누렇게 번들거리는 청동 잠수모들, 청홍백의 신호등. 조타륜과 텔레그래프. 갖가지 모양의 앵커. 아, 이것들이 도대체 왜 여기 와서 이렇게 흩어져 있담. 형근은 잠시 배멀미 같은 어지럼증을 느꼈다.

"어머, 형근 오빠, 형근 오빠 맞아요?"

"으—응, 그래, 잘 있었어?"

"오빠가 온다는 말은 들었어요. 그래도 이렇게 보게 되리란 생각은 못했네."

"여기까지 와서 어떻게 널 안 보고 가?"

"그이는 만났어요? 나간 지 한참 되는데."

"아니, 내가 좀 늦었어."

"이쪽으로."

화영이 제가 앉았던 의자를 밀어놓고 벽에 붙은 좁은 쪽마루에 걸터앉는다.

"야, 별의별 게 다 있구나. 언제부터 이런 장사를 했지? 이것들은 어디서 가져오는 거야?"

"후훗, 오빠, 그 버릇 여전하네."

"뭘? 아, 흐훗."

형근이 희미하게 웃는다. 화영에게서 아침 햇살 같은 명랑함이 사라졌다는 것 말고는 별로 달라진 게 없다는 생각이 문득 그에게 싸한 통증으로 다가온다. 귀국을 결심하면서, 그녀를 어떻게 대해야 할지. 그녀와의 만남이 어떤 모습을 하게 될지. 난감하기만 했었다. 어린 시절 한때 이웃에서 오뉘처럼 지냈다고는 하지만 엄연히 남이고 친구의 아내이다. 나이 차래야 고작 한 살. 이제 중년이 되어 있을 그녀에게 남편 친구로서의 예의를 갖춰야 하리라. 하지만 스스럼없이 오빠라는 호칭을 쓰는 화영을 대하는 순간 그를 불편하게 했던 사소한 기우는 바람처럼 흩어져 버렸다. 뭐든 궁금함을 참지 못해 만나자마자 몇 가지 질문을 한꺼번에 쏟아놓곤 하던 형근의 어릴 적 버릇을 그녀는 아직도 기억하고 있는 것이다. 그 자신마저 까마득히 잊고 있던 소년의 흔적.

화영이 중학생이 되면서 두 사람 사이에도 크고 작은 변화가 일어났다. 우선 다니는 학교가 달라지면서 함께 등교하는 것이 불가능해졌다.

화영이 졸업반이 되자 형근은 그녀의 중학교 입학시험 공부를 돕는 데 전력을 쏟았다. 형근은 어떻게든 화영이 G여중에 들어갈 수 있길 바랐다. 그러면 매일 아침 같은 버스를 타고 학교에 다닐 수 있을 것이다. 어쩌면 형근은 그때 처음으로 화영에 대해 이성으로서의 꿈을 키워가고 있었는지도 모르겠다. 육 학년이 되면서 화영은 놀랄 만큼 빠르게 여성스런 외모를 갖춰 갔다. 그것은 마치 볼품없던 애벌레가 허물을 벗고 아름다운 성충으로 새롭게 태어나는 것 같았다. 형근은 화영의 그런 변화가 한편으로 경이로웠고 한편으론 두려웠다. 할 수만 있다면 그는 자신이 어른이 될 때까지 화영을 마법의 성에라도 가두고 싶을 지경이었다. 하지만 화영은 자신을 세상에 드러내고 싶어 안달이 나는 나이였다. 그녀의 관심은 온통 제 몸에서 일어나고 있는 변화에 쏠려 있었다. 화영은 오 학년 때 이미 초경을 겪었다. 처음 팬티에 묻은 핏자국을 보았을 때의 기묘한 설렘과 불안을 화영은 오래 잊지 못했다. 다른 아이들에 비해 한참이나 일찍 겪는 일이었지만 그것이 뭘 뜻하는지 모를 만큼 철부지는 아니었다. 이곳은 이태원인 것이다. 언제나 습습한 공기 속에 배어 있는 들큼한 냄새와, 끈적한 열기로 들떠 있는 거리의 소음은 아이들을 빨리 자라게 했다. 이 거리에서 자라면서 오래 어린애로 남아 있기는 쉬운 일이 아니다. 굳이 피엑스 골목을 누비며 미군들을 향해 고함을 지르고, 가게에 널려 있는 이상한 물건들을 훔치는 일에 가담하지 않더라도, 거리를 지나다 마주치는 은근한 눈길만으로도 아이들은 저도 모르는 사이에 제 나이에 알아야 할 것보다 훨씬 많은 것들을 알게 되는 것이다. 형근이 서툰 솜씨로 힘겹게 설명하는 수학 공식이나, 까다로운 조선왕조의 계보 따위가 화영의 귀에 들어가지 않은 것은 어쩌면 그녀 탓이 아니었다.

예상했던 대로 화영은 입학시험에서 떨어졌다. 서울에서도 수재들만 모인다는 G여중은 그녀에게는 아무래도 무리였다. 그녀의 낙방은 정작 그녀 자신보다도 형근에게 더 큰 상심을 안겨주었다. 그녀는 결국 집 근처의 신설 중학교에 입학을 했는데, 그곳에서 경험하는 새로운 생활을 받아들이고 즐기는 것만으로도 충분히 분주하고 행복해 보였다. 같은 또래의 여자아이들과 어울려 다니며 철 따라 유행하는 옷가지며 장식품 따위를 사 모으는 일. 교묘하게 교칙을 피해가며 교복이나 머리 모양을 변형시키고, 미성년자 출입금지의 영화를 보러 다니는 따위의 장난에 골몰한 화영을 보며 형근은 알 수 없는 조바심으로 가슴을 조였다. 그래도 그때까지는 늘 화영의 가장 가까운 곳에 형근이 있었고, 그것은 영원히 변하지 않을 것 같았다. 그를 만나면 화영은 제 주변에서 일어나는 일들을 재잘재잘 빠짐없이 고해바쳤고 형근은 친 오라비가 누이를 걱정하듯 이런저런 잔소리를 늘어놓을 수 있었다. 적어도 그녀가 문수를 만나기 전까지는.

"저런 것들은 폐선을 해체할 때 나오는 물건들이래요. 아참, 오빠도 배를 탔죠. 그래서 이 딴 것들이 눈에 익었군요. 다른 것들은 대개 고물상에서 나오는 물건들이구요. 참 신기한 게 많죠. 난 여기 앉아 있다 보면 마치 정지된 시간 속에 갇혀 있는 듯한 생각이 들곤 해요. 저기 저 밖을 봐요. 얼마나 바쁘게들 움직여요. 마치 시간이 여기만 살짝 비켜 흐르고 있는 것 같지 않아요? 시간이 정지된 이 공간에서 저것들은 소곤소곤 저희들의 지난 일들을 이야기해요. 저 잠수모들과 삼색 신호등 그리고 둥근 계기판이 끝없는 항해와 깊이 모를 바다 밑의 풍경에 대해 이야기하면, 의미 없는 시각을 가리키고 있는 저 수많은 시계들은 길고 긴 기다림의 시간에 대해 조용조용 속삭이죠."

"그래? 그래서 화영이 이렇게 하나도 늙지 않은 모양인가. 시간이 너만 비켜가서 말이야."

"안 늙긴. 난 이미 삼십 년 전에 평생 먹을 나이를 한꺼번에 먹어버린 걸 오빠도 알잖아."

"음, 그래도 이렇게 널 다시 볼 수 있어서 좋구나."

"그러게, 살아 있으니 이렇게 보게 되네요. 오빠는 어때요? 지금도 배를 타나요?"

"아니, 그만뒀어. 꽤 오래된 걸."

"그랬군요. 난 늘 오빠가 조종하는 배를 타고 바다를 여행하는 꿈을 꾸곤 했는데. 저 낡은 배 조각들이 유난히 사막스럽게 성을 내던 바다의 이야기를 하는 날이면 난 문득문득 짠 바닷내에 묻어오는 오빠의 고함소릴 들었어. 실제론 한 번도 본 적이 없는 깊고 큰 바다. 그 바다 생각을 하면 난 이상하게 마음이 편해졌어. 아마 그곳에다 내 일부를 띄어놓고 있어서 난 여태껏 이렇게 살아남을 수 있었는지도 몰라."

"그래……."

형근은 차마 말을 잇지 못한다. 그녀가 문수의 여자가 되었다는 것을 알았을 때의 그 혹독한 배신감이 어제 일처럼 생생하게 그의 전신을 휘감아온다.

화영이 여고에 들어가고 얼마 지나지 않아서부터 그녀와 문수에 대한 소문은 심심찮게 또래들의 입방아에 오르내렸다. 그네들이 데이트하는 걸 봤다거니, 어디어디에서 키스를 했다거니, 하는 가벼운 말전주에서 시작한 소문은 둘이 동거를 한다거나, 아이를 지우기 위해 병원에 가는 걸 봤다거나, 심지어는 아이를 낳아 몰래 키운다는 데까지 가는 데 불과 반 년도 걸리지 않았다. 그 사이에는 문수가 화영의 오빠인 화성에게 잡혀가 죽지 않을 만큼 얻어맞았다는 소문도 간간히 끼어들었다. 하지만 형근이 두 사람의 일을 구체적으로 알게 된 것은 정작 소문이 한

풀에 꺾여 흐지부지 사라져갈 무렵이었다. 등잔 밑이 어두웠던 탓일까. 아니면 형근의 생활 반경이 이태원에서 점점 멀어지고 있었기 때문일까. 실제로 그는 고등학교에 들어가면서 거의 이곳 아이들과는 어울릴 기회가 없었다. 이상할 만큼 그는 다른 누구에게서도 화영에 대한 말을 듣지 못했다. 다만 화영의 태도에서 뭔가 전 같지 않은 서먹함을 가끔 느꼈을 뿐이었다. 그는 그저 화영도 이제 아이가 아니니 그럴 수 있으려니 생각했다. 아니, 그보다도 그는 화영에 대한 감정이 달라지면서 스스로의 격정을 다스리기에도 벅차 화영의 태도를 일일이 알아챌 여유가 없었던 것인지도 모르겠다. 소년기다운 그의 결벽증은 자신이 화영에게 느끼는 감정은 순결치 못하다는 자격지심에 시달리게 했기 때문에, 그는 화영을 대하는 자신의 태도가 전과 달라지지 않을까 전전긍긍하고 있었던 것이다. 그래서 그는 자신의 감정을 화영에게 들키지 않기 위해 의도적으로 화영을 멀리하기까지 했다. 결국 그는 가장 가혹하고 확실한 방법을 통해 그 모든 사실을 알게 되고 말았다.

형근이 과외를 마치고 저녁 늦게 돌아오던 날이었다. 이 학년 겨울방학이 며칠 남지 않은 초겨울이었을 것이다. 그는 어머니의 유별난 교육열 덕에 이 학기에 들어서면서 삼 학년 과정의 예습을 위한 그룹 과외지도를 받고 있었다. 집 앞의 느티나무 아래에 작게 웅크린 검은 그림자를 보면서 형근은 왠지 가슴이 철렁 내려앉았다. 뭔가 올 것이 왔다는 기묘한 느낌이었다. 나무 밑에 웅크리고 있는 이가 화영이라는 것도, 그녀가 자신을 기다린다는 확신도 없는 상태인데 그랬다. 형근이 더 이상 걸음을 옮기지 못하고 머뭇거리자 그림자는 상체를 일으켜 그에게로 다가왔다.

"오빠, 이제 와?"

"응, 너구나. 어두운데 앉아서 뭐해, 춥지 않니?"

"괜찮아. 오빠 기다렸어."

"어, 어 그래? 오래 기다렸니?"

"조금."

"그랬구나. 춥겠다. 어디 빵집에라도 갈까?"

"아니 괜찮아. 우리 좀 걸을래, 오빠?"

형근은 왠지 그녀가 좀 불안해 보였다. 어디 따뜻한 곳으로 데리고 가
고 싶지만 화영은 밝은 곳으로 나가길 원치 않는 것 같았다. 형근은 잠
시 망설였다. 따뜻한 계절이라면 강 쪽으로 가는 게 제격이겠지만 지금
은 매서운 바람이 그들을 기다리고 있을 것이다. 그는 화영을 데리고 보
광초등학교 쪽으로 갔다. 그네들이 처음 학교에 왔을 때 아이들 키만 했
던 플라타너스는 이제 그네들의 세 곱은 되게 자라 있었다. 그들은 교
정 앞의 등나무 밑에 가서 엉덩이를 걸치고 앉았다. 아직 줄기가 덜 자
란데다 잎이 모두 지고 없는 등나무줄기 사이로 보이는 하늘은 섬벙섬
벙 구멍이 난 올 굵은 그물 같았다. 커다란 구멍 하나를 차지한 보름달
이 하늘의 중앙을 지나고 있었다.

"무슨 일 있니? 저녁은 먹었어? 춥지?"

"키키, 아직도 남았어?"

"응? 뭐가?"

"그렇게 줄줄이 물어놓고도 아직 부족한 눈치잖아."

"뭐라구? 이게……."

형근은 그제야 좀 마음이 놓여 피식 웃으며 꿀밤 먹이는 시늉을 했다. 남의 말꼬리 잡을 여유가 있는 거 보니 큰일은 아닌가보다 싶었다.

"오빠, 배고프겠다. 그치?"

"아냐. 공부 끝나고 빵 사먹었어."

"그래."

"근데 정말 무슨 일이야?"

"으—웅."

"……."

"오빠, 나 죽을까봐. 어떡하면 죽을 수 있을까?"

"뭐야? 싱겁기는……."

마치 오빠 나 시험 망쳤어, 하는 투였다. 그저 심상한 투정을 부리듯이 그녀는 자신의 절망을 그렇게 이야기했다.

"오빠 나빠. 왜 나를 그냥 내버려뒀어. 오빠가 말렸어야지. 두들겨 패서라도 못하게 하지."

"뭐? 무슨 소리야! 너 정말 무슨 일 있구나?"

"웬 시치미야. 온 이태원 바닥이 다 아는 일을 오빠는 모른단 말이야?"

"뭘?"

"오빠 정말 암것도 몰라? 그렇구나. 모르는구나. 하긴 오빠는 이태원 사람도 아니지. 여기에 있는 건 잠잘 때뿐일 거야. 그치? 그럼 관두자. 아니야. 암것두 아니야. 가자. 그만 집에 가자."

"화영아!"

형근은 벤치에서 엉덩이를 일으키는 그녀를 주저앉히며 와락 소리를
질렀다.

"말해. 무슨 일이야?"

"……."

"어서!"

형근은 이유 없이 화가 치밀어 올랐다. 도대체 내가 모르는 무슨 일
이 있었다는 건가.

"나, 그동안 문수하고 사귀었어. 그리구…… 소문대로 돼버렸어. 그
렇게 돼버렸어. 이제 어떡하지? 어떡하냐구? 하지만 오빠 상관 마. 정말
이야. 오빠 아무것도 모르는 거야. 아무것도."

화영이 후다닥 일어나 정신없이 앞으로 내달렸다. 뿌연 달빛이 화영
의 등 뒤에서 심하게 흔들렸다.

형근은 무슨 말을 하는 건지 도무지 종잡을 수가 없었다. 화영이 떠
난 후 그는 곧바로 철진을 찾아갔다. 철진은 문수의 패들 중 그래도 가
장 편한 친구였다. 철진에게서 그간의 정황을 모두 들은 형근은, 마치
자신이 먼 타지로 떠났다가 막 돌아온 것처럼 막막하고, 온 거리가 낯
설었다. 어떻게 그런 일이 있을 수 있을까. 다른 이도 아니고 화영이 그
렇게 엄청난 일을 겪고 있는 동안 자신은 아무것도 모르고 있었다니. 게
다가 화영은 문수 놈에게 강제로 당한 것도, 어제오늘 사이에 있었던 일
도 아니었다. 그들은 이미 일 년 가까이 사귀고 있었다는 것이다. 그런
모든 사실을 깨닫고 형근이 정말 참을 수 없는 것은 화영에 대한 배신
감도 문수에 내한 분노도 아니었다. 죽음보다도 더욱 참혹하게 그를 괴

롭힌 건 열패감이었다. 그네들 앞에서 자신은 영락없는 어린애이거나 한심한 바보였다. 그렇지 않고서야 어떻게 그런 일이 있을 수 있단 말인가. 그 일은 그 동안 형근이 별 갈등 없이 믿고 쫓아온 삶의 궤도를 한꺼번에 뒤흔들어 놓는 결과가 되고 말았다.

부모의 자랑과 기대 속에 잘 손질된 교복을 입고 주변의 부러움 담긴 눈길을 받으며 우리나라 제일의 명문고교에 다니는 그에게는 사실 그 나이 아이들이 겪을 법한 흔한 갈등조차 별로 없었다. 경쟁에 길들여진 아이들 속에서의 팽팽한 긴장도 나쁘지 않았고, 주어진 공부에 집중하면서 어느 정도 예정된 자신의 미래에 대해 꿈을 키워가는 것에도 은밀한 희열 같은 걸 가질 수 있었다. 하지만 화영을 향한 열망이 완전히 사라진 것은 아니었다. 그는 단지 잠시 동안만 마음을 접어두는 것이라고 생각했다. 고등학교를 졸업하고 대학에 들어가면 제일 먼저 화영을 만날 것이다. 누구의 간섭도 받지 않는 어른이 되어 당당하게 화영을 찾아가리라. 형근은 그렇게 은밀히 화영에 대한 꿈을 키워가고 있었다. 형근은 자신이 이태원을 등지고 살아가는 동안 마치 이태원에서는 시간이 멈춰 있기라도 할 것이라고 생각했던 걸까. 화영이 어째서 그때까지 얌전히 자신을 기다려 줄 것이라고 생각했던가. 형근은 한 번도 그녀와 자신들의 미래에 대한 이야기를 나눈 적이 없었다. 그런데도 그는 그것을 당연한 사실로 생각하고 있었다. 어쩌면 이태원에서 화영과 짝이 될 만한 사내는 자신뿐이라는 자만심 같은 게 있었는지도 모르겠다.

화영을 향한 꿈이 무너졌다는 걸 깨달은 후로 형근은 궤도를 이탈한 행성처럼 제어할 수 없는 어떤 힘에 의해 휘둘리는 자신을 도저히 감당

할 수가 없었다. 아무 것에도 집중할 수가 없었고, 그 무엇에서도 살아
갈 의미를 찾을 수가 없었다. 그런 그를 고등학교에 들어간 이후로 외
면하고 살았던 거리가 다시 끌어당겼다. 그에게 이태원 거리는 곧 문수
와의 만남을 의미했다. 아니 오히려 문수를 만나기 위해 그는 이태원
거리로 다시 돌아왔다고 하는 게 옳을 것이다. 제 몸을 가누기 힘들 만
큼 술을 마시고 호두나무 아래에서 문수를 기다리던 밤, 그는 죽거나 죽
이거나 결판을 내리라 다짐하고 있었다. 하지만 그는 처음부터 문수의
상대가 되지 못했고 문수 또한 그걸 잘 알고 있었다. 그날의 싸움은 싸
움이라 할 것도 없이 지리멸렬이었지만 형근의 지난한 방황은 거기서
부터 시작되었다.

궤도 이탈. 그래 궤도 이탈의 연속이었지. 형근은 창백한 형광등 불
빛이 흐릿하게 그림자를 드리운 화영의 얼굴을 찬찬히 살핀다.

그날 이후 수많은 밤을 지새우며 그녀를 향해 준비했던 그 많은 말들,
분노처럼 들끓던 질문들. 왜, 왜, 왜……. 하지만 그는 단 한 번도 제 속
에 있는 말을 속 시원히 그녀에게 쏟아내지 못했다. 아니 못했다기보다
안 했다는 게 옳다. 그는 두 사람의 관계를 도저히 받아들일 수가 없었
다. 왜 하필 문수란 말인가. 그 양아치 같은 자식. 그는 한 순간도 그를
향한 살해 욕구에서 놓여난 적이 없었다. 그가 모든 굴욕과 고통을 감
수하면서 문수 패거리에 합류한 것은 그 욕구 해소의 한 방법이었다. 그
는 매 순간 그를 죽이거나 자신을 죽였다.

H호텔 사건 이후 그의 패거리들이 뿔뿔이 흩어진 후, 형근은 별 갈등
없이 가출한 화영을 찾아 나섰다.

다니던 대학도 팽개친 채 무작정 서울을 떠나 낯선 도시들을 떠돌던 날들. 화영을 찾아내서 뭘 어쩌겠다는 계획도 없이 감당할 수 없는 열망에 이끌려 무작정 그녀의 흔적을 쫓던 시절. 하지만 나는 졌다, 형근은 이제 그것을 인정해야만 한다. 겨우 찾아낸 화영이 쪽지 하나만 달랑 남기고 다시 사라졌을 때 이상하게도 형근은 오히려 홀가분했다. 그것은 결국 그녀의 판단이었다고 스스로를 달래며, 마치 제 역할은 이제 끝났다는 듯 서울로 돌아왔다. 하지만 서울로 돌아와 친구들이 모두 떠난 거리에 발을 들이는 순간 그는 깨달았다. 화영이 그렇게 떠나버릴 수밖에 없게 한 것은 바로 형근 자신이라는 것을. 지방의 한 요리집에서 접대부 일을 하고 있는 화영을 찾아냈을 때, 그녀는 이미 형근이 알고 있던 이전의 그녀가 아니었다. 이태원 거리에서 흔하게 만나는 양색시들과 조금도 다를 게 없는 몰골이 된 화영. 소년기를 겨우 벗어난 이십대 초반의 형근은 도저히 그것을 받아들일 수가 없었다. 감당하기 힘든 혼돈과 혐오를 숨긴 채, 집으로 돌아가자고 말하는 형근의 설득은 제 자신이 듣기에도 공허하기만 했다.

서울로 돌아온 형근에게 남아 있는 것은 아무 것도 없었다. 아직은 젊고 순결했던 그의 가슴에 지울 수 없는 상처가 되어버린 자책과 패배감은 화영을 잃은 공허감보다도 더욱 가혹하게 그를 괴롭혔다. 결국 일 년을 못 견디고 그는 다시 서울을 떠났다. 그리고 이십여 년.

이젠 편안하게 그녀를 볼 수 있으리라 생각했다. 아무렇지 않게. 긴 세월 해변을 스치는 물결에 곱게 마모된 바위를 대하듯, 무심히 늙어가는 누이를 보듯, 그녀를 볼 수 있으리라고. 하지만 이 거리에 발을 들이는 순간 그는 그 긴 날들이 물거품처럼 흩어지는 걸 느낀다. 그는 다시 예전의 그 수줍음 많고 어리숙했던 소년이 되어 화영 앞에 선 것이다.

형근이 보광초등학교로 전학을 오고 열흘이나 지나서였을까. 반에서는 학교가 한바탕 들썩일 만한 싸움이 벌어졌다. 공부로든 힘으로든 감히 누구도 넘볼 수 없을 만큼 확고부동한 자리를 차지하고 있던 정민에게 문수가 도전을 한 것이다. 문수는 형근이 전학을 오던 날 그와 함께 4학년 3반에 새로 편입된 아이였다. 하지만 문수는 다른 학교에서 전학을 온 것은 아니었다. 2학년에서 월반을 해서 올라온 아이였다. 학교 입학이 늦어 월반을 했는데도 정상적으로 입학한 아이들보다 한 살이 위였다. 그러니까 그것은 말하자면 주도권 싸움인 셈이었다. 문수는 학년하고는 상관없이 마을에서는 이미 중학생도 함부로 대하지 못하는 악바리로 소문이 나 있었다. 물론 이런 일들을 형근이 제대로 이해한 것은 그 싸움이 있고도 한참이나 지난 후였다.

그날의 싸움은 결국 문수의 승리로 끝이 났다. 정민은 힘에서도 결코 문수에게 꿀릴 게 없는 아이지만 물불을 가리지 않는 문수의 기세에 눌리고 말았다. 그 싸움 이후 문수는 아이들에게 두려움의 대상이 되었다. 반에서는 같은 학년이면서도 문수를 형이라고 부르는 아이가 생겨났다. 그것은 어쩌면 그 지역이 가지고 있는 특성이라고 할 수도 있었다. 아이들은 유별나게 조숙해서 성급히 어른 흉내를 내려들었고, 초등학생 때부터 한다하는 주먹패들과 연이 닿아 그들의 명령에 따라 움직이는 아이들이 적지 않았다.

전혀 환경이 다른 학교를 다니다 전학을 온 형근은 아이들의 그런 모습이 도무지 이해가 되지 않았다. 그의 눈에 반 아이들은 도무지 아이처럼 보이지가 않았다. 마치 공부시간 사이사이의 쉬는 시간을 이용해 장사라도 하려고 학교에 온 것처럼 선생님이 나가기가 무섭게 삼삼오오 패거리를 이루어 주머니에서 나온 갖가지 물건들을 바꾸거나 사고 파는데 열중하는가 하면, 한 순간에 엉겨 붙어 교실 안을 싸움판으로 만들기 예사였다. 학교가 파하고 나면 아무렇지 않게 거리로 나아가 미군들에게 구걸을 하거나 가게의 물건을 훔치고, 거리를 어슬렁거리는 덩치 큰 외국인을 만나면 천연스레 다가가 양색시를 소개하겠다고 유혹하는 아이들. 그런 아이들이 형근은 낯설고 무서웠다.

그런 형근에게 유일하게 친구가 되어주었던 아이가 화영이었다. 사내애 못지않게 당차고 야무지면서도 구김 없이 밝고 정이 많았던 아이. 형근은 중년이 훌쩍 넘어선 화영의 얼굴을 곰곰 살핀다. 마치 야무지게 사내애들을 몰아붙이던 어린 계집아이의 모습을 찾기라도 하려는 듯.

"왜, 오빠? 뭘 그렇게 봐요?"

"응? 아니, 예전에 내가 알고 있던 까무잡잡한 여자애를 찾고 있었어."

"싱겁기는."

"그때 네가 그렇게 용감하게 날 감싸주지 않았다면 난 아마 끝내 이 마을에서 배겨내지 못했을 거야."

"오빠도 참 별말을 다해."

"그런데 난 네가 힘들 때 조금도 도움이 되어주지 못했어. 늘 그게 마음에 걸렸다."

"쓸 데 없는 말하지 마, 오빠. 늘 거칠고 부산한 아이들만 보다가 오빠를 처음 보았을 때, 난 딴 세상에서 온 왕자님을 만난 것 같았는 걸. 그런 오빠가 마냥 신기하고 좋았어. 오빠가 우리 옆집으로 이사 오던 때 생각이 난다. 어린 눈에도 오빠는 이 동네하곤 영판 어울리지 않는다는 걸 난 단번에 알아 봤어."

"핫 ─ 그랬니? 갈 데 없는 쑥맥으로 보인 게로구나."

밝게 웃는 화영의 얼굴에 설핏 예전의 장난기가 묻어난다.

이사하던 날, 이삿짐을 나르느라 수없이 마당을 오가던 형근은 언제부턴가 끊임없이 제 머리꼭지를 쫓아다니는 한 시선을 느꼈다. 그것은 마치 작은 거울로 햇빛을 모아 되쏘는 빛살처럼 그를 성가시게 했다. 그 시선에 이끌리듯 형근이 무심코 고개를 들어 올렸을 때, 호기심이 가득한 여자아이의 눈이 그를 향해 생글거리고 있었다. 그녀의 방은 창문이 형근네 쪽으로 나 있는 옆집 이 층이었다. 형근네가 이삿짐을 다 나르도록 그녀는 창문을 떠나지 않았고, 형근은 그 아이의 시선을 의식하기 시작하면서부터 실수 연발이었다.

형근은 이튿날 아침 학교 가는 길에 다시 여자아이를 만났다. 집 옆에 있는 느티나무 아래에서 그 애가 기다리고 있다가 형근이 나오는 걸 보고는 상큼 다가서며 말을 걸어왔던 것이다.

"너 몇 학년이니? 삼 학년이지? 아님 이 학년?"

"사 학년이다, 왜? 쬐끄만 게……."

형근인 여자애의 수다에서 그 애가 삼 학년이라는 걸 알아내자 자신감이 좀 생겼다.

"정말? 난 삼 학년이야. 에이, 같은 학년인 줄 알았네."

"칫, 이젠 까불지 마."

"알았어. 오빠 전에 다니던 학교는 어딘데?"

여자애는 퍽 붙임성이 있었다. 처음 만난 형근에게 스스럼없이 오빠라고 불렀다. 그런 여자애가 형근도 싫지 않았다.

"너, 이름이 뭐니?"

"화영이. 정화영. 힛. 오빠는?"

"나? 김형근."

둘은 그렇게 만나 매일같이 학교를 가는 오누이처럼 어울렸다. 화영의 천성적인 명랑함과 소녀다운 친화력은 형근의 낯가림을 덜어주는데 많은 도움이 되었다.

그때만 해도 문수는 두 아이에게 그저 울 밖의 거친 짐승 같은 존재였다. 가능한 한 그와 부딪치길 꺼렸고 서로 노는 방법이며 공간이 다르다보니 자연스레 거리감이 생겼다. 특히 형근은 문수가 정민과 싸우는 걸 본 이후로 또래에게서는 좀처럼 느끼기 힘든 경외감마저 갖게 되었다. 하지만 화영에게는 얼마 전까지만 해도 그저 두어 집 건너 이웃에 사는 사내애일 뿐이었다. 그녀가 발걸음을 뗄 무렵부터 보고 자라온 아이. 어른들의 손에 잡혀 동구 밖에 나오면 아랫도리 내놓고 어울려 놀던 동무일 뿐이었다. 게다가 그는 화영과 같은 해에 초등학교에 입학을 해 일 학년을 한 반에서 보냈다. 그때만 해도 그는 같이 학교엘 갈 때면 화영이 우쭐해 질 만큼 덩치 좋고 듬직한 동무였다. 나이 때문이라고는 하지만 이 학년에서 사 학년으로의 월반 시험에 거뜬히 합격을 할 만큼 공부에도 제법 열성을 보였다. 두 사람 사이에 거리감이 생긴 건 아무래도 문수의 생활이 불안정하고 거칠어지면서부터일 것이다. 그는 언제부턴가 저보다 나이도 많고 거친 동네의 사내들과 어울렸고, 이런저런 말썽에 끼어들었다.

"문수는 어때? 잘 지내지?"

"응, 그렇지 뭐. 많이 늙었어요."

"다친 덴, 그만한가?"

"힘들 테지만 내색을 않으니까."

"그래, 그런 친구지 그 사람이."

"……."

"가봐야겠다."

"한참 복잡할 텐데 찾을 수 있을까 모르겠네. 여태 식당에 있을 린 없구."

"복잡해 봐야 손바닥 안이지……."

형근이 일어서며 그렇지 않느냐고 동의라도 구하듯 화영을 바라보고 빙긋 웃었다.

"오빠."

한 순간 형근을 바라보는 화영의 시선이 고통스럽게 흔들린다.

"화영아."

희미한 불빛 아래 잡다하니 널려 있던 녹슨 기물들은 여태껏 이 순간을 기다려 온 것일까. 형근은 갑자기 두 사람을 둘러싸고 있던 공간이 어지럽게 술렁이며, 주변의 모든 기물들이 부스스 몸을 털고 일어나는 것을 느낀다. 그와 동시에 그의 내면에서도 깊이 잠들어 있던 거센 파도가 서서히 일렁이기 시작한다. 그의 마음은 돌아서 문 쪽으로 가고 있지만 몸은 한 걸음도 움직이지 못하고 넘실거리는 파고 속으로 가뭇없이 휩쓸려든다.

"난 그곳에 널 버려두고 왔어. 못난 나를 용서하지 마라, 화영아."

"아냐, 오빠. 그때 난 오빨 따라나설 수 없었어. 난 그럴 자격이 없는걸. 오빠가 얼마나 힘들었는지 너무 잘 알기 때문에 오빠를 놓아주어야 한다고 생각했어. 그리고 지금도 그때 일 후회 안 해. 많이 힘들었구. 오빠가 너무 그리웠지만. 이상하게 힘들 때마다 생각나는 이는 부모님도 그이도 아니구 오빠였어."

"이런, 바보 같으니……. 간다. 건강해라."

짧은 포옹을 풀고 돌아서는 형근의 몸이 잠시 휘청인다.

6. 메리 크리스마스

그건 열병 같은 거였어, 오빠. 구부정하게 숙인 형근의 등이 어둠 속으로 사라진다. 문득 그에 대한 그리움이 잔물결처럼 번져온다. 전에도 그랬어. 내내 같이 있다가도 돌아서 가는 등을 보면 곧 오빠가 그리워졌어. 하지만 그는 아냐. 나는 늘 그를 만나는 게 두려웠어. 이상한 일이지. 혼자 있을 때도 그를 생각하면 온 몸에 신열이 올랐거든. 마치 어떤 무서운 힘이 우리 두 사람을 마구 휘둘러 수렁 속으로 밀어 넣는 것 같았어. 그걸 운명이라고 하는 걸까. 누구 혼자의 힘으로 어쩔 수 있는 게 아니었거든. 아마 그이도 그랬을 거야. 우린 서로를 알아봤던 거지. 서로의 안에 있던 악마를 알아봤다고 해야 할까. 후— 화성 오빠가 늘 그랬지. 넌 더러운 마귀가 씌었어! 그를 아이가 아닌 사내로 처음 만났던 때가 생각나. 어린아이가 아닌 그. 중학교 삼 학년 때였지 아마. 고등학교 입학시험을 막 끝낸 뒤라서 우리들은 온통 마음이 허공에 떠 있었어. 더구나 난 생각했던 것보다 시험을 꽤 잘 쳤기 때문에 속으로 합격할 자신이 있었거든. 사실 그게 전부 오빠 덕이었지만 말이야. 지금 생각해보면 오빠도 고작 열에닐곱 살밖에 안 된 소년이었는데 나한텐 어찌 그리 커 보였을까. 나하고 한 살 차이밖에 나지 않는데 말야. 친 혈육인 화성 오빠보다도 난 오빠가 훨씬 미더웠어. 하긴 우리 부모님까지도 그렇게 생각할 정도였는걸 뭐. 암튼 그해 겨울, 크리스마스를 며칠 앞둔 때였어.

이태원에는 언제나 다른 곳보다 한 발 앞서 크리스마스가 찾아왔다. 12월로 들어서기가 무섭게 거리에는 곧바로 온갖 모양의 트리 장식과 현란한 네온이 번쩍이고, 경쾌한 캐럴송이 거리를 누비는 사람들의 발끝에 작은 스프링 하나씩을 매어 달았다. 이곳의 크리스마스는 그저 이국의 풍습을 흉내내 어설프게 분위기나 잡아보는 보통 우리네의 그것하고는 전혀 달랐다.

제 나라를 떠나 머나먼 타국에서 자신들의 명절을 맞는 미군들에게 크리스마스와 연말연시가 겹친 겨울은, 너 나 할 것 없이 향수에 시달리는 계절이었다. 거리에 캐럴송이 울려 퍼지기 시작하면 이들은 주체할 수 없는 외로움을 달래기 위해 거리로 쏟아져 나왔다. 이때는 몸도 마음도 헤퍼져서 쉽게 여자를 사고, 가족들에게 보낼 선물을 사는데 저축한 돈을 아낌없이 썼다. 아이들이 물색없이 들떠 온갖 장난질 궁리에 몸살을 앓는 것도 이맘때가 절정이었다. 더구나 화영과 그녀의 친구들은 이제 막 고등학교 입학시험을 마친 참이었다. 결과야 어찌되었든 끔찍스런 압박감에서 풀려난 기쁨이 우선이었다. 그네들은 매일같이 몰려다니며 어서 빨리 중학생 티를 벗지 못해 안달이었다. 야, D고등학교 애들한테 미팅 신청 받았어. 그래? 누가 짱이야? 어떤 애들이야? 몇 명이나 된데? 친구 중 누군가의 호들갑에 와자하게 환호가 터지고, 아이들은 한껏 신바람이 났다. 화영의 친구들은 크리스마스 때 함께 어울릴 남학생들을 물색 중이었다. 이미 같은 동기생들에게서는 요청이 여럿 있었지만, 그 친구들은 왠지 눈에 차지 않았다. 이제 곧 여고생이 될 참인 것이다. 그런 애송이들하고 놀다니. 그네들은 사내애들도 똑같이 고등학생이 된다는 걸 잊고 있는 것 같았다. 아무튼 동창생 사내애들은 같잖기만 했다.

처음부터 그 팀에 문수가 있다는 걸 알고 만난 것은 아니었다. 함께 나온 아이들은 문수 친구들이 아니었다. 하지만 그것도 후에 문수를 통해 들은 말일 뿐이었다. 그 무렵 화영은 문수가 무엇을 하고 다니는지 문수가 어울리는 아이들이 누군지 전혀 관심이 없었다. 그리고 그것은 문수도 마찬가지였다. 그가 월반을 하고, 각자 다른 중학교로 갈라진 후 그들은 서로를 까마득히 잊고 살아왔다.

화영이 문수의 짝이 되는 것은 미리 짜인 각본인 것 같았다. 다른 아이들은 아무도 화영을 찍지 않았고 둘은 자연스럽게 짝이 되었다. 며칠 전에 너희 집 앞을 지나다가 우연히 널 봤어. 문득, 아참 쟤가 저기 살았지, 그런 생각이 들더라. 후, 그러고는 이상하게 니가 머릿속에서 떠나질 않았어. 문수가 조금 우울하게 말했다. 당연한 일이지만 그런 말투가 그의 습관이라는 것을 알게 된 것은 훨씬 후였다. 화영은 그의 우울한 말투 때문에, 서로 모르고 지내온 게 제 탓인 것처럼 좀 미안한 생각이 들었다. 요즘도 형근이 하고 자주 만나니? 그는 조금 빈정대는 투로, 하지만 무슨 상관이냐는 듯, 무관심을 가장하면서 그렇게 묻기도 했다.

화영은 어린 시절 느티나무 밑에서 함께 흙장난을 하던 문수와 그가 도무지 연결되질 않았다. 그래서 그는 생전 처음 보는 사내처럼 낯설었다. 그리고 그 낯설음은 차츰 알 수 없는 설렘으로 바뀌어갔다.

그날 밤 그들은 잠시 짝꿍끼리 만나 낯익히기를 하고, 다시 뭉쳐 뻐근하게 올나잇 파티를 했다. 이튿날 새벽 두 사람이 친구들과 헤어져 밖으로 나왔을 땐, 아기 예수 찬양 성가를 부르며 거리를 순례하는 교인들 발밑으로 눈이 하얗게 부서지고 있었다. 그들을 보면서 화영은 잠깐 형근을 생각했다. 그에게 화영은 몇 번이나 미팅할 남학생들을 모아달라고 졸랐었다. 하지만 그럴 수 없다는 걸 그녀도 잘 알았다. 형근의 집안은 독실한 크리스천이었다. 그는 청소년부에 들어 교회 일을 돕고 있었다. 이맘때면 그는 크리스마스 준비 때문에 교회 일에 많은 시간을 빼앗겼다. 그리고 그날만이라도 화영이 교회에 나와 주길 바랐다. 그래서 둘은 이때만 되면 불편한 사이가 되었다. 그녀도 어려서는 형근을 따라 잠시 교회에 다닌 적이 있다. 주일마다 형근의 가족 틈에 끼여 교회에 가면 수많은 어른들의 손이 와서 그녀의 머리와 볼을 만졌다. 예배를 보고 노래를 부르는 동안에도 그녀의 볼에 와 닿았던 살갗의 눅눅한 감촉은 지워지지 않았다. 집에 돌아오면 그녀는 거울 앞에 앉아 그 손자국들을 떼어내기라도 하듯 얼굴이 빨갛게 달아오르도록 볼을 문지르곤 했다.

"다음 주 일요일에 다시 만날래?"

문수가 옆으로 다가서며 말했다.

"어? 으응, 저기……."

그의 갑작스런 제안에 화영은 가슴이 쿵, 내려앉았다. 이런 일이 있을 거라는 걸 왜 미처 생각 못했지. 야무지고 분명하게 거절하는 거야. 늘 그래왔던 것처럼. 조바심으로 속이 탔지만 정작 말은 한 마디도 나오지 않았다.

"열 시까지 H호텔 앞으로 와."

화영이 더듬거리는 사이, 그가 마치 결별 선언이라도 하듯 우울하게 말하고 돌아섰다. 단호하게 거절했어야 하는 거야. 아니, 내가 약속을 승낙한 것도 아닌데 뭐. 나가지 않으면 그만인 걸. 돌아서 가는 그의 등을 바라보며 속으로 되뇌었지만, 그녀의 마음 한 구석에서는 이미 다음 주 일요일을 손꼽고 있었다.

화영은 처음으로 형근에게 비밀이 생겼다. 그 동안 그에게 말할 수 없는 일이란 아무 것도 없었다. 하지만 왠지 문수의 이야기는 할 수가 없었다. 가지 않을 거야. 가지 않으면 그만인 걸. 수없이 되뇌었지만, 그녀의 머릿속에서는 일주일 내내, 열 시까지 H호텔 앞으로 와. 열 시까지……. 그의 말이 맴을 돌았다.

그녀는 자신이 갑자기 부쩍 자랐다는 느낌이 들었다. 아무에게도 말할 수 없는 걸 가슴에 품는다는 건, 이미 아이가 아니라는 걸 의미하는 거야. 그녀는 더 이상 형근에게 응석을 부릴 수 있을 것 같지 않았다. 어제까지만 해도 익숙하고 친밀했던 주변의 모든 관계들이 갑자기 낯설고 무의미하게 느껴졌다. 화영의 머릿속은 온통 그의 어눌하고 진지한 말투로 꽉 찼다.

호텔 앞에서 그와 버스를 탔다. 휴일 아침의 버스 안은 한산하고 썰렁했다.

"봉운사에 가봤니?"

"응."

"언제?"

"이 학년 때 친구들이랑."

"어릴 때 엄마하고 자주 갔었는데, 기억이 가물가물하다."

"봉운사에 가게?"

"한 번 가보자."

서울역 앞에서 봉운사행 버스를 갈아탔다. 맞은편에 승복 차림의 젊은 남자와 늙수그레한 여인네 두엇이 나란히 앉아 이야기를 주고받았다. 가는 도중에 몇몇의 승객이 더 타고 내렸지만 버스 안은 여전히 한산했다. 두 사람은 버스를 타고 가는 동안 거의 말이 없었다. 골이라도 난 것처럼 묵묵히 정면을 응시하고 있는 문수를 가끔 흘끔거리면서 화영은 그의 어릴 때 모습을 떠올렸다. 그의 옆에는 언제나 다리를 저는 동생이 혹처럼 붙어 있었다. 그가 다른 아이와 싸우는 건 대부분 동생 때문이었다. 그는 제 동생을 놀리는 아이는 그 누구도 용서하지 않았다. 그가 화영과 같은 반이었던 일 학년 때 그는 언제나 맨 뒷자리였고 화영은 앞자리였다. 아이들은 같은 반이라도 그에게 함부로 반말을 하지 못했다. 그는 다른 아이들보다 이 년이나 늦게 초등학교에 입학을 한 것이다. 그 무렵 화영은 가끔 그를 집으로 데리고 와서 함께 놀았다. 그는 덩치에 걸맞지 않게 수줍음이 많고 말수가 적은 아이였다.

그 일이 아니었으면 그네들의 소꿉동무 우정은 아마 좀 더 계속 되었을 것이다. 어느 날이던가. 시덥잖은 놀이에 싫증이 난 화영의 호기심이 다글거리는 머릿속에, 외국 남자와 팔짱을 끼고 문수의 집을 드나드는 양공주가 떠오른 게 화근이었다. 화영의 집은 양공주가 세 들어 살지 않는, 몇 안 되는 집 중 하나였다.

"양공주 놀이 하자."

화영의 엉뚱한 제안에 문수의 두 눈이 하얗게 겁을 먹었다.

"안 돼, 혼날 거야."

"누구한테? 여긴 아무도 없어. 너하고 나밖에."

"그래도……."

"겁쟁이, 너 겁쟁이구나."

"아냐!"

"그럼 하자, 응? 어떻게 하는 거니?"

그네들의 양공주 놀이는 불청객의 갑작스런 출현으로 중단되고 말았다. 화영의 어머니가 방문을 열었을 때 화영의 얼굴은 걷어 올린 원

피스 자락에 가려 보이지 않았다. 화영의 뽀얀 배 위에 앉아 있는 문수의 하얗게 질린 얼굴만 방안에 가득 찼다. 그 후로 문수는 화영의 집에 발을 들여놓지 못했다. 덩치 큰 사내애의 겁먹은 표정이 재미있어 마구 다그치긴 했지만, 그녀를 바닥에 눕히고 치마 자락을 걷어 올렸을 때 화영도 좀 겁이 났던 것 같다. 사내애가 손바닥만한 팬티를 벗겨냈을 때 살갗에 와 꽂히던 차고 날카로운 촉감은 어쩌면 그 애의 시선이었을 거라는 생각이 문득 들었다.

절 동네 입구에서 버스를 내리자, 서울시내에 이런 곳이 있었나 싶게 울창한 숲이 앞을 가로막았다. 앙상하게 맨몸을 드러낸 관목들의 가지와 추위에 멍이라도 든 듯 짙푸른 솔잎에는 드문드문 잔설이 묻어 있었다. 숲 사이로 난 오솔길을 따라 걸으며 그가 말했다.

"난 이상하게 누가 고향 얘길 하면 이곳이 떠올라. 어릴 때 엄마가 속상한 일이 있을 때면 날 데리고 여길 왔거든. 이 숲에 들어서면 아주 멀리 온 것 같은 기분이 들었어. 엄마하고 단둘이 숲을 걷다보면, 어린 마음에도 내가 어른이 된 것 같았지. 엄마와 은밀한 걸 함께 나눌 수 있는 특별한 사람이 되려면 어른이어야 하니까. 일테면 고통이나 슬픔, 외로움 같은."

고통이나 슬픔, 외로움 같은……. 화영은 방금 그가 한 말을 가만히 입속으로 되뇌어 보았다. 아릿한 통증이 전류처럼 가슴으로 흘러들었다. 그는 뭔가 아파하고 있어. 그의 말은 이제 더 이상 누구와도 특별한 걸 함께 나눌 수 없게 되었다고 말하는 것처럼 들리는 걸.

화영은 불쑥 그와 은밀한 걸 함께 나눌 수 있는 사람이 되고 싶다는 생각을 했다. 일테면 고통이나 슬픔, 외로움 같은.

"너, 내가 무섭지 않니? 나에 대한 소문 많이 들었을 텐데."

"아니."

"난 형근이 놈하곤 달라. 나하고 이렇게 돌아다니는 걸 너희 식구들이 알면 아마 날 죽이려고 할 걸. 킬킬."

그가 키득거리며 침을 뱉듯 주절거렸다.

"난 상관없어."

빠르게 말을 받아놓고 화영은 제 스스로도 놀라 흠칫 몸을 떨었다. 상관없다니……. 중학교 교복을 입기 시작하면서부터 아침저녁으로 몸단속을 시키는 아버지와 어머니, 화성 오빠, 형근의 얼굴이 차례로 떠올랐다. 지금까지 자신의 삶을 전적으로 의지해온 이들을 그녀는 한순간에 부정하고 있었던 것이다.

"상관없어?"

"……."

"너 아주 맹랑하구나."

문수가 돌아보며 어이없다는 듯 씽긋 웃었다. 찰나처럼 스쳐간 그의 웃음이 투명한 햇살이 되어 그녀 안으로 비쳐들었다. 화영의 몸 안으로 들어간 그의 웃음은 화사한 불꽃처럼 머리카락 한 올에까지 화닥화닥 빛을 뿌려댔다. 화영은 하하― 가쁜 숨을 몰아쉬며 붉게 달아오르는 양 볼에 언 손을 덮었다.

여남은 채의 한옥이 오롯이 모여 있는 작은 마을 앞에서 숲은 끝이 났다.

"결혼한 중들이 사는 마을이야. 봉운사의 중들은 결혼을 해서 이 마을에서 살아. 저 아래 어딘가 어머니와 늘 함께 갔던 집이 있는데."

문수는 마을 입구에서 걸음을 멈추고 화영을 돌아다보며 말했다.

"……."

"춥니?"

"아니, 괜찮아."

"손이 얼었구나."

문수가 한발 다가서며 볼을 가리고 있는 그녀의 손 위에 제 손을 포갰다. 갑작스럽게 앞으로 다가드는 문수의 얼굴이 커다랗게 확대되며 화영의 눈 속으로 들어왔다. 문수의 크고 깊은 눈이 화영의 시선을 붙잡았다. 두 사람의 시선은 불안하게 공중에서 얽혔다. 하지만 그것은 아주 짧은 순간에 불과했다. 화영의 겁먹은 표정이 그를 밀어내기라도 한 것일까.

"어, 미안."

문수는 화들짝 손을 떼고 돌아서 도망이라도 치듯 성큼성큼 앞으로 내달았다. 황망하게 돌아서 가는 문수를 바라보는 화영의 가슴에는 애틋한 정감이 피어올랐다. 그 순간 그는 이전과는 전혀 다른 모습으로 화영의 가슴에 자리 잡고 있었다.

그와의 만남은 그렇게 시작되었어, 오빠. 마치 내가 뒤에 있다는 사실조차 잊어버린 사람처럼 한 마디의 말도, 단 한 번의 눈길도 주지 않은 채 봉운사의 경내를 한 바퀴 돌고, 다시 그 숲을 지나 버스를 타고 집으로 오는 동안 나는 바보처럼 졸졸 뒤를 따라다니면서, 그의 내면을 서서히 채워가고 있는 무모한 열망을 똑똑히 느낄 수 있었어. 그의 내면에서 끓고 있는 이상한 열망은 차츰 내게로 옮겨와 억센 사슬처럼 나를 얽어매고 있었거든. 그러니까 모든 일은 그때 이미 시작되고 있었던 거야. 그는 숙명처럼 갑작스럽게 내게 다가왔어. 나는 어떤 순간에도 그를 거부할 수 없었지. 그 첫 번째의 만남 이후 우리는 열병처럼 서로에게 빠져들었어. 그 어린 나이에 어떻게 그럴 수 있었는지, 나 스스로도 이해가 안 돼. 우린 어른들의 눈을 피해가며 오로지 서로를 탐하는 것에만 몰두했으니 말이야. 화성 오빠의 말대로 이곳을 떠도는 불쌍한 원귀들이 모두 나에게 달라붙었던 걸까. 그때 오빤 왜 내 곁을 떠나지 못했어? 바보같이 그 거친 사내들 소굴엘 스스로 들어가 오빠가 겪은 고통을 생각하면 너무도 마음이 아파. 참 무서운 세월이었어. 그렇지 오빠? 만약 내가 없었다면, 내가 그를 만나지 않았으면, 그 일은 일어나지 않았을까? 화성 오빠도, 그이도, 그리고……. 가엾은 동철이……. 그 애도 아직 건강하게 살아 있을까? 나만 아니었으면…….

7. 남자의 나날

문수 1

어머니가 아이를 낳았다. 붉은 살갗에 싸여 있는 작은 핏덩이. 말간 눈으로 무의미하게 나를 바라보는 조그만 계집아이. 난 그 애에 대한 살해 욕구 때문에 집에 들어가기가 겁이 난다. 벌써 열흘째다. 동철네 오토바이 가게에 딸린 지저분한 창고방이 내 임시 숙소가 된 것은 오래 전이지만 이렇게 오랫동안 집에 들어가지 않은 것은 처음 있는 일이다. 길어야 삼 일이었다. 그것이 내가 어머니를 향해 내보이는 분노의 한계였다. 하지만 이번은 다르다. 내가 집에 들어가지 않는 것은 단순한 분노 때문이 아니다. 두려움 때문이다. 나를 바라보는 아이의 까만 눈동자를 생각할 적마다 그 눈과 마주치는 순간 아이의 목을 조르고 말 것 같은 위기감이 전신을 휘감고 돈다.

오늘 처음으로 화영이를 창고방으로 데리고 왔다. 그 애를 끌고 값싼 여관방이나 구질구질한 친구 놈들의 자취방을 전전하면서도 이 창고방만은 보여주지 않았었다. 하지만 난 요즘 단숨에 갈 때까지 가버리고 싶은 욕구에 사로잡히곤 한다. 나의 이 더러운 삶의 끝은 어디일까. 갓난애와 아버지를 죽이고 차가운 감방에 갇히는 것일까. 사형장의 이슬로 사라지는 것일까. 이놈의 창고방에서 생각할 수 있는 건 그런 것뿐이다. 가엾은 계집애. 화영이를 어찌해야 할까. 그 애는 나의 분신이다. 나는 나 자신을 미친 듯이 파괴하고 싶을 때 아무 데서나 그 애의 옷을 벗겼다. 밤중에 담을 넘어 그녀의 방으로 쳐들어가기도 했고, 복숭아밭 원두막으로 끌고 가기도 했다.

화영이의 방은 꽤 오랜 동안 내게 신성한 꿈의 공간이었다. 내 심장 속에서 아무리 독한 살의가 꿈틀거릴 때라도, 화영이와 놀던 그 방을 떠올리면 살모사처럼 고개를 들던 독기는 슬그머니 고개를 숙였다. 그 방의 동으로 난 작은 창에는 담홍의 레이스가 달린 커튼이 처져 있고, 벽지에는 여러 가지 우스꽝스런 모양의 동물 문양이 그려져 있었다. 앙증

맞게 생긴 그녀의 작은 침대에는 언제나 서양 아이를 닮은 커다란 인형이 누워 있었다. 어렸을 적 그 방에 들어서면 나는 왠지 착한 사람들만 산다는 동화의 나라에 잘못 들어온 불청객처럼 안절부절못했다. 그리고 그곳에 들어서는 순간 마술에라도 걸린 듯 화영의 말에 무조건 순종하는 바보가 되었었다.

그 방에서 화영이와 그 짓을 하는 건 나와 그녀를 동시에 죽이는 일이다.

낮에 형근이 놈이 찾아왔다. 문성파에 들어오겠단다. 미친놈이다. 너무 뜻밖이라 말문이 막힐 지경이다. 며칠 전 그놈은 나한테 죽지 않을 만큼 얻어맞았다. 그렇게 얻어맞고도 그놈은 끝까지 화영이를 놓아주라고 헛소리를 해댔다. 내 앞에서 무릎을 꿇고 더 이상 화영이를 괴롭히지 말라고 애원하기도 했다. 건방진 놈. 맞아죽어도 싼 놈이다. 그런데 그놈을 우리 팀에 받아들인 게 왜 이렇게 께름칙한지 모르겠다. 그놈이 옆에서 얼씬거린다는 건 생각만 해도 기분이 나쁘다. 그렇다고 내가 그깟 놈을 피할 이유가 뭐란 말인가. 하지만 이상한 일이다. 오늘 창고방에서 화영이 옷을 벗기는데 그놈 낯짝이 떠오르더니 끝까지 나를 노려보고 있어서 기분을 잡쳤다. 그놈 내일은 죽은 목숨이다.

그 갓난애의 아비는 육군 중사다. 어머니가 일하는 식당에서 몇 번 본 적이 있다. 그런 자를 아버지로 받아들인다는 게 쉽진 않지만, 그자에 대해서 뭐 그리 유감이 있는 건 아니다. 외할머니 말대로 어머니가 평생 혼자 살아가야 한다는 건 공평치 못하다. 하지만 그건 생각일 뿐이다. 어머니가 그자의 아이를 가졌다는 걸 알았을 때, 난 내 어머니의 재혼을 눈곱만큼도 생각하지 못하고 있었다는 걸 깨달았다. 그리고 앞으로도 결코 용납할 수 없으리라는 것도. 그 어린애를 보면 난 자꾸 벌거벗은 미군 병사와 얽혀 히히덕거리던 수지가 떠오른다.

정말이지 사는 게 엿 같다. 난 그녀에게 먹혔다. 초등학교 사 학년 때다. 그 나이쯤이면 이곳 아이들은 알 건 다 안다. 그 무렵 나는 우리 집에 세 들어 있는 양색시들에게 미군들을 물어다주고 잔돈푼이나 얻어 쓰는 재미에 쏠쏠하게 맛을 들이고 있었다. 그녀들은 나를 자기편으로 만들기 위해 별의별 선심을 아끼지 않았다. 하지만 난 수지를 배신한 적이 없다. 내가 새로운 사내를 물어올 때마다 그녀는 독한 향수 냄새가 배어 있는 자신의 품속으로 나를 끌어들여 장난감이라도 어르듯이 내 아랫도리를 쓰다듬으며 꼬깃꼬깃한 달러 한 장을 주머니에 찔러 넣어주었다. 그럴 때면 하늘이 노래지고 다리에 힘이 쭉―빠져서 비실비실 도망을 쳤지만, 그런 그녀가 싫은 건 아니었다. 덕분에 그녀는 단골이 많았다. 물이 좋아 보이는 미군은 당연히 그녀의 차지였다.

그날은 수지의 장사가 별로 신통치 않던 날이다. 게다가 그녀는 두어 달이나 동거를 하던 폴과 막 헤어진 참이었다. 나는 가능하면 폴보다 훨씬 멋진 놈을 수지에게 물어다주고 싶었다. 그래서 학교가 파하기 무섭게 찬바람재를 헤집고 다녔다. 하지만 그날 따라 왠지 마땅한 소득이 없었다. 밤이 이슥해서야 고릴라처럼 생긴 흑인 하나를 데리고 집으로 왔다. 난 대문 밖에서 그녀의 방 창문으로 신호를 보냈다. 밖으로 난 창문을 열고 내다보는 수지의 상태는 말이 아니었다. 술에 억병이 되어 거의 제 정신이 아니었다. 그녀는 흑인 병사를 보자마자 손가락질을 하며 낄낄거렸다. 저것도 인간이냐 괴물이지. 크크크, 야 검둥아! 꺼져! 당장 꺼져버려. 이럴 때 고릴라 옆에 그냥 남아 있는 건 얼간이짓이다. 슬금슬금 집으로 숨어들며 대문 틈으로 훔쳐보았다. 그는 진짜 짐승처럼 으르렁거리며 수지에게 뻐큐를 먹이고 어슬렁어슬렁 돌아갔다. 돌아서 가는 그의 등이 좀 불쌍해 보였다. 수지에게 체면이 말이 아니었다. 그녀의 방 앞을 지나 안채로 들어가려는데 그녀가 빼꼼이 방문을 열고 나를 불렀다. 나는 왠지 가슴이 덜컥 내려앉았다.

방안으로 들어서자 후끈한 열기와 독한 향수 냄새가 온 몸을 덮쳐왔다. 그녀는 밖에서 보았던 것만큼 심하게 취해 있는 것 같진 않았다. 하지만 그녀의 몸에 걸친 거라곤 얇은 나일론 속옷뿐이었다. 문수야 이리 와. 어서 자ㅡ 어서…… 오ㅡ 내 귀여운 종달새. 그녀는 흥흥거리며 내 몸에서 낡은 허물을 벗겨내듯 정성스레 옷을 벗겼다. 나는 그녀의 배 위로 끌어올려졌다. 그녀는 진한 향기를 풍겨내는 커다란 꽃 같았다. 꽃가루가 그득한 꽃술에 얼굴을 묻듯 나는 그녀의 가슴 사이에 코를 박았다. 그러고는 그녀에게서 풍겨 나오는 진한 향기에 취해 점점 혼몽한 꿈속으로 빠져들었다.

그 후로 나는 즐거이 그녀의 노예로 길들여졌다. 나는 오랫동안 그녀의 착한 종이였다.

철진

진희, 그녀가 왔다. 아니, 그녀는 진희가 아니다. 처음 본 순간부터 한 번도 내 기억 속에서 사라진 적이 없는 진희는 결코 그런 여자여서는 안 된다. 그녀는 다신 이곳에 나타나지 말았어야 했다. 그리하여 내 꿈이 더 이상 시궁창에 던져지지 않도록 지켜주었어야 했다. 내가 그녀에게 바란 것은 오직 그것뿐이었다. 단지 그런 모습으로 내 앞에 나타나지만 않았으면 되는 일이었다. 그러면 나는 어딘가에서 보통사람으로서의 풋풋한 삶을 꾸려가고 있을 그녀를 생각하며 정결하고 꿋꿋하게 내 젊음을 지켜낼 수 있었을 것이다. 그것이 그녀가 나에게 줄 수 있는 유일한 선물이었다. 하지만 그녀는 내 꿈 따위는 아랑곳없다는 듯, 구겨버린 휴지뭉치 같은 몰골로 내 어미를 찾아왔다. 하기야 그녀가 내 꿈을 알게 뭔가. 그녀에게 나라는 녀석은 애당초 없는 것이나 마찬가지다. 오래 전에 잠시 스친 까마득한 후배가 무슨 꿈을 가지고 있건 그녀에게 무슨 상관이란 말인가. 그녀에게 나는 여고시절 교회 학생부에서 잠시 만난 후배일 뿐이다. 하지만 그것마저도 실은 나의 의도적인 접근에 의한 것이었다. 그녀는 꿈결처럼 내 앞에 나타났다. 그녀가 언제 이태원에 왔는지, 어떻게 해서 그때서야 그녀를 보게 되었는지 알 수가 없다. 내가 그녀를 보았을 때 그녀는 이미 여고 삼 학년이었다. 이곳에서 줄곧 살아왔다면 그때서야 만나게 될 확률은 거의 없다. 그녀는 어떤 피치 못할 사연이 있어 학기 중에 학교를 옮기게 된 것이리라. 전혀 무방비 상태의 그녀를 이곳으로 옮겨놓은 그 사연 어딘가에 끝내 이곳에다 그녀를 얽어맬 질긴 운명의 끈이 감춰져 있었던 걸까.

중학교 이 학년이 되던 해 봄이었다. 그날도 나는 난폭한 점령군처럼 온 집안을 차지해버린 내 어미의 딸들을 피해 거리를 어슬렁거리고 있었다. 그네들은 하나같이 내 어미를 엄마라고 불렀다. 그네들은 나보다도 더 소중한 내 어미의 딸년들이다.

마을은 어느 집이건 손바닥만한 틈이라도 있으면 방을 늘려서 세를 놓느라, 점점 누더기 꼴이 되어갔다. 나는 미로 같은 마을의 골목을 벗어나 한창 복사꽃이 만발한 과수원이 하얗게 펼쳐져 있는 산자락을 따라 걸었다. 건조한 봄바람을 타고 오관으로 스며드는 쌉싸름한 향기는 강력한 마취력이라도 가지고 있는 듯, 차츰 나를 혼몽한 꿈속으로 이끌어 갔다. 나른하게 봄 향취에 젖은 의식 속에서, 내 집을 점령한 여자들의 벗은 몸이며 그네들을 산 사내들의 영상이 어지럽게 맴을 돌았다. 언제부턴가 그것들은 시궁창에서 묻어난 오물처럼 내 몸 구석구석으로 스며들어서 좀처럼 떨쳐낼 수가 없었다. 난 거의 필사적으로 그 혼란스런 환상으로부터 벗어나기 위해 도망을 치지만 한 번도 거기에 성공하지 못했다. 오히려 내가 벗어나려고 발버둥치면 칠수록 그것은 더욱 그악스레 내 정신의 뿌리를 움켜쥐고 조롱하듯 휘둘러댔다. 그러고는 서서히 내 안에서 흉측한 괴물 하나를 키워갔다.

그해 봄은 유난히 어미의 딸들과 함께 사는 일이 고역스러웠다. 그네들은 여전히 아무렇지 않게 내 앞에서 속살을 드러냈고, 자신들을 샀던 사내들의 이야기를 늘어놓았다. 하지만 나는 예전처럼 그네들의 행동에 무심할 수가 없었다. 봄이 깊어갈수록 내 몸은 점점 이상한 무뢰배로 변해서 내 의지를 무시한 채 터무니없는 욕구를 휘둘러 댔기 때문에 나는 거의 제 정신이 아니었다. 매일 밤 나는 여자들의 육체와 노골적인 음담이 다글거리는 머리를 이불에 처박은 채, 분노처럼 내뻗치는 성기를 움켜쥐고 깊디깊은 수렁 속으로 빠져들었다. 내 안의 괴물이 본격적으로 힘을 쓰기 시작한 것도 아마 그 무렵부터일 것이다. 매일 밤 나는 여자들의 방으로 잠입해 그녀들을 겁탈하거나 죽이는 꿈을 꾸었는데, 그것이 너무나 선명하고 강렬한 것이어서 도무지 꿈이라고 믿기질 않았다. 여자들의 목을 졸랐던 손아귀에서는 그 안에 잡혔던 여자의 목울대가 생생히 느껴졌고, 내 몸 구석구석에서는 종일 미미한 욕정의 흔적이 스멀거렸다.

독한 꽃향기에 자극받은 괴물이 마구 뿜어내는 기분 나쁜 열기 때문에, 구역질이 솟구쳐 오르는 걸 억지로 참으며, 나는 산중턱까지 단숨에 달려올라 갔다. 숨이 턱에 닿아 주저앉은 곳이 교회 건물의 문턱이라는 것을 깨달은 것은, 조심스럽게 옆으로 다가와 말을 건넨 여학생 때문이었다. 교복을 단정하게 입은 여학생 둘이 건물에서 나와 내 옆을 지나치다가 그 중 한 명이 내게로 다가와 말을 건넸던 것이다.

"괜찮아요?"

"예……."

웬 참견이냐는 듯 짜증스럽게 대답을 하고 고개를 들어 올렸을 때, 나를 내려다보는 그녀의 푸르른 시선은 어서 악몽으로부터 벗어나라고 부드럽게 나를 깨우고 있는 것 같았다. 그때의 그 시선을 생각하면 왜 푸르디푸른 물빛이 생각나는지 모르겠다. 그녀는 분명 검은 눈동자의 한국인 소녀일 뿐이었다. 그런데도 그녀를 생각할 때면 언제나 깊은 우물 속 같던 그녀의 눈빛이 먼저 떠오른다.

"많이 아프면 안으로 들어가서 좀 쉬었다 가요?"

"아니 괜찮아요."

나는 자리에서 일어나 하릴없이 바닥에 닿았던 엉덩이를 투덕투덕 털며 도망치듯 그녀의 앞을 벗어났다. 그것이 그녀와의 첫 만남이었다. 그날 이후 그녀의 맑은 눈빛은 내 불안한 마음을 달래는 표상이 되었다. 나는 거의 필사적으로 그것에 매달렸다. 그녀가 이태원에 머무르는 반 년여 동안 거의 매일이다시피 교회에 나갔던 것도 그녀 때문이었다. 그 곳은 그녀의 순결한 영혼이 숨쉬는 성전이었다, 그곳만이 내 영혼을 정 결하게 지켜주는 유일한 장소였다. 하지만 그것은 예수님의 십자가 때 문도, 성모마리아 때문도 아니었다. 오로지 그녀가 있기 때문이었다. 그녀는 나의 성녀였다.

그녀는 고등학교도 미처 마치기 전에 이태원에서 모습을 감추었다. 누구는 아버지의 사업이 망해 시골로 내려갔다고도 하고, 누구는 몰락 한 정치가의 첩이었던 어머니가 죽자 친척 중의 누군가가 그녀를 거두 어 갔다고도 했다. 하지만 내게 그러저러한 잠적의 이유 따위는 아무 의 미도 없었다. 중요한 것은 이제 다시는 그녀를 볼 수 없다는 것뿐이었 다. 무엇으로도 메울 수 없는 공백으로 남아 있는 그녀의 자리. 그것은 내게 하나의 확고부동한 표상을 만들게 했다. 신의 자리에 세운 십자가 와도 같은. 그녀는 이태원을 떠나면서 나의 신이 되었다.

진희, 그녀가 내 어미의 딸이 되기 위해 찾아오던 날부터 내 안의 괴물 은 다시 살아나 꿈틀거리기 시작했다. 난 두려움에 떨며 그녀에게 경고 했다. 내 집을 떠나요. 그렇지 않으면 내가 당신을 죽이고 말 거요. 만 삼 년. 까까머리 중학생이던 사내애가 배지 하날 바꿔 다는데 걸린 세월이 다. 하지만 그것은 순결했던 한 소녀를 창녀로 만들 수도 있는 세월이었다. 무서운 일이다. 난 너무 무서워서 도무지 뭘 생각할 수가 없다.

그녀는 내 어미의 가장 사랑받는 딸이 되었다. 우리 집을 찾는 모든 사내들은 그녀만을 찾는다. 내 어미의 딸들은 갑작스럽게 나타난 경쟁자 때문에 모두들 신경이 곤두섰다. 걸핏하면 터지는 싸움질은 칼부림이 되기 예사다.

내 꿈은 오래 전부터 선생님이 되는 것이었다. 그리고 그녀가 그 꿈을 단단히 굳혀 주었다. 불과 며칠 전까지만 해도 난 밤샘 공부를 예사로 하며 사범대학생의 꿈을 키우는 수험생이었다. 아름다운 청춘. 꿈이 있는.

내 안의 괴물이 키들거리며 옆구리를 찌른다. 지금 멀대 같은 백인 하나가 진희의 방으로 들어갔어. 그 놈은 벌써부터 진희와 살림을 차리고 싶어 했지. 낮에 네 어미가 그 놈과 흥정하는 걸 봤거든. 네 어민 음흉한 여자야. 그녀는 그 놈이 진희를 제 나라로 데려가고 싶어 한다는 걸 알고 있지. 아마 그 값을 톡톡히 받아내고 말걸. 네 어민 달러를 두둑이 챙기고 진희는 그 백인 놈에게 팔려가겠지. 그리고 그건 네 대학 등록금이 되겠군. 하기야 그게 그녀들의 꿈이기도 하니까. 뭐 그리 나쁜 일은 아니지. 그렇지 않은가? 네 꿈은 선생이 되는 것이지. 그러려면 대학을 가야해. 네 어미가 진희를 판 돈으로.

으아! 책상 위에 얌전히 펼쳐져 있던 교과서가 세차게 날아가 벽을 들이받는다. 까다로운 공식을 따라 아슬아슬하게 가닥을 잡아가며 풀어 놓은 수학 문제들이 와르르 무너지며 사방으로 흩어진다.

나는 함부로 너부러져 있는 책들을 노려보다가 단호하게 자리를 박

차고 일어나 부엌으로 간다. 시퍼렇게 날선 식칼을 찾아들고 그녀의 방
문을 열어젖힌다. 벌거벗은 사내의 멍한 시선이 진희에게서 내게로 옮
겨온다. 뜻밖의 순한 눈빛에 부딪치자 한 순간 칼을 든 손이 곤혹스럽
게 느껴진다. 나와 진희 사이를 번갈아 바라보며 볼멘소리를 웅얼거리
는 사내의 턱밑에, 칼을 들이대며 소리친다. 꺼져. 빨리 꺼져버려. 그렇
지 않으면 죽여 버릴 거야. 사내가 제 나라의 욕을 뭐라뭐라 씨불거리
며 밖으로 사라진다.

"무슨 일이니? 왜 그래?"

방마다 문이 열리고 내 어미가 뛰어나온다.

"이 여자 내보내! 씨발."

칼이 번개같이 날아가 바닥에 꽂힌다.

"이 새끼가 왜 이래. 미쳤나? 왜 지랄병이가."

"그래, 미쳤다. 미쳤어! 이 집구석에 살면서 미치지 않으면 그게 인간
이야. 으아!"

"이 새끼가 갑자기 왜 발광이가. 깝깝하면 나가서 바람 쐬고 오라마.
이 집구석에서 산 게 하루이틀이가. 공밥 먹으며 공부하는 게 오져서 지
랄이가?"

"아무튼 내일 당장 저 여자 내보내! 안 그러면 내가 죽어. 저 여자 죽
이고 나도 죽어버릴 거야."

대문을 걷어차고 집을 뛰쳐나와 밤길을 달린다. 어둠 속에 웅크리고
있던 흉흉한 바람이 옷깃 사이로 슥슥 지나간다.

문수 2

어머니가 화영일 데리고 병원에 다녀왔다. 내가 그녀의 몸속에 쏟아부은 오물은 드디어 그녀의 자궁 안에다 뿌리를 내렸다. 화영의 몸 안에서 나의 오물이 자라고 있다는 걸 안 어머니는, 생전 처음 나에게 무섭게 화를 냈다. 어머니의 욕을 먹으면서 나는 점점 머리가 맑아지는 느낌이었다. 그녀가 휘두르는 몽둥이에 등짝을 내맡긴 채 나는 그 매가 좀더 강하게 내 살갗에 와 박히기를 간절히 바랐다. 화영인 겁을 먹어 하얗게 질린 얼굴로 죄인처럼 의사 앞에 끌려 들어갔을 것이다. 의사의 명령에 따라, 사형용 전기 침대에라도 눕듯 수술대에 올라 가랑이를 벌렸을 것이다. 내가 그녀의 몸속에 심어놓은 시뻘건 오물덩이를 잘라내기 위해. 마치 자신의 몸 전체가 오물이 된 것처럼 수치심으로 몸을 떨며 그녀는 자궁 안에서 나의 일부가 잘려나가는 소리를 들었을 것이다. 나의 일부. 그녀는 더러운 독소로 오염된 나의 일부를 제 몸에 품었었다. 잔뜩 겁먹은 소리로 화영은 그 사실을 나에게 전했다.

"저기…… 있지…… 내 몸이 이상해."

언제부턴가 걸핏하면 그녀를 끌어들이던 동철네 창고방에서 내가 그녀의 속옷을 막 벗겨 내리려 할 때였다.

"왜? 어디 아파? 그때는 아니잖아?"

나는 좀 짜증을 냈을 것이다. 그녀는 더 이상 말을 잇지 못하고 지그시 눈을 감았다.

"저기 문수 오빠, 오늘은, 오늘은 안 하고 싶어."

"왜?"

내 말투는 아예 신경질이 되었다. 화영이 갑자기 나를 거칠게 밀어내며 벌떡 일어났다.

"나쁜 새끼. 개자식. 널 죽여 버리고 싶어."

그녀가 발작적으로 나를 두들기며 울음을 터트렸다.

"이 지지배가 미쳤나."

"난, 난 니 애를 뺐단 말야. 봐, 보라구. 여기서 니 애가 자라고 있어. 어쩔래? 어쩔 거야."

난 갑자기 머릿속이 하얗게 바래는 것 같았다. 화영이 무슨 말을 하는 건지 도무지 이해가 되지를 않았다. 화영이 나를 밀쳐내고, 옷매무새를 고치고, 가방을 챙겨들고, 방을 나가는 모습이 마치 슬로모션처럼 나의 멍한 의식을 천천히 스쳐 지나갔다.

내가 살아오면서 가장 두려웠던 때가 언제일까. 오산의 아버지 집에서 작은 방안에 갇혀 비행기의 폭음을 세던 때. 나는 거의 매일 밤 깊이를 알 수 없는 어둠에 갇혀 허둥대다가 비행기 폭음에 놀라 깨어나곤 했다. 그리고 그 꿈은 지금도 극도의 긴장이나 피로감에 몰리는 날이면 어김없이 내 잠 속으로 파고든다. 먹이를 앞에 둔 짐승처럼 날선 살기를 품고 덤벼드는 폭력배들에 둘러싸여 몰매를 맞을 때 느끼는 위기감은 차라리 짜릿한 해방감이다. 화영의 몸속에 뿌리를 내린 그 작은 생명체는 내가 세상을 향해 무분별하게 뿜어낸 독소의 결정체다. 그것이 한 덩어리로 단단히 뭉쳐 구체적인 모습으로 세상에 나타나리라는 생각을 하면 자다가도 머리끝이 시퍼렇게 날을 세우고 일어서는 것 같다. 난 그 짐을 결국 어머니에게 떠넘기고 말았다. 당연하다는 듯. 한껏 무심함을 가장하며, 가장 불손하고 건방진 태도로.

화성이 놈에게 두 번째 경고를 받았다. 그의 어머니가 우리 집엘 다녀간 날이다. 내 어머니는 그녀에게 차마 듣지 못할 욕을 먹고, 머리채를 잡히면서도 대꾸 한 마디 할 수 없었다고 했다. 호로자식 키우는 에미의 죄지. 어머니가 독하게 내뱉었다. 그때 난 동철네 가게에 딸린 더러운 방에서 수지를 떠올리며 자위라도 하고 있었으리라. 난 호로자식이다. 화성이 놈은 나를 죽이려고 할 것이다. 충분히 그러고도 남을 놈이다. 그놈을 떠올리면 난 흥분으로 가슴이 달아오른다. 어쩌면 그놈은 나에게 유일한 희망이다. 내 삶을 박살내 줄 유일한 놈. 난 그놈이 조금도 두렵지 않다. 오히려 기다려지기까지 한다. 어서 와라 화성아.

8. 겨울 초입

영업이 시작되기 직전의 텅 빈 클럽은 언제나 근엄한 침묵이 홀 전체를 압도한다. 발에 밟히는 붉은 카펫의 부드러운 감촉마저도 뭔가 은밀한 음모를 상징하는 것처럼 느껴지는 것은 아무래도 그 암울한 침묵 때문일 것이다. 홀 전체의 음습한 어둠이 스며 있는 붉은 카펫이 이때만큼 강렬하게 이곳의 정체성을 반영할 때는 아마 없을 것이다. 이 시간의 죽음과도 같은 침묵은 태풍전야의 소름끼치는 그것과 통하는 긴장감이 서려 있다. 가끔씩 주방 쪽에서 물 흐르는 소리나 그릇 부딪는 소리, 수런수런 주고받는 작은 말소리가 새어나오기도 하지만 그것은 대부분 사람의 귓바퀴를 울리기도 전에 실내의 강한 흡입력에 맥없이 먹혀버린다. 무대 뒤의 대기실에서는 1부 공연을 준비하는 무용수 몇 명과 가수, 그리고 몇 가지 위험한 묘기로 분위기를 띄워줄 연기자들이 무대 화장을 하거나 소품을 챙기면서, 서둘러 마른 빵조각이라도 씹고 있을 것이다. 이곳에 붙박여 있는 무용수 몇 명을 제외하면, 대부분의 연기자들은 공연이 끝나자마자 다음 공연을 위해 서둘러 떠나야 하는 뜨내기 인생들이다. 그들은 그렇게 밥 먹을 새도 없이 하루 저녁에 두 서너 곳은 뛰어야 그나마 생활이 유지되는 고달픈 삶을 살아가고 있다.

저녁때 지배인을 찾아왔던 김 씨는 박치기 묘기의 명수이다. 며칠 전 연기를 하다가 머리가 찢어져 일곱 바늘이나 꿰매는 상처를 입었다. 중절모를 눌러쓴 머리 아래로 상처를 동여 맨 붕대자락이 언뜻 보였다. 상처가 완전히 아물려면 보름은 족히 쉬어야 할 것이다. 그런데도 그가 오늘 지배인을 찾아온 것은 무대에 서게 해달라는 부탁을 하기 위해서일 것이다.

당장 하루를 놀면 하루가 궁한 살림살이의 곤궁함 탓도 있겠지만, 어떤 이유로든 오랫동안 자리를 비우면 자칫 다른 이에게 빼앗길 수도 있다는 걸 그는 너무나도 잘 알고 있는 것이다. 그는 이미 나이가 사십 줄에 들어선 사람이다. 겨우 여남은 살이 될 무렵 굶주림을 견딜 수 없어 집을 뛰쳐나왔고, 서울의 온갖 밑바닥 생활을 고루 체험하면서 주린 배를 달랬을 것이다. 그러다가 스무 살 무렵 우연찮게 자신의 머리가 남들보다 단단하다는 사실을 발견하고, 기회가 있을 때마다 그것을 과시해 보이는 것으로 자신의 자리를 굳혀왔다. 그렇게 머리빡의 힘으로 밥

을 먹어온 세월이 이십 년을 넘고 있는 것이다. 그만하면 이 바닥에서
는 원로대접을 받을 만한 위치를 굳혔다고 할 수도 있으리라. 하지만 그
것은 곧 다음 사람에게 자리를 내어주어야 할 때가 가까웠다는 의미도
되는 것이다. 그렇게 제 몸을 혹사시키는 묘기로 관객의 시선을 끌어야
하는 이들은 시간이 지날수록 몸에 무리가 따르고, 통증을 견디기 위해
마약성이 강한 진통제를 상습적으로 복용하는 게 보통이다. 게다가 그
들의 수입이라고 하는 것이 하루 벌어 하루 먹기 바쁜 형편이어서 노후
를 위한 저축 따위를 생각할 만한 여유가 있을 리 없어서 피폐한 말년
이 그들을 기다리고 있을 뿐이다. 하지만 이들이 이런 생활을 계속하는
것은, 반드시 이 일을 생계의 수단으로 삼기 때문만은 아니다. 어쩌면
마법에라도 걸린 듯 무대에 혼이 매어버린 사람들이라고 하는 게 옳을
지 모른다. 그나마 악기라도 만지고 노래깨나 뽑을 줄 아는 악단 쪽 사
람들이야 애초부터 무대에 제 명을 건 이들이니 그렇다 치더라도, 도장
이나 뒷골목을 떠돌며 주먹질이나 일삼던 치들도, 한두 번 무대에 올라
어설픈 묘기를 연출하는 데 맛을 들이고, 관객들의 환호라도 받기 시작
하면 결코 무대를 떠나지 못하고, 이 바닥을 맴도는 부나비의 일원으로
가담하게 되는 것이다. 하긴 터무니없이 휘황찬란한 불빛에 취해 이 주
변을 떠돌며 밥을 빌어먹는 이들이 어디 그들뿐이랴. 온기는 고사하고
오히려 서늘한 한기마저 서려 있는 이곳의 현란한 불빛과 광적인 소음
에는 사람의 영혼을 휘어잡아 꼼짝 못하게 하는 마력 같은 게 숨어 있는
것 같다.

  문수는 미래를 걱정하는 따위엔 관심도 없이 오직 무대 위에서의 찬

란한 한 순간을 위해 온전하게 자신을 탕진할 줄 아는 이들의 여름 매미 같은 살이를 끔쩍이 사랑한다. 어쩌면 이 순간의 침묵 속에는 그네들의 애달픈 열망이 속속들이 배어 있기에 이토록 섬뜩한 긴장감마저 날을 세우는 것이리라. 조금 있으면 이 어두컴컴한 공간은 온통 끓어 넘치는 소음과 과장된 열기로 범벅이 되어 홀 안에 존재하는 모든 생명체의 신경을 마비시킬 것이다. 이 짧은 순간의 침묵이 문수를 그토록 사로잡는 것은 그것이 광기 어린 소음을 예고하는 전조적인 의미를 가지고 있기 때문일 것이다. 무거운 침묵 속을 몇 발짝 떼어놓으면서 문수는 온몸을 관통하여 흐르는 푸른 핏줄이 단단하게 팽창하는 걸 느낀다.

요 며칠 새 한남동 놈들의 클럽 출입이 부쩍 늘었다. 그들 뒤에 화성이 놈이 있다는 걸 문수는 첫 눈에 알아봤다. 오빠가 벼르고 있어. 아마 자긴 화성이 오빠 손에 죽게 되고 말 거야. 화영은 어스름이 미처 걷히기 전 새벽 공기를 안고 창고방으로 스며들어서는, 차갑고 습기찬 바닥에 웅크리고 앉아 그렇게 지절거렸다. 비 맞은 작은 새처럼 어깨를 떨며. 그녀는 병원엘 다녀온 후 학교도 휴학한 채 집안에 감금당했다. 문수는 매일 밤 그녀를 끌어내기 위해 그녀의 집으로 잠입하는 꿈을 꾼다. 집으로 숨어들어 그녀를 찾다보면 고양이가 되어 파랗게 날을 세운 눈빛으로 그를 쏘아보기도 하고, 날개가 부러진 작은 박쥐의 모습으로 방구석에 웅크리고 있기도 하다. 꿈속에서의 그는 그녀가 무엇이 되어 있던 단 번에 알아본다. 그런데 사람이 아닌 화영인 한 번도 문수에게 호의적인 때가 없었다. 그는 언제나 그녀의 방 창문턱에 앉아 그녀가 사람이 되길 기다리다가 지쳐 돌아온다. 창턱에 앉은 그도 늘 사람인 건 아니다. 어느 땐 긴 몸통으로 들창문을 받친 구렁이이기도 하고 썩은 냄새를 맡고 날아든 까마귀이기도 하다.

문수는 제 자신의 문제로 클럽이 시끄러워지고 다른 사람이 다치는 걸 원치 않는다. 단신으로 보광나루를 찾아갔던 것도 그래서였다. 한 패거리의 사내들에게 둘러싸여 전신으로 날아와 박히는 뭇매를 그는 단 한 번의 저항도 없이 온전히 받아냈다. 이것으로 끝이라고 생각하지 마. 난 절대로 네 놈과 같은 땅을 밟으며 살지는 않는다. 더러운 놈. 몰매를 퍼붓던 패들이 뒤로 물러나자 누군가가 땅바닥에 나자빠져 있는 문수의 얼굴 위로 진한 가래를 뱉어내며 그런 말을 했던 것 같다. 강변의 모래사장에 널브러져 기억을 잃었다가 깨어났을 때는 새벽 강에서 뽀얗게 안개가 피어오르고 있었다.

그놈이 두려운 건 아냐. 하지만 시끄러운 건 질색인데……. 문수는 육감으로 결전이 임박했음을 느낀다. 사나흘 전에야 철진과 동철에게도 귀띔을 했다. 동철이 형에게 알려서 아이들을 좀 더 모으자고 했지만 문수가 단호히 입막음을 시켰다. 그 친구들이 표나지 않게 아이들 서넛을 더 집어넣고 저희들도 매일 들러주는 게 여간 든든하지 않다. 철이 나면서부터 서로를 육친보다도 더 귀히 여기며 그림자처럼 붙어 지내온 친구들이다. 철진이 요즘 지나치게 날카로워져 있어서 이런 일에 끌어들이는 게 내키지 않지만 문수가 제일 믿는 게 그 친구이다. 어려운 일이 있을 때면 무슨 일이든 그 친구와 상의를 해야 마음이 놓인다. 동철이도 문수의 일이라면 목숨이라도 내놓을 친구지만 철진이만큼 미덥지가 않다. 철진은 유일하게 문수가 제 자신의 문제를 뭐든 터놓고 이야기하는 친구이다. 그 점에서는 철진도 아마 마찬가지일 것이다. 포주인 어머니, 팔려온 여자들, 은밀히 찾아와 여자를 팔고 사는 사내들 혹은 여자들. 자신을 팔기 위해 스스로 찾아드는 여자들. 철진은 그 속에 뿌려진 씨앗이다. 그는 너무 일찍 그 사실을 인지해 버렸다. 그것을 감당할 만한 여력이 생기기도 전에. 그리고 그것은 나이가 들어갈수록 더욱 질긴 사슬이 되어 그를 얽어매었다. 그 사슬로부터 벗어나려는 철진의 노력은 처절하기마저 한 것이었다. 덕분에 그는 중학생 교복을 입으면서부터 일찌감치 수도승이라는 별명을 얻어들었다. 그리고 그런 노력은 얼마쯤 성과를 거두는 것처럼 보이기도 했다. 하지만 양공주가 되어 철진의 집으로 불쑥 찾아든 진희의 문제는, 철진이 움켜잡고 있던 마지막 버팀목마저 여지없이 뒤흔들어 놓기에 충분했다. 진희가 이태원에 나타난 다음 날일 것이다. 철진은 혼이 반쯤은 빠져나간 꼴로 문수를 찾아왔다. 얌마, 천사와 창녀의 차이가 뭔지 아니? 그건 말야. 그녀가 여기에 사느냐, 아니면 다른 곳에 사느냐 하는 거야. 아주 간단하지. 너무 간단해서 소름이 끼칠 지경이지. 이 빌어먹을 놈의 저주받은 거리. 확 불이라도 싸질러버리고 말 거야. 둘은 아랫도리를 내놓고 지낼 때부터 함께 뒹굴며 자라온 친구지만 철진이 그렇게 분노로 일그러진 모습을 한 번도 본 적이 없었다. 그는 지나치리만치 감정을 절제하고 속으로 삭이는 성격이어서 평소에는 답답해 보이기까지 했었다.

문수도 그녀가 철진에게 어떤 존재인지는 알 만큼은 알고 있었다. 하지만 그에게 진희라는 여자는 철진과 관련시키지 않고는 어떤 이미지도 떠올릴 수가 없는 존재였다. 실제로 그는 진희를 직접 본 기억조차 없었다. 철진에게 그녀는 단순한 여자가 아니었다. 그에게는 어쩌면 자신의 울타리 안에서 찾을 수 없는, 일반적인 가치에 대한 믿음이 필요했을 것이다. 진희는 그에게 그런 믿음을 갖게 해주는 존재라고 하는 게 옳았다. 그의 주변을 둘러싸고 있는 비정상적인 상황으로부터 그를 지켜줄 작은 불빛 같은. 그가 친구들에게 금욕주의자라는 놀림까지 들어가며 오로지 공부에 몰두하는 것도, 굳이 사범대학을 유일한 목표로 설정한 배경에도, 이 거리에 살면서 그 흔한 미팅 한 번 하지 않고 고교시절을 마감하는 것도 그런 안간힘에 다름 아니었다.

철진의 그런 태도는 진희가 이태원을 떠났을 때의 반응에서도 확연히 나타난다. 그녀가 이태원에 있었던 기간은 일 년도 채 되지 않았다. 철진은 그녀를 만난 이후 늘 그녀의 주변을 맴돌았고, 그의 의식 속에는 언제나 그녀의 존재감으로 꽉 차 있었다. 철진이 세상을 보는 잣대라고 해도 좋을 만큼 그녀는 그의 의식을 지배했다. 그런데도 그녀가 이곳을 떠났을 때의 철진의 태도는 이상하리만치 담담했고 오히려 홀가분해 하는 것처럼 보이기까지 했다. 그녀는 내게서 완전히 떠난 게 아냐. 그녀가 어디에 있건 상관없어. 그녀는 언제나 내 안에 있으니까. 그것으로 충분해. 오히려 잘된 거야. 실은 난 그 동안 그녀가 이 지저분한 거리를 밟고 사는 게 늘 불안했거든. 이 거리의 음습한 공기가 그녀의 맑은 영혼을 오염시키고 말 것 같아서 말야. 이곳은 그녀가 살 곳이 못돼. 이 거리의 공기를 마시며 살기에는 그녀의 영혼은 너무 순결해. 그래서 늘 아슬아슬 했어. 잘된 거야. 술기운을 빌려서일망정 철진은 이렇게 헛헛한 제 심정을 털어놓았다. 그런데 그녀가 돌아온 것이다. 그것도 철진을 비웃기나 하듯, 그가 가장 경계하고 염려하던 모습으로.

요즈음의 그는 마치 발화시점을 기다리는 시한폭탄 같다. 바람이 팽팽하게 채워진 풍선에 바늘 끝이 스치듯, 가벼운 자극만 가해도 단번에 폭발해 버릴 것 같은 아슬아슬한 몰골을 해가지고, 전에는 얼씬도 않던 거리들을 휘엉휘엉 헤매고 다녔다. 무서워. 손가락 하나 움직일 힘만 있어도, 우리 식구를 모조리 죽이고 말 것 같아서, 내가 무서워 죽겠어. 정말이지 손가락 하나 움직일 힘도 없을 만큼 기진해서는 문수 옆에 쓰러져 누우며 그는 속삭이듯 주절거리곤 했다. 하긴 시한폭탄처럼 위태롭기로는 문수 또한 그와 별반 다를 게 없었다. 철진의 내부에서 일어나고 있는 자기 파괴 욕구가 단기간에 형성된 돌발적인 것이라면, 문수의 것은 오랜 세월을 두고 서서히 누적되어온 만큼 깊디깊은 가슴 밑바닥에 그 뿌리를 두고 있다는 정도의 차이가 있을 뿐이었다. 새벽 공기의 냄새를 가득 묻혀 창고방으로 찾아드는 화영을 안으며, 미친놈처럼 화영이네 담벼락을 넘으면서, 문수는 저도 모르게 중얼거린다. 막다른 골목이야. 비상구 따위는 없어.

"문수야, 객석 점검해!"

무대 쪽에서 날카로운 밴드 음이 터지는 것과 거의 동시에 동만 형의 목소리가 날아왔다. 아직 객석은 텅 빈 채로다. 객석은 이미 한 시간 전에 손님 맞을 준비를 끝낸 상태다. 아이들을 제 위치로 보내고, 손님 맞은 준비를 시키라는 뜻이다. 유흥업소 특유의 흥청거리는 분위기와 정신을 빼놓을 만큼 요란스런 음악으로 항상 시끌벅적한 클럽은, 얼핏 무

질서하고 불안정해 보일 수도 있지만, 영업이 시작되는 순간부터 끝날 때까지 업소의 일사불란한 질서가 흐트러지는 경우란 거의 없다. 술에 취해 소란을 피우는 손님이 자주 있긴 해도, 그들은 업소의 요소요소에 배치되어 있던 주먹패들에 의해, 다른 이들 눈에 띌 틈도 없이 신속하게 처리된다. 문수가 그의 친구들과 함께 그곳에서 하는 일도 대부분 그런 일들이다. 그는 학교가 끝내면 대체로 이곳에서 시간을 보낸다. 지배인인 동만이 문수를 가장 미더워하는 것도 단순히 그의 주먹 때문만은 아니다. 그는 코흘리개 시절부터 골목대장으로 굴러온 배포와 통솔력이 있는 데다 도무지 겁을 모른다. 동만은 문수의 그 두둑한 배짱이, 일찍부터 부닥쳐온 시련으로부터 자신을 지켜내려는 본능적인 불감증 같은 거라는 걸 알고 있다. 그래서 한편으로는 안쓰럽고 불안스러우면서도 일을 맡길 때는 결국 그런 그의 성격에 의존하게 되곤 한다. 주먹판에서 잔뼈가 굵어온 패들이 제일 껄끄러워 하는 상대가 바로 문수 같은 인물이다. 여간해 먼저 말썽을 일으키는 일은 없지만 일단 시비가 붙으면 죽음조차도 두려워하지 않는 그는 누구에게든 껄끄러운 존재일 수밖에 없는 것이다.

　손님들이 하나둘 객석을 메우기 시작한다. 나이트클럽은 아무래도 타 업소에 비해 영업 시작이 좀 늦어지게 마련이다. 아무리 술 마시고 놀기를 즐기는 축들이라도 정신이 맹숭맹숭한 초저녁부터, 나이트클럽으로 직행하진 않는다. 대체로 그들은 탄수화물과 단백질, 그리고 과지방의 음식으로 든든하게 배를 채우고 적당량의 알코올로 간을 부풀린 다음에야 의기투합 나이트클럽 행을 결정하게 되는 게 상례이다.

이런 장사는 아무래도 겨울이 대목이다. 그것도 크리스마스와 연말 연시를 앞둔 12월 초입에 그해의 반 장사는 해놓아야 한해를 어렵잖게 넘길 수 있다. 손님들이 밀려들기 시작하면서 종업원들의 움직임은 점차 기민해지기 시작한다. 음악도 적절히 음량을 높이고 사회자의 목소리에도 열기가 넘친다.

"형, 저 놈들 또 왔어요. 오늘은 숫자가 만만찮네……."

출입구 쪽에서 기도를 보던 찐드기가 문수에게 다가와 속삭인다. 철진이 심어놓은 아이다. 싸움을 할 때든 호객을 할 때든 한 번 달라붙으면 절대 떨어지지 않는 데서 붙은 별명이다.

"그래, 저기 구석 쪽으로 안내해. 빨리."

"알았어요. 형."

그가 재빠르게 입구로 다가가 다소 과장된 몸짓으로 환대를 하면서, 구석 쪽으로 이끈다. 하지만 대여섯의 덩치들은 가소롭다는 듯 거칠게 그를 밀쳐내고 홀의 중심으로 깊숙이 들어와 자리를 잡는다. 한 순간에 일어난 일이었다. 기묘하고 불길한 예감이 섬뜩하게 문수의 등줄기를 타고 흐른다. 그 패들 중 하나가 고개를 들어 날카로운 시선으로 홀 전체를 훑는다. 화성이다. 드디어 때가 왔군. 문수는 속으로 뇌까리며 그의 시선을 맞받았다. 문수와 시선이 마주친 화성의 입가에 비수 같은 웃음이 잠깐 스친다. 그들의 테이블로 술병과 안주 접시가 바쁘게 날라진다.

문수는 눈썹 하나 까닥 않고 화성의 시선을 받는다. 이상하게 그에게 조금치의 분노도 일지 않는다. 더러운 호로새끼, 어디서 감히 화영일 넘봐. 뒈지고 싶어? 문수를 향해 던지는 화성의 눈매에는 언제나 비수가 숨겨져 있었다. 화성은 문수보다 한 살이 위였다. 문수가 오산에 가기 전까지만 해도 둘은 위아래 구분 없이 어울려 놀던 배꼽친구였다. 하지만 문수가 그 치욕스런 오산에서의 생활로부터 도망쳐 다시 서울로 돌아왔을 때는 모든 것이 달라져 버렸다. 아니 어쩌면 모든 것이 달라졌다고 생각하는 건 문수 자신일 뿐, 실제로 달라진 건 아무 것도 없었을지도 모른다. 정작 달라진 건 문수 자신이었다. 처음 이모의 손에 이끌려 오산으로 보내졌을 때만 해도 그는 자신이 버려졌다거나 배신당했다는 따위의 생각은 할 줄 몰랐다. 다만 말을 어르는 할아버지의 텁텁한 목소리와, 말 울음소리가 귓가에서 쟁쟁거리면, 날카로운 비행기 소음으로 자꾸자꾸 귓속을 후벼낸다거나. 아슴아슴 새벽 잠속으로 스며드는, 고등어조림 냄새가 미칠 듯이 그리우면 저를 가두고 있는 방문을 부서져라 두들겨 대어, 애꿎은 식모에게 싸움을 거는 게 고작이었다.

　문수형제가 다시, 아버지에게로 보내진 것은 문수가 열네 살이 되던 해 겨울방학 때였다. 이모는 어머니를 보기 위해 매일 제과점을 찾아오는 팀스 중위를 아주 마음에 들어 했다. 그는 우선 흑인이 아닌데다 버젓한 사관학교 출신의 장교인 것이다. 그의 청혼을 두고 이모는 어머니로서는 절대 놓쳐서는 안 될 좋은 기회이며 호박이 덩굴째 굴러 들어온 것이라고, 어머니에게든 할머니에게든 열정적으로 속살대곤 했다. 그나마 이모가 할아버지에게만은 한 마디도 그 따위 말을 꺼내지 못하는 것에 문수는 희망을 걸고 있었다. 그가 중뿔나게 이모의 제과점을 드나드는 동안 문수형제에게는 출입금지령이 내려졌다. 문수가 그 명령을 군말 없이 잘 따랐다면 이모는 형제를 아버지의 집으로 유기해 버릴 결심까지는 하지 않았을까. 그녀의 말대로 엄마를 백인 남자에게 딸려 보낸 후 불쌍한 조카들은 친자식처럼 거두어 기를 작정을 했던 것일까. 아니, 무엇보다도 엄마에게 그런 짓만은 해서는 안 되는 게 아니었을까. 어쩌면 엄마는 정말로 그 사내를 따라 지긋지긋한 이 고장을 영원히 떠나고 싶었을지도 모른다. 백인 사내의 품에 안겨 아들놈이 퍼붓는 물세례를 고스란히 받아내던 엄마의 처절한 시선을 문수는 결코 잊지 못한다. 젠장 하필 이 순간에 왜. 문수는 더러운 벌레라도 털어내듯 머리를 내저으며 화성이패에게로 시선을 옮겼다.

놈들의 과장된 호기와 아슬아슬하게 선을 넘나드는 트집은 천천히 홀 전체의 분위기를 경직시켜가고 있었다. 문수는 미세한 신경가닥 하나하나까지 팽팽하게 긴장시키며 전신으로 번져가는 파괴 욕구를 적절히 견제하고 놈들의 동태를 주시했다.

충격으로 인한 엄마의 신경증과 이모의 분노는, 형제를 상처 입은 피해자들의 동굴로부터 추방하기에 아주 적절한 사유가 되어주었다. 사고뭉치 형과 절름발이 동생은 한 번도 가본 적이 없는 미지의 땅으로 보내지기 위해 새벽 기차를 탔다.

야! 이 새꺄, 불러오라면 불러오지 웬 잔말이야!

쨍, 유리병이 깨지는 소리가 먼저였던가. 그것은 일종의 선전포고 같은 것이다. 진군하라. 뿜빠바바. 문수는 거의 본능적인 감각으로 몸을 날려 그들을 향해 돌진했다. 어떻게 숨겨 들여왔는지, 놈들의 손에는 어느새 쇠파이프며 각목 따위가 하나씩 들려 있었고, 미처 예상치 못했던 이쪽 패들은 당황한 기색이 역력했다. 문수는 생각보다 훨씬 상황이 나쁘다는 걸 직감했다. 뭐야! 무대 쪽에서 날아오는 동만의 날카로운 외침을 들으며 문수는 미리 그에게 귀띔이라도 주지 않은 걸 잠깐 후회했다. 사태가 이렇게 커지리라곤 미처 생각지 못했다. 화성이 놈이 룰을 깨고 있다. 속았어. 놈이 내비쳤던 나를 향한 노골적인 감정은 속임수에 불과했던 거야. 교활한 놈. 결국 영역 싸움인가. 놈들이 이곳을 노리고 있다는 건 공공연한 비밀이었다.

동철아! 형, 동철이가 이상해! 아비규환의 소란을 비집고 터져 나온 한 마디의 비명이 잠시 사태를 진정시키는 듯했다. 짓밟힌 걸레뭉치처럼 한 쪽 구석에 널브러져 있는 동철. 정수리로부터 흘러나와 그의 주변을 적시고 있는 붉은 액체. 동만이 달려와 걸레뭉치가 된 동생을 들쳐업고 사라지는 걸 느리게 돌아가는 영상처럼 꼼짝도 않고 지켜보던 문수가 바닥에 떨어져 있는 쇠파이프 하나를 집어 들었다. 문수가 휘두르는 막대기가 첫 번째 목표물을 정확히 강타하는 순간 그의 의식은 행위로부터 분리되었다. 그는 자신의 행위가 어떤 결과를 만들어 내고 있는지 전혀 의식하지 못하는 것 같았다. 마치 검무라도 추듯 자유롭게 싸움판을 휘젓는 문수. 하지만 그의 의식은 시골의 작은 역에서 초조하게 기차를 기다리는 어린 소년으로 돌아가 있었다. 혹처럼 달라붙어 있는 절름발이 동생과.함께. 집으로 가자. 아버지가 챙겨주는 목욕수건과 비누를 주머니에 찔러 넣고 소년은 30리를 걸어 역까지 갔다. 아버지가 쥐어준 목욕비와 버스삯으로 서울행 기차표를 사는 데 부족함이 없기를 빌고 또 빌면서……. 아버지의 집에 사는 동안, 아버지는 매주 한 번씩 두 아들을 데리고 목욕탕엘 가야 했다. 집안의 청결을 위해. 그런데 그

날은 왜 두 아이만을 보냈을까. 혹시 아버지는 두 아이가 자신으로부터 달아나 버리길 은근히 바라고 있었던 건 아닐까. 성가신 자식들.

문수야, 피해! 짭새다. 아수라의 공간을 뚫고 날아온 누군가의 외침이 문수의 귓가를 스쳤지만, 그의 의식을 깨우기에는 역부족이었다. 서너 명의 사내들이 달려들어 그를 뒷문으로 끌어내어 자동차에 밀어 넣을 때까지도 문수는 몽롱한 의식 속에서 정수를 등에 업고, 새벽 어스름이 깔린 찬바람재를 넘고 있었다. 잠시 동안만 집에서 기다리고 있어. 내가 반드시 널 다시 데리러 온다. 형은 절대로 거짓말 안 해. 절대로. 문수는 절름발이 동생을 잠시 집에 맡겨놓고 떠날 참이었다. 아비의 집도 어미의 품도 아닌, 다른 어딘가에 둥지를 틀리라. 그 누구도 함부로 어쩌지 못할 우리 둘만의 둥지. 그곳에서 너는 누구의 눈치도 보는 일 없이 편히 쉬게 될 거다. 하지만 문수의 뜻은 이루어지지 못했다. 찬바람재의 매서운 바람이 밤새 엄마의 방 문풍지를 흔들어 대기라도 했던 것일까. 엄마는 푸른 새벽 콜터 장군의 동상 옆에 작은 눈사람이 되어 하얗게 얼어붙어 있었다.

"문수야, 문수야, 정신차려. 에이, 씨발 새끼들 다 작살을 냈어야 하는 건데."

귀 울음처럼 귓가에서 맴돌던 친구들의 웅얼거림이 아련히 멀어지고, 그때 어머니 발 앞에 동생을 내려놓고 마을을 떠났어야 한다거나, 얼른 정신을 차려 동철이 실려 간 병원으로 달려가야 한다는 따위의 두서없는 생각들이 차츰 아득해지는 의식 속을 잠깐씩 스쳐갔다.

9. 파경

'8시까지 부근당 앞으로 와.'

쪽지를 가지고 온 것은 여남은 살이나 되어 보이는 낯선 사내아이였
다. 동그랗게 어둠이 고여 있는 느티나무 아래 오도마니 서 있던 소년
은 화영을 정확하게 알아보고 다가와 그것을 내밀었다. 내용만으로는
누가 누구에게 보내는 것인지 전혀 알 수 없는 짧은 문구였다. 하지만
화영은 그것을 받아드는 순간 문수의 체취가 전신을 휘감아오는 현기
증을 느꼈다. 문수다. 쪽지는 고요한 연못에 던져진 돌멩이가 되어 화
영의 가슴에 자잘한 파문을 일으켰다. 나이트클럽 사건이 있고 근 한 달
만에 접하는 문수의 소식이었다. 그 한 달은 화영에게 십 년보다도 더
길고 힘든 나날이었다. 동철이 끝내 깨어나지 못한 채 숨을 거두었고,
화성과 그의 패들이 줄줄이 잡혀 들어갔다. 문수는 동철의 장례식에 잠
깐 얼굴을 비친 이후 종적을 감춘 채였다. 화영은 갑작스럽게 몰아닥친
현실 앞에 그저 망연할 뿐이었다. 안팎에서 만나는 모든 이들이 그녀에
게 눈을 흘기는 것 같았다. 근심과 분노로 말이 없어진 가족들이나 동
철의 부모님은 말할 것도 없고, 자주 드나드는 구멍가게 주인이나 가깝
게 지내던 친구들조차 만나기가 겁이 났다. 그 싸움에 원인을 제공한
건 결국 너야. 집을 나설 때 앞을 막아서는 대문이, 길을 가다 발끝에 걸
리는 작은 돌멩이가, 하늘을 가리고 우울하게 서 있는 느티나무가, 그녀
를 향해 음울하게 속삭였다. 그런 와중에도 화영을 무엇보다 견디기 힘
들게 하는 것은 문수의 소식을 전혀 들을 수 없다는 것이었다. 그녀는
잠을 자지 않고도 문수의 꿈을 꾸었다. 꿈속에서 그는 언제나 삶의 끝

자락에서 죽음을 향해 몸을 내던지고 있었다. 남산자락의 아득한 벼랑에서 도시를 향해 뛰어내리거나, 어둑한 방구석에서 한 움큼의 약을 목구멍 속으로 털어 넣는 문수를 보고 소스라쳐 정신을 차리면 등에서는 식은땀이 흘러내렸다.

　뜬금없는 내용이기는 해도 이렇게 소식을 전해왔다는 건, 뭔가 결심이 섰다는 뜻이리라. 화영은 알 수 없는 불안감으로 심장이 옥죄어 온다. 그와의 만남이 이것으로 마지막이 될지도 모른다. 그래, 그는 분명 환란과도 같았던 두 사람의 만남에 종지부를 찍기 위해 다시 발걸음을 돌렸을 것이다. 이번 일이 아니라도 그는 늘 벼랑 끝에 서 있었다. 무슨 일을 해도 마지막 한 순간을 사는 사람처럼 조급하고 절실했던 사람. 마을에서 자취를 감춘 동안 그는 자신을 파괴할 무엇인가를 찾아 헤매고 다녔을 게 뻔하다. 화영은 아릿한 통증으로 가슴이 저려왔다. 어쩌면 그동안 화영을 그리도 질기게 휘어잡고 있었던 것 또한 그 위기감이 아니었을까. 잠깐이라도 손을 놓아버리면 까마득한 벼랑 아래로 떨어져 내릴 것 같은. 하지만 아무것도 앞질러 생각하지 말자. 지금에 와서 다가오는 운명을 수긋이 받아들이는 것 말고 무엇을 할 수 있단 말인가. 화영은 곰팡이처럼 번져 가는 상념을 떨쳐내며 부근당 쪽으로 발길을 돌렸다. 그곳은 두 사람에게 가장 익숙한 장소 중의 하나였다. 마을을 약간 벗어난 언덕배기에 자리잡고 있으면서 당산제가 없는 날은 거의 한적하게 비어 있었다. 그곳의 12신상은 둘에게 어릴 적부터 들어온 옛날이야기 속의 인물처럼 친숙한 존재였다. 그들이 보아온 이래 한 번도 바꿔 입은 적이 없는 원색의 의상은 얼마쯤 색이 바래고 먼지가 앉아 조금은 우스꽝스러워 보이기도 했지만, 그 점이 오히려 두 사람에게 만만한 친밀감을 불러일으키는 것 같았다. 어쩌면 그래서 쪽지를 받아 읽는 순간, 부근당이라는 글귀가 화영에게 기묘한 안도감을 주었는지도 모르겠다.

그는 아무 일도 없었던 듯 본당 입구의 계단에 걸터앉아 화영을 맞았다. 좀 지친 것 같기는 해도 그리 나빠 보이진 않았다.

"어떻게 지냈어? 몸은 괜찮은 거야?"

"괜찮아. 너 많이 힘들지? 미안하다."

"참 내, 그래도 남 걱정 할 여유가 있네. 어디 다친 덴 없어?"

흐흐. 문수가 싱거운 표정을 지어 보이며 화영의 어깨에 손을 얹었다. 아무 일도 아니라는 듯, 세상에 특별한 일이란 아무것도 없다는 듯……. 화영은 문득 봉운사에서 보았던 문수의 표정이 떠올랐다. 코흘리개 어린애가 아닌 문수와의 만남. 그 첫 데이트 장소가 봉운사였다. 그곳에서 그는 어머니의 이야기를 했다. 어머니와 은밀하게 함께 나눴던 슬픔과 외로움에 대해, 그리고 이제 다시 그것을 함께 나눌 수 없는 쓸쓸함에 대해. 그때 그의 표정이 그랬다. 이제 세상에서 기대할 것은 아무것도 없다는 듯 적막하게 비어 있던 소년의 동공. 화영은 비슷한 연배의 사내아이가 그런 표정을 지닐 수도 있다는 사실에 충격을 받았다. 아직은 세상이 빛나는 봄날 같던 시절. 문수는 그렇게 화영의 가슴에 깊은 우수의 빛깔로 스며들었다.

"여기서 처음으로 그 여자를 봤어. 아버지의 여자. 아니, 그때는 아직 아버지의 여자가 되기 전이었을지도 모르겠다. 그녀는 다른 남자와 함께 있었거든. 멋진 장교 복장을 한 사내였지 아마. 정말 예뻤고 행복해 보였어. 이상하게 오늘에서야 그 기억이 떠오르네. 어제 일처럼 아주 선명해. 아버지의 여자가 되기 전에 보았던 그녀의 모습. 아버지와 함께 있는 걸 처음 보았을 때 잠깐 낯이 익다는 생각을 했던 것 같아. 그리곤 그냥 잊어버렸었어. 거짓말처럼 그 동안은 한 번도 생각난 적이 없었는데, 오늘 여기 혼자 앉아 있자니 그때의 장면이 아주 선명하게 떠오르는 거야. 할아버지가 오시는 걸 빨리 보고 싶어서였을 거야. 여기로 올라오면 저 아래서 할아버지가 몰고 오는 말 방울소리가 아주 가깝게 들렸거든. 큰장에 갔다오시는 할아버지 쌈지에는 언제나 군것질감이 들어있었어. 하지만 할아버지를 기다린 게 꼭 그 때문만은 아니었어. 방울소릴 듣고 쏜살같이 뛰어 내려가면 내 발소리를 말이 먼저 알아듣고 히이잉, 콧소리를 내며 머리를 흔들어댔지. 이제 생각하니 내 불행은 그 말 울음소리를 외면하면서부터 시작된 것 같아. 아버지가 떠나고 집안이 깊은 적막에 잠기기 시작하면서 나는 점점 그런 것들이 성가셔졌어. 꼬리를 흔들며 달라붙는 강아지도, 콧소리를 내며 머리를 흔드는 말도. 큰장을 보고 돌아오시는 할아버지를 기다리는 일도. 그리고 언제부턴가는 아예 그 소리들이 들리지 않게 되더군. 그것들이 알은 채를 해도 내가 보지 못했던 걸까? 아니면 그놈들이 변해버린 나에게 말 걸기를 포개했던 걸까?"

"아마 말은 늘 널 지켜보며 알은 채 해주길 기다렸을 거야. 동물은 한 번 마음에 담은 주인을 잊는 법이 없거든."

"그럴까? 할아버지가 돌아가시고 말도 나귀도 없었어. 벌써 삼 년이

지났구나. 우리 할아버지, 마부 할아버지, 할아버지가 돌아가시고도 삼 년이나 더 살았어. 할아버지를 까맣게 잊은 채 말야. 누구든 죽으면, 눈 앞에서 사라지면 그렇게 잊혀지는 것이겠지."

"그렇겠지."

"나, 입대한다."

"······."

"월남으로 갈 거야."

"무슨 소리야? 학교는 어쩌구?"

"상관없는 일이긴 하지만, 방학 끝나면 곧바로 졸업인데 졸업장이야 주지 않겠니? 신성한 국방의 의무를 좀 앞당기겠다는데. 이 더러운 목 숨도 전쟁터에다 바치면 국위선양이 된다는구나."

그가 또 싱긋 웃는다. 아무런 감정도 느낄 수 없는 하얀 웃음.

"죽으러 가는 거니? 그렇게 해서 동철이한테 속죄라도 하겠다는 거 야?"

"······."

"언제 가는데?"

"내일."

"세상에! 그럼 그 동안 그걸 알아보고 다닌 거니? 나쁜 놈. 그딴 짓이 정말로 동철이에 대한 속죄가 된다고 생각해?"

화영은 턱하고 명치 밑이 받친다. 결국 이렇게 끝나는 거구나. 이렇 게 되고 말 일이었어. 화영은 자신이 거센 바람결에 휘둘리던 빛바랜 나뭇잎 같다는 생각을 한다. 이제 바람은 잦아들고 나뭇잎은 땅 위에 내동댕이쳐지겠지. 그리곤 곧 오가는 발길에 뒤채이며 바스러져 흩어지고 마는 건가.

"화영아, 날 절대로 용서하지 마라. 그리고 그 동안 나하고 일 모두 잊어버려. 잠시 미친개를 만났었다고 생각해. 난 다시는 여기 안 온다. 설사 살아 돌아온다고 해도. 넌 재수 없는 놈 옆에 있다가 벼락을 맞은 거야. 그렇게 생각하고 뒤도 돌아보지 마."

문수의 말은 단호하다. 한 점의 미련도 남기지 않겠다는 듯 차고 독한 어조다. 그래 그는 돌아오지 않을 것이다. 전쟁터에서 목숨을 부지한다 해도 다시 이 거리로 돌아오진 못할 것이다.

"그래. 가. 네가 가야겠다면 가야지. 나도 더 이상 널 잡을 수 없다는 거 알아. 하지만 그런 생각은 하지 마. 그딴 생각 때문에 너 자신을 괴롭히지 못해 안달하는 거 정말이지 더 이상 보고 싶지 않다."

"바보 같은 지지배. 왜 나한테 온 거니? 나를 누구보다 잘 알고 있으면서 어쩌자고 날 차버리지 못했어?"

"네가 보는 걸 보고 싶었어. 그리고 네가 느끼는 걸 같이 느끼고 싶었어. 그게 너에 대한 첫 감정이었던 거 같아. 그런데 난 아직도 네가 너무 낯설어 조바심이 나곤 해……."

"난 널 이용했어. 나하고 있으면 누구든 불행해질 수밖에 없다는 거 알면서, 널 놓아주지 못했어. 내가 살아야겠어서, 나 살기 위해 널 잡았어. 사는 게 너무 끔찍해서 한강으로 뛰어들어 버리고 싶을 때, 다리 난간에 대갈박을 들이박아버리고 싶을 때 널 찾아갔어. 널 만나 내 안에서 퍼렇게 번져가는 독을 씻어내면 그제야 좀 숨이 트였거든. 누굴 염려하고 배려할 여유가 없었다."

"많이 힘들었구나. 그럴 거라고 생각은 했지만 네가 느끼듯 그렇게 고통스럽게 느끼진 못했어. 그게 한계겠지."

 문수와의 그 수많은 밀회가, 때론 바람 같고, 소나기 같았던, 폭도의 난입처럼 거세게 화영의 삶을 무너뜨리던 순간들이 아프게 화영의 가슴을 저미어온다. 널 밀어내지 못한 건, 처음부터 너를 사람으로 대하지 못했기 때문일 거야. 넌 내게 편하게 대할 수 있는 사람이 아니었어. 그걸 운명이라고 하는 걸까. 어느 순간부터 내 심장 위에 얹힌 바위가 되어버린, 매 순간 내 폐를 드나드는 공기가 되어버린 널 내가 어쩔 수 있었겠니."

"간다."

"……."

"화영아, …… 아냐. 미안하다. 갈게."

 그가 갔다, 라고 입안에서 말을 만들어 본다. 그를 보내는 일이, 이제 다시는 그를 보지 않고 지내야 하는 게 어떤 건지 미처 실감하지 못한 채 화영은 마음으로 그를 보낸다.

10. 접점

"어이, 일찍 나왔구나."

"응, 그래, 드디어 왔구나. 장철진."

 둘은 서로를 부둥켜안는다. 반백이 된 두 사람의 머리칼 사이로 빠르게 스쳐가는 지난 세월의 잔상들을 교차시키며. 서로를 안고 있는 짧은 순간, 그들은 맞닿은 팔과 팔, 가슴과 가슴을 통해 아직도 생생히 살아 있는 상처의 흔적들을 단번에 알아차릴 수 있었다.

"형근인?"

"응, 형근인 좀 늦을 거야. 수원에 가서 어머니부터 뵙는다고 내려갔거든. 그러니 못 올지도 모르겠구……. 오늘 못 보면 내일 다시 만나지 뭐."

"그래, 그랬구먼."

문수는 문득 그곳에 나타나지 않은 형근의 존재가 묵직하니 가슴에 얹힌다. 늘 그랬다. 딴에는 아무렇지 않게 무시하듯 행동했지만, 화영과의 관계에서 정작 그녀의 가족보다도 더 문수의 마음을 불편하게 한 것은 형근이었다. 차라리 화영의 가족처럼 대놓고 그를 거부하거나 모욕하는 이들에게는 맞서기가 편했다. 하지만 형근인 달랐다.

화영이 그의 눈에 띄기 시작했을 때, 그녀의 옆에는 늘 형근이 있었다. 형근이 문수패거리의 일원이 된 것도 어쩌면 화영이 때문일 것이다. 그렇지 않다면 그는 문수처럼 거친 아이들 속에 낄 이유가 없었다. 비교적 여유 있고 안정된 환경도 그렇거니와, 아이답지 않게 차분하고 여린 성정도 그 패거리들과는 영 어울리지 않았다. 그런데 화영이 문수에게 관심을 보이기 시작하고 함께 어울려 다니는 일이 많아지자 그는 자진해서 그들 속으로 들어왔다. 그 후로 문수는 화영과 단둘이 있을 때조차 그녀에게서 형근의 존재를 느껴야 했다. 그네들은 마치 서로의 그림자 같았다. 그로 인해 문수가 의도적으로 형근에게 가한 고통도 만만치 않았을 것이다. 그는 일부러 그를 비열하고 가혹한 일에 가담하도록 내몰았고, 그것을 견디기 위해 안간힘을 쓰는 그의 자존심을 여지없이 짓밟는 짓도 서슴지 않았다. 그런데도 형근은 끝내 그를, 아니 화영을 떠나지 않았다.

H호텔 나이트클럽 사건 후 문수패들이 뿔뿔이 흩어지고, 화영이 가출을 해버리자, 그녀를 찾기 위해 그가 일 년이 넘게 전국을 떠돌았다는 걸 문수는 훨씬 후에 알게 되었다. 문수가 화영을 찾을 결심을 한 것도 어쩌면 그 이야기를 듣고 나서인지도 모르겠다. 구속을 피해 무작정 자원 입대를 했던 문수는, 막바지로 치닫는 월남전에 파병되었다가 곧바로 부상을 당해 군병원으로 이송되었다. 그 후 다섯 번의 크고 작은 수술을 거치며 이 년이 넘게 험난한 투병생활을 했지만, 허리에 치명적인 장애를 안고 돌아왔다. 그는 이제 여자를 탐하고 정상적인 결혼생활을 꿈꿀 입장이 못 되었던 것이다. 하지만 친구로부터 형근이 화영을 찾아다녔던 이야기며 그녀를 찾아낸 지방 도시의 요리집. 그곳에서 다시 종적을 감춰버린 화영의 이야기를 들었을 때, 제 처지만 한탄하고 앉아 있을 수가 없었다. 이제 생각하면 그것은 오히려 화영이 아닌 문수 자신을 절망의 늪에서 건져내는 일이었다. 화영이 긴 세월, 그녀의 심신이 입은 상처를 치유하느라 병원과 요양원을 전전하는 동안 문수는 자신의 절망 따위는 돌아다볼 여유가 없었다. 그는 병원비를 벌기 위해 쉴 새 없이 일을 찾아 다녀야 했고, 걸핏하면 죽음의 유혹에 사로잡혀 엉뚱한 일을 벌이는 화영을 돌보아야 했다.

소도시의 허름한 식당에서 허드렛일을 거들며 힘겹게 제 몸 하나 의

지하고 있는 그녀를 처음 데려왔을 때 그녀의 몸에는 이미 돌이키기 어려울 만큼 깊은 병이 자라고 있었다. 게다가 세상과의 모든 끈을 놓아버린 그녀의 정신은 병과 싸우기는커녕 오히려 은밀하게 그것을 키워가고 있었다. 그녀는 마치 어서 빨리 병마가 온몸으로 퍼져서 자신을 삼켜주길 기다리고 있는 것 같았다. 애초부터 그녀는 일체의 치료를 거부했기 때문에 몸속에서 독한 병이 나날이 자라고 있는 걸 알면서도, 정신과 치료를 먼저 받지 않으면 안 되었다. 제대 후 문수의 삶은 화영이 앓고 있는 병과의 싸움이 전부였다고 해도 과언이 아닐 것이다. 하지만 그 일이 아니었다면 무엇을 하며 그 가혹한 세월을 견딜 수 있었을까. 문수는 잠시 망연하게 지난 세월을 더듬어 본다.

"어머니 건강이 좋지 않으신 모양이야. 워낙 연로하시니. 실은 이번에 들어온 것도 그 때문이랄 수 있고."

"그래. 그렇겠지. 그럼 밥을 가져오라고 해야겠구나. 자네 시장할 거야."

"그러지, 좀 출출한 걸. 아, 이 땅에 와서 또 밥을 먹는구나. 헛허."

철진이 감개어린 시선으로 식당 안을 둘러본다. 별로 넓지는 않지만 아담하고 정갈한 한국음식점이다. 문수는 철진의 전화를 받은 후부터 그들을 어떻게 맞이해야 할지 궁리가 많았다. 어쩌면 문수 자신 때문에 고향을 떠나야 했던 친구들이다. 거창하고 화려한 접대는 아니더라도 뭔가 색다른 만남을 준비해야만 할 것 같았다. 그런데 막상 약속 장소를 정하려고 하니까 그의 의식이 좀처럼 H호텔을 벗어나지 못하고 주변을 맴돌았다. 마치 그들의 운명을 뒤바꿔놓은 나이트클럽에서의 사건이 악령처럼 되살아나 그를 사로잡고 놓아주지 않는 것 같았다.

문수는 결국 호텔이 마주 보이는 길 건너 식당으로 장소를 정했다. 별다른 특색은 없지만 음식이 정갈하고 조용한 한식당이었다. H호텔도 생각지 않은 것은 아니지만 문수는 왠지 완전히 구조가 바뀌어 옛 모습이라곤 찾아볼 수 없는 호텔 안에서 그들을 맞고 싶지 않았다. 근래 들어 그는 자신의 지난 세월을 냉큼 집어삼킨 채 흉물스레 시침을 떼고 있는 듯한, 실내의 휘황한 번들거림이 불편해 웬만하면 그곳에 들어가길 꺼렸다.

"이곳 어떤가? 겉보긴 볼품없어도 음식이 먹을 만해."

문수가 몸을 돌려 종업원을 부르려다가 갑자기 옆구리를 짚으며 얼굴을 찡그렸다.

"왜 어디가 안 좋아?"

"응, 아니 괜찮아. 좀 오래 앉아 있으면 허리가……."

"아, 그래, 참 허리……."

"어— 괜찮아, 괜찮아. 이놈이 말이지, 꼭 내가 잠시 모르는 척하고 있으면 옆구리 쿡쿡 찌르는 마누라 같다니까. 핫하."

문수는 자세를 바꿔 앉으며 헛웃음을 웃는다.

"허참 싱거운 사람. 정말 괜찮은 거야? 자리가 좀 편한 곳으로 장소를 잡지 왜."

"아냐, 괜찮다니까. 좀 있으면, 저기 무대 보이지? 저기서 연예인들이 공연을 한다네. 그리고 저 호텔 옥상에서 화포를 쏘아 올린다는 게야. 내가 이 자리를 언제 예약한 줄 아나, 이 사람아."

"그깐 것 안 보면 어때. 어린앤가 우리가……."

문수의 손끝을 따라 호텔 옥상으로 올라갔던 철진의 시선이 이 층 불투명창에서 멈추었다. 철진은 이내 그곳을 약속 장소로 정한 문수의 마음을 읽어냈다. 막상 오겠다고 전화를 해 놓고도 철진은 많이 망설였다. 미국으로 건너가면서 다시는 이 땅을 밟을 일이 없으리라 생각했었다. 오욕과 수치 이외에는 아무 것도 남아 있는 게 없는 곳이었다.

"어때, 여기도 이제 많이 달라졌지? 아마 어리둥절했을 게야."

"응? 그렇구먼. 많이 변했어. 저 호텔이 전엔 삼 층이었지?"

"그랬지. 그래도 근방에서는 제일 큰 건물 아니었나."

"그래, 그랬어……."

그들의 대화는 거기서 또 머뭇거렸다. 철진은 문득 어린 시절 선생님이 되고 싶었던 적이 있었다는 생각을 했다. 처음 초등학교에 입학했을 때 담임은 단정하고 선량한 표정을 한 젊은 여선생이었다. 집에서건 거리에서 늘 보아왔던 여자들과는 너무나 다른 모습의 선생님을 본 순간 철진은 딴 세상 사람처럼 그녀가 신비롭기만 했다. 그의 가슴에 은밀한 꿈을 키워가기 시작한 게 그때부터였을까. 문수의 말처럼 진희에 대한 철진의 집착은 어쩌면 이성에 대한 단순한 끌림만은 아니었는지도 모른다. 그에게 있어 그녀는 하나의 이정표 같은 존재는 아니었을까.

"먹자, 어서 먹어. 저녁 먹고 나가서 술도 한 잔 해야지. 왜 먹는 게 그 모양이야. 부자나라에서 살다오더니 식성이 바뀐 겐가? 자네 미군부대로 짬밥 훔쳐 먹으러 들어갔던 거 생각나나?"

"그럼 그걸 어떻게 잊어버리나, 거기서 빠져 나올 때 도망치던 그 형무소 지금도 있나?"

"아, 그거. 있지 있어. 그때 그 해골바가지 보고 오줌 싼 게 자네였지 아마?"

"에끼 이 사람아 내가 언제……. 영훈이었지. 그 샌님 같은 부잣집 도령이 모처럼 따라나섰다가 하하하."

"그래 맞다 맞어. 꼴샌님 송영훈. 하하하."

"영훈이 아버지 회사가 지금은 대기업 반열에 들어서 그 친구도 심심찮게 매스컴에 오르내리는 경영자가 되었다네."

"응, 나도 들었어. 나갈 때는 이쪽에 대고 똥도 안 싸겠다고 이 악물고 나갔는데 말이야. 막상 살다보니 한 쪽 귀는 늘 이쪽에다 열어놓고 살게 되더군. 참, 모국이라는 게 뭔지 말이야."

"그래, 그랬을 거야. 내 죄가 크지……. 모든 게 내 탓이야. 그때 그 일만 아니었어도 자네는 공부도 더하고, 그렇게 모질게 살지 않아도 되었을 텐데."

"아냐, 아닐세. 그땐 너 나 없이 감당할 수 없는 뭔가가 전부 꼭지까지 차 있었어. 누구든 바늘 끝으로 살짝 건드리기만 해도 뻥! 터지게 되어 있었지. 다들 그랬어."

바늘 끝으로 건드리기만 해도 펑, 터지도록 꼭지까지 차 있던 것. 그건 뭐였을까. 문수는 문득 슬픔이었다는 생각이 들었다. 분노라고 느꼈던 것, 배신감이라고 이빨을 갈아붙였던 것, 참을 수 없는 욕망으로 분출됐던 그 모든 것들의 근원에는 슬픔이 있었다고.

"아, 불꽃놀이가 시작되는 모양이군."

"그렇군 그래, 자 이제 일어나 나가볼까."

그들은 찬란하게 터져 오르는 첫 번째 화포를 신호로 자리를 뜨기로 미리 약속이라도 했던 것처럼, 미련 없이 자리를 털고 있어 났다. 그리고는 현란한 불빛과, 날카로운 고음만으로 뒤범벅이 된 음악이 난무하는 거리 속으로 그림자처럼 스며들었다. 어느 순간 너무 오래 입어서 남루해진 겉옷을 벗어버린 혼령처럼 그들의 모습은 어디에서도 찾을 수가 없었다.

성전의 문간방

성 전 의 문 간 방

1

부신 햇살이 지숙의 감은 눈꺼풀 위로 살포시 내려앉는다. 갑작스런 온기와 빛으로 그녀의 속눈썹이 파르르 경련을 일으킨다. 눈을 뜨지 않고도 그녀는 동쪽으로 난 창을 통해 비쳐 든 햇살이 윗목을 모두 점령하고, 이제 자신이 덮고 있는 캐시미론 이불의 작은 보푸라기까지도 뽀얗게 비추고 있으리라는 것을 알 수 있다. 그녀가 눈을 뜨고 아침을 맞는 건 이때쯤이다. 그렇다고 창을 통해 비쳐든 햇살이 그녀의 잠을 깨운 것은 아니다. 언제고 그녀의 의식이 잠으로부터 벗어나는 시각은 훨씬 그 이전이다. 가끔 찾아오는 자원봉사자나 자선단체 사람들을 만나 낮 시간을 깨어서 보낸 다음날조차도, 그녀는 건너 마을 초입께의 교회에서 울려오는 새벽 종소리를 놓친 적이 없다. 여명에 젖어들듯 아득하게 들려오는 종소리가 밤새 오락가락하던 잠의 틈새를 비집고 들어오면, 그녀는 문득 숨을 죽이고 귀를 기울인다. 마을 안쪽에서 개 짖는 소리가 두어 번 울려오고 이어서 새벽 예배를 보러오는 교인들의 잰 발걸음이 차츰 그녀의 삽짝께로 다가오리라. 그리곤 그들의 발소리가 마당까지 들어서면 조용하게 속삭이듯 나누는 한두 마디쯤의 인사말도 들을 수 있겠지. 하지만 그때쯤 그녀는, 절벽 같은 정적 속에서 숨을 헐떡이며 현관문 여는 소리를 기다리고 있는 자신을 발견하게 되고, 그 문소리는 영원히 들리지 않으리라는 걸 깨닫게 된다. 그러고는 얼마 전까지 교회로 사용했던 안채를 횡하니 돌아 서늘하게 자신의 가슴으로 파고드는 바람을 안으며 새로운 하루를 맞을 채비를 하는 것이다. 그녀가 싸워내야 할 하루치의 시간. 그렇다. 지금 그녀의 얼굴에 쏟아져 내리고 있는 햇살처럼 매일매일 그녀 앞에 부어지는 시간은 바로 그녀가 매 순간 혼신의 힘을 다해 무찔러내야만 하는 끔찍한 적이다.

햇살을 피하기 위해 몸을 약간 옆으로 틀며 그녀는 눈을 뜬다. 하지만 몸을 틀었다는 건 마음뿐인 듯, 빛은 그대로 그녀의 동공 안으로 쏟아져 들어온다. 그리고 겨우 들썩인 엉치의 진동과 함께 아랫배에서 질펀한 요의가 느껴진다. 아, 그새 오늘 하루치의 싸움이 시작되고 있음을 실감하겠다.

어머니가 아침밥을 가지고 올 때까지 그냥 참고 있을 것인지, 자신이 혼자서 치러내야 할지를 가늠하기 위해 그녀는 슬그머니 아랫배에 힘을 준다. 이런, 번번이 바보 같은 짓을. 미처 힘을 주기도 전에 주르륵 흘러내린 소변이 축축하게 엉치 밑의 속옷으로 스며든다.

제 몸을 덮고 있는 이불을 걷어낼 만큼의 힘을 지닌 손만이라도 있다면 아니, 손이라는 이름을 가진 부위가 아니라도 좋다. 몸속을 흐르는 반사신경이 수시로 전달하는 명령을 받아들여 온전하게 수행할 수 있는 능력을 가진 부위가 단 한 군데라도 있다면, 그것이 새끼손가락만큼 미약한 힘밖에 쓸 수 없다고 해도 이 순간 그녀는 신의 은총에 감사하리라. 평소에는 거의 무게를 느낄 수 없는 캐시미론 이불 한 자락도 그녀의 굴신에는 결정적인 방해물이 된다. 우선 윗몸을 이불 밖으로 빼내야 한다. 단지 허리의 힘만으로 몸을 뒤틀어 일으키기 위해서는 지푸라기 한 올만한 장애라도 있어선 안 된다. 특히, 두 팔이 이불 속에 갇혀있는 한 그 자체로서 윗몸을 결박하는 결과가 되기 때문에 꼼짝도 할 수가 없다. 그녀는 허리께에 힘을 주어 끊임없이 몸을 뒤틀며 조금씩 몸을 위로 밀어올린다. 이럴 때 두 어깨로부터 무기력하게 늘어져 있는 팔은 아무 쓸모없이 거추장스런 방해물일 뿐이다.

방광에서 뻐근한 통증이 느껴진다. 요의를 참는 버릇이 몸에 밴 탓인지 방광에 통증이 느껴지면서부터는 몸을 움직이느라 그렇게 허리에 힘을 쓰는데도 소변 한 방울 흘러나오지 않는다. 좀 힘들더라도 제때에 볼일을 보세요. 무작정 참기만 하니까 병이 된 겁니다. 달그락달그락 그녀의 몸속을 헤집던 금속제의 의료기구가 주는 이물감만큼이나 건조한 목소리로 의사는 충고를 하곤 했다. 그때마다 그녀는 혼자 생각한다. 소변을 참는다는 게 어떤 건지 그는 알고나 있을까. 서서히 팽창해서 마침내는 손톱만 스쳐도 터질 듯 부풀어오는 아랫배의 느낌. 그냥 누운 자리에서 질펀하게 쏟아내고 싶은 참을 수 없는 욕구.

가슴께가 겨우 이불 밖으로 벗어났는데 머리가 무엇인가에 툭, 받치며 묵직한 통증이 정수리를 먹먹하게 울린다. 아, 그걸 잊고 있었다. 어제 저녁 어머니가 방을 치우고 이불을 깔며 '일어날 때 벽에다 머리를 의지하면 좀 날란가', 지나가듯 말했었다. 이불은 전보다 한 치쯤 벽 쪽으로 올려 깔렸다. 어머니의 말투는 늘 그런 식이었다. 그녀가 걷지 못하는 것이 이렇게 치명적인 질병 때문이라고는 미처 생각지 못했던, 그래서 그저 좀 늦되는 아이이려니, 좀 더 자라면 나아지려니 하는 막연한 기대에 매달려 살던 때부터 어머니는 자식의 절망적인 불행에 대해 어느 것 하나도 확정적인 것으로 인정하고 싶지 않은 심중을 그런 식으로 표현하곤 했다. 그녀는 머리를 벽 위로 힘껏 끌어올려 본다. 어머니의 생각이 옳았다. 머리를 벽에 기대 세우고 나니 반쯤은 일어난 것 같다. 이제 무릎을 양 옆으로 접어 올리는 일이 남았다. 다리를 옆으로 접어 올리면 허리는 저절로 굽어 앉은 자세가 된다. 아니, 그것은 그녀에게 앉은 자세라기보다는 선 자세라는 쪽이 옳다. 그녀의 몸이 할 수 있는 이동 자세로는 그래도 그 모습이 최선이다.

모둠발을 뛰는 아이처럼 그녀는 앞뒤로 몸을 추썩여 조금씩 옮겨가기 시작한다. 고작 이 미터도 되지 않을 윗목까지의 거리가 까마득한 벌판처럼 넓게 느껴진다. 그녀는 잠시, 벌거벗은 몸으로 욕실에서부터 방 한가운데까지 미끄러져 내려오는 자신의 모습을 떠올려본다. 목욕을 막 끝낸 그녀의 몸에는 아직 물기가 송글송글 맺혀 있고 더운 물의 온기가 뼛속 깊이까지 나른하게 배어 있다. 아, 그것은 너무도 기분 좋은 느낌이었다. 그리고 그 좋다는 느낌은 아주 길들여지기 쉬운 감정이다. 그네들이 오기로 한 수요일은 이미 두 번이나 그냥 지나갔다. 그녀는 놓여닫길 없는 질긴 기다림에 진저리를 치며 다시 움직이기 시작한다. 전신을 뒤흔드는 격렬한 몸놀림으로 주춤주춤 옮겨가는 일, 늘 빠끔히 열려 있는 화장실 문틈을 비집어 여는 일, 욕실 바닥으로 바짝 내려 앉힌 변기의 모서리에 엉치를 비비적거려 옷을 내리고 그 위에 자신의 몸을 앉히는 일 따위를 무사히 치러내고 나면 그녀의 하루는 나름대로의 안정감을 갖게 된다. 드디어 그녀는 억눌렀던 요의를 풀며 천천히 소변을 밖으로 흘려보낸다. 서서히 헐거워져가는 방광의 쾌감을 음미하기라도 하려는 듯이.

소변을 보고 난 후의 상쾌함. 발가락의 간지러움. 머릿속의 스멀거림. 아무 것도 자신의 의지대로 할 수 없는 육신에 생생하게 살아 있는 그 느낌들을 그녀는 문득 그네들이 자신에게 일깨워준 감각이 아닐까, 낯설게 더듬어 본다. 자선기관을 통해 알음알음으로 찾아오는 자원봉사자들은 대부분 처음 그녀의 몸을 보았을 때, 그녀의 불완전한 신체의 구석구석에도 자신들과 다름없이 감각이 살아 있다는 사실조차 신기해할 만큼 장애인의 신체에 무지한 초보자들이었다. 처음에는 그녀의 불편한 육신을 대하는 것조차 낯설고 어색해 어쩔 줄 모르던 이들이 그녀의 속살을 만지고 닦아주며 어설프게나마 대화를 나누다보면 차츰 서로를 대하는 태도가 달라지고 굳이 말을 하지 않아도 시린 곳, 가려운 곳을 미리 알아 챙겨주는 요령도 터득하게 마련이었다.

하지만 그만큼 봉사자들과 친숙해지고 그네들의 방문 날짜가 그녀의 기억 속에 자리잡기 시작하면, 가슴속에서는 서서히 새로운 불안이 싹트기 시작한다. 만남의 순간에 이미 예비되는 헤어짐. 결정권이 전적으로 타인에게 주어져 있는 혹독한 단절.

누구에게도 절대로 마음 주지 않을 것. 가벼운 약속에 속지 말 것. 사람의 정을 믿지 않을 것. 그녀는 주문처럼 독하게 마음을 다지지만, 죽음처럼 밋밋한 삶의 공간에 방문객들이 뿌려놓고 가는 생의 윤기는 자극성 강한 양념과도 같아서 한 순간에 그녀의 의식 깊숙이 파고들어 감당하기 벅찬 파문을 만들곤 했다.

자원봉사자들과의 만남이란 건, 그저 그네들의 사정에 따라 몇 번 드나들다가 한 마디 예고도 없이 오지 않으면 그것으로 그만인 인연이다. 그래도 이번에 만난 이들은 반 년이 넘게 매주 번갈아가며 찾아와 목욕도 시켜주고 점심도 함께 먹었다. 그만하면 어떤 주일에 누가 올 것인지 분간이 갈 만큼 낯도 익었고 어지간히 정도 들 만한 기간이다. 중간중간 그룹 내에서의 들고남이 없었던 건 아니지만, 그네들의 정기적인 방문은 꽤 오랫동안 거의 변함없이 이루어져 왔다. 제일 먼저 그녀에게 다시 올 수 없다고 말한 이는 그네들 중 제일 연장자인 장 여사였다. 급한 성격만큼이나 속정도 깊어 동기간 같은 푸근함을 느끼게 하던 이였다. 석 달 만엔가 그녀는 남편이 타지로 발령이 났다며 다시 올 수 없는 걸 아쉬워해 주었다. 그렇다고 그네들이 그녀에게 오기로 한 약속을 깰 적마다 일일이 그 이유를 알려오는 것은 아니다. 오히려 누군가가 그녀를 방문할 마음이 생겼을 때, 그네들을 소개해준 단체에서 몇 시쯤 방문하게 되리라는 전화를 해주는 정도였다. 한두 번쯤 찾아왔던 이가 다시는 오지 않을 때, 그녀는 그네들이 속속들이 보아버린 자신의 모습이 지울 수 없는 수치심으로 고스란히 자신에게 되돌아오는 것을 느끼곤 했다. 지숙이 그네들을 만나면서 겪는 그런 따위의 고통은 말하자면 그네들로부터 얻는 위안의 이면과 같은 것이었다.

배가 고파오기 시작한다. 어머니가 아침을 가지고 오는 때는 대개 아홉 시가 좀 넘어서이다. 매일 하루 세 번씩 끼니를 챙겨주는 어머니야말로 그녀의 삶을 연장시켜주는 유일한 생명줄이다. 어머니는 어쩌면 평생을 자궁 속에 한 생명을 넣고 살아야할 운명을 타고난 여인인지도 모른다. 아니면 그녀를 낳은 후 탯줄 끊는 걸 잊어버렸거나. 일흔이 넘은 어머니가 음식을 들고 와 입속에 떠넣어주며 '이 웬수!'라고 말할 때 그녀는 아직도 자신이 어머니와 질긴 탯줄로 연결되어 있음을 느낀다.

갑자기 밀려드는 시장기가 어지럽게 전신을 휘감아온다. 그녀는 고개를 돌려 창문 위의 벽시계를 올려다본다. 동그란 벽시계의 시침과 분침이 마치 두 팔을 들어 올려 만세를 부르듯 똑같은 각도로 벌어져 '10'과 '2'를 가리키고 있다. 그녀는 자신의 텅 빈 내장에서부터 서서히 차올라 목구멍으로 넘어오는 원망과 불평불만의 말들을 수습하며 문에다 눈을 고정시킨다. 그녀는 문득 어쩌면 이렇게 맹렬한 식욕이 자신을 덮쳐오는 순간을 즐기고 있는지도 모른다는 생각을 한다. 이때만은 그녀도 팔팔하게 살아나는 자신의 생명력을 선명하게 느낄 수가 있다. 허기증이 그녀를 몰아치기 시작하는 순간부터 그녀는 삽짝께에서 나뭇잎이 발에 밟혀 바스락거리는 소리나 자박자박 창문 밖 좁은 마당을 지나오는 발소리, 문 밖에서 문고리를 잡을 때 미미하게 전해지는 문짝의 진동까지를 온갖 신경을 집중해 귀를 기울인다. 드디어 방문이 열리고 보자기를 덮은 쟁반을 든 어머니가 문지방을 넘을 때 그녀는 한 마디의 모지락스런 말을 잊지 않는다.

"굶어죽게 놔두지 밥은 왜 날러와."

그럴 때 돌아오는 어머니의 대답 또한 감정의 동요가 끼어드는 법이 없기는 매한가지다.

"시장허지? 막 나오는데 네 오래비가 와서."

"왜? 또 나 내다버리고 엄마 데려가겠다고 왔어?"

"말버르장머리하고는. 밥이나 먹자"

수전증으로 쉴 새 없이 손을 떨며 조심스럽게 음식을 떠 나르는 어머니에게 그녀는 보란 듯이 머리를 뒤흔들며 그예 한 마디 덧붙이고 만다.

"엄마가 그만큼 건강한 게 내 덕인 줄만 알아. 늙었다고 방에만 들어앉아 있었으면 버얼써 저 세상으로 갔을 걸."

"몹쓸 것. 언제고 밥숟갈 놓는 날이 제 에미 팔자 피는 날인 줄도 모르고."

그럴지도 모른다. 어머니는 병든 자식의 운명에 덜미를 잡혀 저 세상으로 가야 할 때마저 놓치고 있는지도. 그녀를 장애자 수용시설로 보내고 어머니를 모셔 가겠다는 말을 오빠가 처음 꺼낸 것은 어머니의 칠순 잔치가 있던 날이었다. 요즘은 시설도 예전 같지 않아 여러 가지로 생활하기도 편하고, 전문가들이 잘 돌봐줄 것이니 그녀를 위해서도 집에 있는 것보다 나으리라는 오빠의 말이 생판 거짓은 아닐 것이다. 몇 군데 괜찮은 곳을 둘러 보았노라고까지 했다. 그리고 무엇보다도 당신 한 몸 추스리기도 어려워져가고 있는 노모에게 언제까지 환자의 수발을 내맡겨 놓겠느냐는 오빠의 말은 지극히 타당한 얘기이다. 하지만 어머니의 태도는 엉뚱하면서도 완강했다.

'늙은이가 성치 않은 딸 수발 드는 꼴 보기 싫거들랑 쟤 신랑감을 구해 와. 그러기 전에는 내 손으로 거둘 수밖에. 저 앨 또 그 짐승우리 같은 시설로 보낼 순 없어. 그게 느그들 아부지 마지막 원이기도 했고. 그때 느그들 앞길 열겠다고 저걸 거기다 내방치지만 않았어도 저 아이 팔이 저 지경이 됐겄냐. 내가 살아 있는 한은 그럴 수 없다. 아직은 쟤가 애 낳이도 할 수 있는 나인데, 누구든 비슷한 처지의 사내를 찾아 짝 맞춰 살게 할 수도 있잖겠냐. 그게 그래도 나은 해결책인 줄만 알아라.'

어머니의 예상하지 않은 주장은 자식들에게 터무니없는 것으로 받아들여지긴 했지만, 형제들 간에 이미 합의가 끝난 그녀의 시설 입주 문제를 더 이상 꺼내지 못하게 하는 데만은 효과가 있었다. 그리고 어머니의 그 엉뚱한 희망은 언제부턴가 그녀에게까지 전이되어 그녀의 삶에 어떤 변화를 가져오는 것 같았다.

물론 그녀가 당장 시집이라도 가겠다고 했다던가, 거기에 어떤 가능성을 가지게 되었다는 얘기가 아니다. 다만 그녀는 아주 오래 전에 잃어버린, 이미 그것을 잃어버렸다는 사실조차 잊고 있던 그 무엇인가를, 적어도 자신이 그것을 잊고 있었다는 사실만큼은 분명히 깨달은 것이다. 그녀의 자기 자신에 대한 거부. 그것은 자신이 집안의 수치로서 다른 가족들이 숨기고 싶어하는 존재라는 걸 깨달으면서부터 시작되었다. 그 이전까지 그녀의 고통은, 어쩌면 부모의 절대적인 사랑이나 연민으로서 보완이 가능한 그저 약간의 불편함에 불과한 것이었는지도 모른다.

오빠가 대학을 졸업하고 곧바로 대기업에 취직되자 어른들은 좀 영 뚱하다 싶을 만큼 오빠의 결혼을 서둘렀다. 하지만 오빠의 혼사는 곧 이 루어지는 듯싶다가 어느 사이 유야무야 틀어지곤 했는데 그때마다 집 안에는 단순히 깨진 혼사 때문이라고 하기에는 너무 무거운 여운이 오 랫동안 그늘을 드리웠다. 그리고 그 그늘은 횟수가 거듭할수록 더욱 가 중되는 무게로 식구들을 짓눌러왔다. 그녀가 그 모든 문제의 원인제공 자라는 사실을 깨닫는 데는 그리 많은 시간이나 노력이 필요치 않았다. 아무리 병들고 부실한 육신이라고는 하지만 그때 이미 그녀는 예민하 고 섬세한 심성이 깃들기 시작하는 열다섯 살을 넘기고 있었고, 식구들 의 표정 하나 말 한 마디에 숨어 있는 의미들을 터득해내는 데 온 신경 이 모아져 있었다.

병원 침대에 누워야 했던 일이 그때가 처음이었던 것처럼 그녀의 기 억에 남아 있는 것은 어찌 보면 이상한 일이다. 그녀의 몸이 그 지경인 데도 부모님은 한 번도 그녀를 병원에 데려간 적이 없었던 것일까. 아 니면 어릴 때 드나들었던 병원의 모습이 그녀의 뇌리에 각인되지 않고 그냥 사라져버렸을까. 그도 저도 아니면 그때나 지금이나 사각의 작은 공간에 갇힌 그녀의 변화 없는 운명에, 하나의 획을 그은 그 일이 너무 도 강하게 기억에 남아 다른 것은 흔적도 없이 사라져버린 것인지도 모 르겠다. 아무튼 그때 그녀는 오랫동안 아무 것도 먹지 못하고 자리에 누 워 지내다가 거의 반죽음이 되어 병원으로 실려 갔다. 병명은 거식증으 로 인한 영양실조. 지금 생각해보면 그때 그녀가 처음부터 의도적으로 음식을 먹지 않았던 것인지, 그녀 안에 있는 어떤 강렬한 죄의식이나 자기 혐오가 무의식 중에 음식을 거부하게 만들었는지는 알 수가 없다. 다만 그녀는 그 일로 해서 오랫동안 병원 신세를 져야했고 정신과 의사의 권유와 식구들의 생각이 맞아떨어져, 그녀의 담당의사가 추천해준 복지재활원이라는 장애자수용시설로 옮겨가게 되었다.

"마저 먹자. 음식 이렇게 남기면 복 나간다."

씹던 음식마저 입에 문 채 멍하니 넋을 놓고 있는 그녀의 코앞에서 반쯤 음식이 담긴 수저가 아래위로 불안정한 떨림을 계속하고 있다. 어머니의 입에 붙은 말버릇인 '복 나간다'는 말이 갑자기 입에 든 음식마저 뱉어내고 싶게 하여 그녀는 코앞에서 떨고 있는 밥숟갈을 거친 도리질로 물리치고 만다.

"못된 승질머리……."

어느 자식에게든 구분 없이 사용하는 어머니의 그 무심한, 어쩌면 어머니의 무의식 속에서 무진장의 자기 세뇌를 거쳐 이루어졌을, 말투가 오늘 따라 자꾸 신경에 거슬린다. 어머니는 당신의 절대적인 희생을 통해 무엇에 대한 면죄부를 얻고자 하는 것일까. 주섬주섬 그릇을 챙긴 어머니가 좀 앉아 있다 누우라는 말을 혼잣말처럼 흘리고 자리에서 일어난다.

이상하게도 재활원에서의 칠 년간의 생활에 대해서는, 그곳에 들어가는 날부터 나오는 날까지 끈질기게 그녀를 지배해온 허기증 말고는 별로 기억에 남는 것이 없다. 혼자 보내야 하는 길고 지루한 낮 동안, 문득문득 자주 꾸는 꿈의 한 단편처럼 뇌리를 스치는 장면들이 있기는 해도, 그것은 어떤 구체성이나 현실감을 전혀 갖지 못한 것이어서 그저 희미한 영상으로만 잠시 떠올랐다 스쳐갈 뿐이다. 사방이 유리로 되어 있는 새하얀 건물. 그 안으로 하얗게 쏟아져 들어오는 투명한 빛과 그 빛 속을 부유하는 생명체들. 그들은 하나같이 그들을 둘러싸고 있는 빛의 투명함만큼이나 차가운 기기들에 의지해 천천히 움직이거나 바닥에 주저앉아 무엇인가를 만지작거리고 있다. 천천히, 느리지만 규칙적으로 움직이는 형체들. 무감각한 표정과 기형적인 움직임들. 그들은 어째서 그렇게 끝없이 움직일까. 그렇다. 그녀의 기억 속에 남아 있는 가장 뚜렷한 장면 중의 하나는 움직임이다. 자, 신경을 집중하고 움직여요! 파 — 알! 소 — 온! 손가락! 발가락! 머리! 팔! 정확하고 빠른 말투로 지시되고 강요되던 움직임들. 그리고 그 사이사이로는 언제나 너무나 꼿꼿하고 분명해서 주위의 것들과 전혀 조화를 이루지 못하는 움직임이 끼어든다. 동작이 어찌나 빠르고 정확한지, 그 자체만으로도 주위의 어눌한 움직임에 타격을 가할 만한 힘을 발휘하는 움직임. 그것은 늘 기억의 단편들 속에 마치 부조의 돌출 부위처럼 도드라져 나타나곤 한다. 그런데 그것마저도 그녀의 기억 속에는 신체적인 어떤 통증이나 고달픔으로가 아니고 늘 뱃속이 허위허위 비어 있는 듯한 허기증으로 기억되는 것은 웬일일까. 그랬다. 그때 늘 그녀에게 달라붙어 있던 그 허기증은 단순히 재활원에서 식사를 제대로 주지 않는다거나 영양이 부족하다는 차원의 문제가 아니었다. '복지재활원'은 당시만 해도 나라 안에서도 몇 안 된다는 유료시설이었고, 그 중에서도 최고 설비를 갖추었다고 자부할 정도였다. 그녀의 기억으로도 하루 세 끼의 식사는 언제나 꼬박꼬박 지급되었고 그 질도 그리 나빴던 것 같지는 않다. 하지만 문제는 식사 때마다 모든 원생들이 한자리에 모여 같이해야 한다는 데 있었다. 하나같이 움직임이 부자연스러운 원생들이 한자리에 모여 이루어내는 식사 광경은 투명할 만큼 밝은 빛 속에서의 이상한 움직임들만큼이나 그녀를 당혹스럽게 했다. 밝은 홀에서 이루어지던 낮 동안의 놀이나 운동에 그녀가 전혀 적응하지 못했듯이 넓은 식당에서의 식사 행위 또한 그녀의 몸 어디에도 영양분 따위를 공급할 수 있을 것 같지 않았다. 갑자기 빛 속에 내던져진 음지 식물처럼 그녀는 늘 눈이 부셨고 내장이 훤히 내비치는 것 같아 불안했다.

오빠 말로는 이제 그녀가 어떤 전문시설을 찾아간다고 해도 복지재활원처럼 규칙적인 생활이나 무리한 치료를 강요하는 곳은 아닐 거라고 했다. 그저 전문관리인들의 보호를 받으며 편히 지내면 될 거라고. 그 말이 옳을지도 모른다. 그녀는 이제 바깥 세상에 대해 낯가림부터 하는 사춘기 소녀도 아니고, 상대방의 일그러진 몰골에서 자신의 모습을 발견하고 당황해 할 만큼 어리숙하지도 않다. 그리고 이제는 그녀의 팔이나 다리를 똑바로 움직이도록 해보겠다고 무리하게 잡아 늘리는 무모한 관심마저도 이미 오래 전에 그녀를 떠났는지 모른다. 진즉에 어머니를 질긴 인연의 사슬로부터 풀어드리는 게 옳았으리라. 하지만 그녀는 아직도 그 인연의 사슬을 늦추기는 고사하고 오히려 더욱 단단히 옭아매기 위해 바둥거리고 있다. 그것이 그녀의 삶을 지탱해주는 유일한 힘이다.

2

　Y의 김 간사로부터 전화가 온 것은, 어머니가 나가고 난 후 다시 한 번 그녀가 혼자 힘으로 화장실엘 다녀오고 났을 때였다. 아침 식사 후의 배변은 늘 어머니의 도움을 받아 치러내는 규칙적인 일과 중 하나였다. 그런데 오늘은 불편한 심기 탓인지 어머니가 잊고 그냥 돌아가고 말았다. 어머니의 그러한 무관심에 대해 그녀는, 진심으로 그것이 마음속에 맺혀서라기보다는 오히려 어머니와 자신을 잇고 있는 그 질긴 고리를 확인이라도 하듯 모진 말로 어머니에게 원망을 퍼부으며 거의 그 힘을 이용해 화장실을 다녀왔다.

　방에는 이미 늦겨울의 엷은 햇살이 깊숙이 들어와 있었다. 어머니에게 점심은 가져오지 말라고 할 걸 하는 생각을 하면서 그녀의 시선은 무의식 중에 전화로 갔다. 전화기 앞에 엎드려 송수화기를 머리로 밀어 바닥에 떨어뜨리고, 입에 문 볼펜 끝으로 번호를 누르기 위해 안간힘을 쓰는 자신을 상상하며 그것을 향한 그녀의 시선에 점점 힘이 주어져 갈 때, 갑작스럽게 벨소리가 울렸다. 이럴 때 그녀는 몸의 어느 부분을 먼저 내보내 문제를 해결해야 할지 갈피를 잡지 못한다. 머리에서는 늙은 독재자 같은 완고함으로 팔에다 수없이 명령을 내리지만 무겁게 늘어진 두 팔은, 느닷없이 방안을 휘저어놓는 그 소리에 전혀 대응할 기미를 보이지 않는다. 전화벨이 대여섯 번쯤 긴 꼬리를 끌며 울려댄 다음에야 그녀는 허리를 굽히고 송수화기에 머리를 바짝 들이댄다. 그녀가 몇 번의 뜀배질로 송수화기를 바닥에 떨어뜨리고 나서야 겨우 울기를 멈춘 기기에서 작고 부드러운 여자의 음성이 흘러나온다. 그녀는 안면에 돌출된 코를 이용해 천천히 그것을 굴려 송수화구가 있는 부분이 위로 올라오도록 뒤집어 놓는다. 여보세요. 여보세요. 바닥에 엎드린 채 송수화기를 뒤집느라 끙끙거리는 그녀의 숨소리가 상대편으로 전해지는지 기기 속에 갇힌 목소리는 점점 톤이 높아지고 빠르게 반복된다. 겨우 바닥에 젖혀져 있는 기기에 대고 그녀는 자신의 우주 밖, 무한공간으로 통하는 작은 구멍 속으로 열심히 말을 밀어 넣는다.

예 — 예 — 예 —.

그 기기를 통해 전할 수 있는 말은 그것뿐이라는 듯 그녀는 같은 말을 반복한다. 마주 보고는 그런 대로 의사소통이 가능했던 말들도 그 구멍 속을 지나는 동안 무의미한 소리로 퇴화되어 제 의미를 잃고 마는 것인지, 긴 말을 하려고 하면 할수록 대화는 서로 엇갈려 도무지 말이 통하지를 않는다. 그래서 그녀는 가능한 상대방이 전하려고 하는 말만이라도 방해하지 않기 위해 자신의 의사 표현을 포기한다.

"아, 안녕하세요? 어디 편찮으세요?"

"예, 아 — 아뇨."

"다행이네요. 전화를 늦게 받아서 무슨 일인가 했어요. 아무 일도 없는 거죠?"

"예."

"오늘이 우리 봉사회원들 가는 날이잖아요. 그런데 오늘 가실 분들이 사정이 생겨서요. 다른 분이 혼자서 가시기로 했어요. 약속이 되어 있다고 했더니 그분이 혼자서라도 가겠다고 해서요. 아마 두 시쯤이면 거기 도착할 거예요. 그럼 안녕히 계세요."

오늘이 그날이었던가. 그녀는 짐짓 자신이 그날을 잊고 있었다는 사실에 놀라는 시늉을 한다. 하지만 자신의 가슴 밑바닥으로부터 솟아나는 미미한 안도를 그녀는 놓치지 않는다. 그녀는 드디어 자신이 그네들과 한 허망한 약속에서 헤어났다고 생각한다. 맨 처음 김 간사가 그네들을 데리고 와서 매주 두 명씩 교대로 돌보러 올 것이라고 했을 때 그녀가 반드시 김 간사의 말을 곧이곧대로 믿었던 것은 아니다. 하지만 그녀가 아무리 그네들에 대해 아무런 기대도 갖지 말자고 다짐을 해도 시일이 갈수록 자신의 마음이 그네들에게 사로잡혀가는 것을 어쩔 수가 없었다. 그네들을 만난 지 두어 달도 되기 전부터 그녀는 자기도 모르게 그네들이 올 수요일을 손꼽고 있는 자신을 발견하곤 했다. 서서히 찾아오는 횟수가 줄어들어 한 달에 네 번이 세 번이 되고, 세 번이 두 번이 되어 가는 동안에도 그녀에게는 수요일만이 의미가 있었다. 이제 여덟 팀이었던 그네들은 겨우 서너 팀이 남아 한 달에 한 번쯤 그녀를 찾아온다. 한 번을 거르든, 두 번을 거르든 김 간사는 전화를 통해 늘 그렇게 말한다. 오늘이 봉사회원들 가는 날이잖아요. 그네들이 약속한 날 오지 않았다는 걸 기억하는 건 언제나 그녀 혼자뿐이다. 아마 그렇게라도 찾아가는 걸 감지덕지하라는 뜻일 게다. 하긴 그네들이 당장 아무도 오지 않는다고 해도 그녀로선 어쩔 도리가 없다. 오늘도 약속을 대신 지켜줄 사람이 아무도 없었다면 전화 한 통화 없이 그냥 지나치고 말았을 게 뻔하다. 그것이 바로 그녀가 이 사회와 맺고 있는 삶의 고리이다. 어느 날 한 번도 만난 적이 없는 낯선 사람이 찾아와 몇 마디쯤 말을 건네고 연민어린 시선으로 한두 가지 이러저러한 약속을 하고 돌아가면 그녀는 자신이 무슨 장애인단체에 가입되어 있다거나, 어떤 사회봉사단체의 관리대상 명단에 올라가 있다는 사실을 알게 된다. 그렇게 그녀는 처음부터 자신의 의사와는 아무상관 없이 이 사회가 임의로 만들어 놓은 연결고리에 코가 꿰어 있는 게 고작인 것이다.

그녀는 오늘 혼자 오기로 했다는 이에 대해 잠시 호기심이 인다. 지금까지 그네들이 혼자서 그녀를 찾아온 적은 없었다. 대부분 두 명이 한 조가 되어 오는데 만약 둘 중 한 쪽에 문제가 생기면 다른 이도 그냥 포기하고 마는 게 보통이었다. 아마 아직 이쪽 분위기를 파악하지 못한 어떤 신출내기가 김 간사의 언변에 넘어가 멋모르고 나선 길이겠지. 새로운 사람을 다시 접해야 한다는 사실에 대해 그녀는 앞뒤 없이 짜증이 이는 것을 어쩔 수가 없다. 호기심 엉긴 시선. 과장된 언행. 서툴고 머뭇거리는 손놀림. 호들갑스런 동정. 그런 것들에 시들해지면 대체로 그네들의 발길은 뜸해지기 시작한다.

'찌르— 찌르— 찌르—.' 보채는 어린 아일 달래듯 전화기에서 규칙적인 신호음이 여리게 울려온다. 바닥에 떨구어 놓은 송수화기가 아직도 그대로 나동그라진 채이다. 그녀가 전화기 옆에 꽂힌 빈 볼펜 깍지를 입에 물고 그것을 걸어 올려 놓는다. 전화번호를 누를 때나, 텔레비전 전원스위치를 켤 때 그녀는 그 볼펜 깍지를 사용한다. 텔레비전을 방에 들이면서 그녀는 그런 식의 도구 사용을 시작했다. 아버지의 마지막 선물이 되어버린 텔레비전이 그녀에게 남다른 의미가 있는 이유는 바로 그 때문인지도 모른다. 성치 않은 몸으로 외출을 했던 아버지가 전자대리점 차를 타고 돌아오셨을 때, 온 식구가 얼마나 놀랐던가. 필시

길바닥에라도 쓰러져 지나가던 차에 실려 온 것이라고 지레 혼비백산 했었다. 놀라움에 허둥거리는 식구들에게 아버지는 '그렇게들 서 있지 만 말고 저것 내려서 지숙이 방에 들여놔 줘라' 일별도 하지 않은 채 한 마디 던지고 방으로 들었다. 그리곤 더 이상 문밖출입을 하지 못한 채 세상을 떴으니, 남아 있는 가족들에게 병든 딸에 대한 당신의 의사를 전 하는 방법 또한 아버지다웠다고 해야 할까. 시장을 지나다 전자대리점 앞에서 대여섯 개의 텔레비전이 한꺼번에 켜져 있는 것을 보니 문득 그 녀의 생각이 났다고 했다. 그날 밤 어머니의 부축을 받아 그녀의 방으 로 건너온 아버지는 고집스럽게 당신이 보는 앞에서 텔레비전을 켜보 라고 성화였다. 그녀가 이미 손을 쓸 수 없게 되었다는 걸 아버지는 잊 었던 걸까. 아니, 그럴 수는 없었으리라. 아버지가 세상을 뜨기 전에, 그 녀를 집에 데려다 놔야겠다는 결심을 하게 한 것이 바로 그 팔이 아니 었던가. 당신의 죽음을 예비하고 있는 질병을 핑계 삼아서라도 아버지 는 어쩌면 딸의 악화된 병증을 한 번쯤 부정하고 싶었는지도 모른다. 어 쨌든 터무니없는 상심과 울화를 삭이지 못한 채 식구들에게 이끌려 방 을 나가던 아버지의 뒷모습이 그녀로 하여금 밤새 텔레비전과 씨름하 게 했고, 그 덕분에 기능적인 일은 손만이 할 수 있다는 생각에서 벗어 날 수 있었으니, 아버지의 뜻은 늦게나마 반쯤은 이루어진 셈이라고 해 야 할지도 모른다. 머리와 얼굴을 밤새 얼마나 텔레비전에다 문질러댔 던지 상처투성이가 된 그녀의 얼굴을 본 어머니가 그녀의 입에다 나무 꼬챙이를 물려주었다. 그 뒤 그녀는 꼬챙이 사용법을 익히는데 얼마나 열정적으로 매달렸던가. 꼬챙이를 입에 물었을 때 무엇보다 참기 어려웠던 것은 쉴 새 없이 흘러나오는 침이었다. 어릴 때도 침을 흘려 애를 먹은 기억은 없다. 그런데 꼬챙이를 입에 물고 잠시만 그 끝의 움직임에 신경을 쓰다보면 입가로는 어느새 침이 질질 흘러나왔다. 그리고 그 사실을 깨닫는 순간 그녀는 이상하게도 입 안에 고인 침을 삼키는 일이 불가능해졌다. 그것은 정말이지 뜻밖의 복병이었다. 마치 입 안에는 언제나 침이 돌고 있다는 사실을 까맣게 모르고 있었던 것처럼 그녀는 놀랍고 당황스러웠다. 그녀 자신도 모르는 사이에 입 안에서 자연스럽게 이루어져 왔던 침의 돌기는 그녀가 그것을 의식하는 순간 갑자기 방향을 잃고 엉뚱한 곳으로 흘러넘치는 꼴이었다.

꼬챙이를 입에 무는 순간 그득하게 입 안에 고이기 시작해서 자기도 모르는 새 줄줄 흘러내려 방바닥으로 떨어지는 침을 보면서 그녀는 이해할 수 없는 저항감이 맹렬하게 솟구치는 걸 느꼈다. 라면 국물 냄새가 은근하게 배어나는 나무젓가락 토막을 이빨 사이에 문 채 그녀는 마치 방바닥에 고인 침을 도로 빨아올려 고스란히 목구멍 속으로 넘기기라도 할 기세로 입안의 타액을 삼키고 또 삼켰다. 하지만 그녀가 아무리 용을 써도 목으로 넘어가는 액체는 한 방울도 없는 듯 목안은 바짝 말라붙어 곧 숨이 막힐 것처럼 답답하고, 입술에서는 여전히 침이 흘러나와 방바닥 위로 질펀하게 번졌다. 금방 숨이 넘어갈 지경이 되어서야 까무러칠 듯 마른기침을 하며 입에 문 꼬챙이를 뱉어내는 고역을 그녀는 몇 날이고 미련스럽게 반복했다. 어느 순간 나무꼬챙이를 입에 물고 있는데도 침이 흘러나오지 않는다는 것을 깨달았을 때의 그 이상한 느낌을 그녀는 요즘도 가끔 떠올리곤 한다.

나비나 잠자리 같은 날벌레가 마지막 허물벗기를 막 끝냈을 때, 그의 기억 속에는 아직 바닥을 기어 다니던 애벌레의 습관이 그대로 남아 있는데, 얇은 날개 사이로 미풍이 스며들어 물기를 말리고 그 미물의 작은 몸뚱이를 자꾸 공중으로 띄워 올리려 할 때, 곤충이 느끼는 낯설음이 바로 그런 것일까.

꼬챙이를 무는 일에 별 불편이 없어지자 그 사용 범위는 텔레비전의 스위치를 누른다거나 전깃불을 켜고 끄는 것에 그치지 않았다. 겨우 낱글자의 음을 읽을 정도였던 그녀가 본격적으로 책을 읽기 시작한 것도 그때부터였다. 당시 그녀가 접할 수 있는 책이래야 언니나 동생이 배우고 난 교과서와 내용이 단순한 소설책 정도였지만 그녀가 글자를 통해 터득해가는 인식 체계는 그녀의 세계를 훨씬 새롭고 풍부하게 해주기에 충분했다. 무진장한 시간을 자신의 내면에 갇힌 상상력의 산물들을 키우며 보내는 그녀에게 책읽기는, 언어라는 기호 속에 실체를 숨기고 있는 은밀한 세계를 탐구해가는 아주 새롭고 특별한 작업이었다. 그 무렵 그녀는 책읽기에 무슨 한이라도 맺힌 것처럼 글자로 된 것이면 무엇이든 닥치는 대로 읽어냈다. 낡은 교과서든 아버지의 성경책이든 그녀는 무작정 읽고 또 읽음으로써 어렴풋이나마 글 속에 담긴 의미를 터득해갔다. 하지만 당시 그녀가 읽은 책의 내용이 어떤 것이며 그 내용을 얼마나 깊이 이해했는가 하는 것은 그녀에게 별 의미가 없었다. 그녀에게 있어 책읽기는 어떤 지식의 습득 수단이 아니었다. 그것은 어린아이가 조각 그림들을 보며 새로운 세계를 상상해 내듯, 책 속에 담긴 의미 체계에서 제 나름의 방법으로 세상을 관찰하고 상상하는 데 필요한 무수한 재료를 얻어냈다.

그에 비해 아버지가 사다준 텔레비전에 대한 그녀의 호기심은 정작 그리 오래 가지 않았다. 처음 얼마 동안 텔레비전은 그녀가 상상할 수도 없었던 바깥세계를 현란한 총천연색으로 제시해 줌으로써 마치 그녀를 바깥세계와 연결해주는 하나의 채널처럼 여겨졌던 것도 사실이다. 텔레비전을 보면서 그녀의 바깥세상에 대한 지식은 지나칠 만큼 풍부하고 다양해졌다. 게다가 그것은 실제 상황보다도 더 기막힌 실제감을 느끼게 하는 마력을 가지고 있어서 적어도 그것을 보고 있는 동안은 정말로 자신이 그 세계 속에 편입되어 있다는 착각에 빠지게까지 했다. 하지만 그것은 철저한 허상에 불과했다. 텔레비전의 전원을 끄는 순간 그녀는 자신이 화면 속의 세계와 얼마나 완벽하게 분리되어 있는가를 뼈 속 깊이 절감해야 했었다. 하지만 이제 텔레비전은 그녀에게도 그저 무료한 시간을 덜어주는 심심풀이 상자 이상의 별 의미가 없다. 그것은 오히려 그녀가 어지러운 상념에 시달릴 때 잠시 마음을 방심 상태로 이끄는 구실을 해준다. 자기와는 아무 상관없어 보이는 바깥세상을 구경하면서 그녀는 자신의 문제에서 한 발 물러설 여유를 찾는 것이다.

그녀는 텔레비전으로 다가가 입에 물고 있던 볼펜 깍지로 전원 스위치를 누른다. 그네가 도착하려면 아무래도 두 시간은 족히 기다려야 할 것이다. 그녀는 이제 멍하니 앉아 시계의 초침소리를 세며 한없이 시간을 쪼개는 짓은 하지 않는다.

3

오빠가 그녀를 집으로 데려오기 위해 재활원을 찾았을 때도 그녀는 자신의 앞에 놓인 미래에 대해 어떠한 희망이나 기대도 없이 덤덤하게 받아들일 준비가 되어 있었다. 칠 년간의 재활원 생활이 그녀에게 남긴 것이 있다면, 그것은 체념에 대한 훈련이며 좌절에 대한 둔감이었다. 하지만 아무리 그렇다고는 해도 그녀가 집으로 돌아왔을 때 그녀 앞에 놓여 있는 상황은 너무 뜻밖이었다. 위로 오빠와 언니는 이미 결혼을 해서 따로 살고 있다는 사실은 그녀도 알고 있었다. 그리고 대학 공부를 포기한 동생이 일찌감치 마을 처녀와 결혼을 해서 부모를 모시고 있다는 소식 또한 그녀에게 희망까지는 아니라도 그녀가 앞으로 맞닥뜨릴 문제에 대한 부담을 어느 정도 덜어준 것만은 사실이었다. 하지만 그녀가 예상했던 그러한 모든 것들을 앞질러 그녀의 귀향을 기다리고 있는 것은 엉뚱하게도 아버지의 예고된 죽음이었다. 아니, 아버지에게 예고된 죽음은 단순히 그녀의 귀향을 기다리고만 있지 않았다. 그것은 오히려 그 자체가 가지고 있는 강력한 힘을 발휘하여 그녀를 집으로 끌어들였다고 해야 옳을 것이다. 그렇다. 평소 그녀를 대하는 아버지의 심중이 어떠했든 그저 보통의 다른 사람들과 마찬가지로 지극히 평범하게 살아가기를 바라는 가족들에게서 이미 서서히 잊혀져가고 있던 그녀를 다시 집으로 불러들인 것은 아버지의 위장에 달라붙어 마지막 남은 생명을 갉아먹고 있던 말기 암이었음에 틀림없다. 그러니 당신 앞에 남아 있는 모든 시간을 투자해 그녀의 미래를 준비한 아버지조차도 그녀가 집으로 온 이후에 맞닥뜨려야 했던 모든 일들을 전혀 예상도 할 수 없었음은 당연한 일인지도 모른다.

그녀를 아래채에 데려다 놓고 아버지가 서둘러 추진했던 그 일들은 그러고 보면 처음부터 이미 아버지의 생각과는 전혀 다른 방향으로 빗나갈 기미를 보이고 있었다.

대문과 곧바로 잇대어 있는 텃밭 끝에다 그녀가 거처할 집을 짓는 일은 오래 전부터 준비가 있었던 듯 공사가 시작되자 하루도 쉬지 않고 빠르게 진척되었다. 왁자지껄 거칠게 떠드는 인부들의 말소리, 바쁘게 오가는 발소리, 자재나 연장들이 부딪는 마찰음이나 자재를 자르는 전기 기구의 연속음. 방에 누워 있으면서도 그녀는 온통 그 소리들에 휩싸여 하루를 보냈다. 마치 자신의 미래를 예견하는 전주곡인 양 거칠고 강하게 혹은 심장을 에일 듯 날카롭게, 둔탁하고 지리하게, 쉼 없이 울려오는 소리를 들으며 그녀는 미래에 대해 막연한 두려움과 가슴 설레는 기대를 동시에 품었던 것이다.

그녀가 재활원에서 돌아오던 날 아버지는 온 가족이 모인 자리에서 다소 비장감을 주어 말했다.

"나 죽기 전에 지숙이 집에 데려다 놔야 내가 편히 눈을 감을 수 있을 것 같았다. 나 죽은 뒤라도 저 애가 너희들 신세지지 않고 살아갈 수 있도록 내가 손은 써놓겠다만, 설사 나중에 무슨 일이 있다고 해도 너희들이 설마 제 형제가 옆에서 굶어 죽도록 그냥 두고 보지는 않을 걸로 나는 믿는다."

하지만 그녀는 아버지가 왜 당신의 죽음을 앞두고 군이 그녀를 가족들 옆에 끌어다 놓으려 했는지 아직도 정확하게 이해할 수가 없다. 당신의 말씀대로 진정 그녀가 사람 대접받고 살 수 있는 곳은 제 피붙이 곁뿐이라고 생각했다면 당신 손으로 돌볼 수 있을 때 진작 데려왔어야 하지 않을까. 그녀가 너무나도 절실하게 재활원에서 벗어나고 싶었을 때 그녀가 기대할 수 있는 이는 아버지뿐이었다. 아버지만이 그녀가 의지할 수 있는 유일한 언덕이었다. 물론 어머니가 있긴 하지만 그녀는 어릴 때부터 어머니가 자신에게 힘이 되어주리란 희망을 가져본 기억이 없었다. 어머니는 언제나 그녀의 문제에 대해 냉담하리만치 무관심했다. 어찌 보면 어머니는 마치 그녀의 불구를 인정하지 않으려는 것처럼 보이기까지 했다. 보통의 다른 자식들처럼 옷이나 입히고 밥이나 먹이면 그만이라는 듯 어머니는 늘 그렇게 무덤덤하게 그녀를 대했다. 그렇다고 그런 어머니에게 그녀가 무슨 원망 따위를 품었던 것 같지도 않다. 혹시 어느 때 어머니에게 좀 서운한 마음을 가졌다 해도 억지에 가까운 할머니의 꾸지람 앞에 한 마디도 대거리하지 못하는 어머니를 보는 순간, 그 감정은 흔적도 없이 사그라지게 마련이었다. 어머니에 대한 할머니의 질책은 아무리 하잘것없는 일로 시작했다 해도 마지막에는 '병신자식이나 낳은 여편네가……'로 이어지는 게 상례였다. 그 한 마디야말로 할머니가 어머니에게 휘두르는 무소불위의 폭력이었다. 그리고 그 한 마디가 지니는 불가해한 위력은 그 말에 담긴 가학성이 할머니 한 분에게서만 그치지 않는다는 데 있었다. 그것은 마치 칼끝에 묻힌 독극물처럼 말을 들은 모든 이들의 가슴속으로 스며들어 각자의 의식 속에 깊숙이 뿌리를 내리고 있다가, 어느 순간 가차 없는 공격성으로 어머니를 향해 날아들었다. 그러고 보면 그녀는 어머니를 의지할 수 있는 대상이라기보다는 오히려 자신과 다를 바 없이 무기력한 피해자로 인식해 왔다고 해야 할 것 같다. 하지만 아버지는 달랐다. 아버지는 어떤 경우에도 손상받지 않을 가장으로서의 권위를 지니고 있었고, 아버지의 힘이 결국 재활원으로 가기 전까지의 그녀의 삶을 지탱해주었다. 그녀를 향한 아버지의 애정이 유별나게 호들갑스럽지 않아도, 그녀는 아버지가 있는 한 집은 자신의 안전한 보금자리가 될 수 있으리란 믿음을 가질 수 있었다. 단 몇 개월로 한정된 삶 앞에서 아버지는 문득 스스로 방치해 두었던 당신의 권위를 되찾고 싶기라도 했던 것일까. 당신의 병이 더 이상 어찌해 볼 수 없는 지경에 이르렀다는 것을 알고부터 아버지는 터무니없이 그녀의 귀가를 서둘렀다고 했다.

가족들 앞에서 아버지는 집 앞의 텃밭 끝에다 그녀가 살 집을 마련할 것이며, 그 집은 그녀 혼자만의 집이 아니고 앞으로 송 전도사가 개척 교회를 열 성전이기도 하다는 것. 송 전도사는 아주 열성적이고 신심이 깊은 하나님의 종으로 그녀의 든든한 바람막이가 되어줄 것이며, 전적으로 하나님에게 맡겨진 그녀는 이제 그 성전에서 전도사와 교인들의 보살핌과 사랑을 받으며 아무 걱정 없이 살아가게 되리라는 것을 아버지는 장황하게 설명했다. 하지만 고교시절 이후로 이미 교회를 떠나 있던 오빠나, 그녀가 돌아오면 당장 짐을 떠맡게 될 동생네에게 아버지의 계획은 차라리 황당하게 보였을 게 뻔했다. 다만 누구도 감히 거기에 반대를 하지 못한 것은, 시한부 삶을 앞에 놓고 벌이는 아버지의 마지막 게임을 감히 아무도 막고 나서지 못했을 뿐이었다.

그녀가 송 전도사를 처음 만난 것은 새로 지을 집의 설계도면이 나오던 날이었다. 설계사무실에 들른다며 읍내에 나갔던 아버지가 그를 데리고 돌아왔다. 그를 가족들에게 소개시킨 아버지는 그가 인도하는 가족 예배를 그녀의 방에다 준비시켰다. 아버지가 교회에서 장로직책을 맡고 있는 만큼, 집에서 크고 작은 신도들의 모임이 이루어지는 거야 드문 일이 아니었다. 하지만 그 모임을 그녀의 방에서 치르기는 그때가 처음이었다. 식구들은 생전 처음 그런 자리를 마련하기라도 한 것처럼 모두들 얼마쯤 서먹해하고 또 조금씩 긴장했다. 그녀는 그런 분위기가 몹시 견디기 힘들었다. 그녀는 가족들이 뭔가 자신에게 무언의 시위를 하고 있는 것처럼 느껴져 자꾸 가슴이 오그라붙었다.

'하나님 아버지, 저를 이렇게 당신의 귀—한 딸에게 보내주시고, 이렇게 그를 위한, 기도 드릴 수 있도록 허락한 아버지의 귀—한 뜻, 감사합니다. 하나님 아버지, 핍박받는 자에게 복이 있나니, 하나님의 나라가 그의 것이라고 아버지는 약속 하셨습니다. ……'

송 전도사는 방안의 어색한 분위기를 눈치챘던 것일까. 갑작스럽게 방안 가득 울려 퍼진 독특한 억양의 기도는 식구들의 어정쩡한 감정을 단숨에 휘어잡고도 남았다. 거친 물결처럼 도도하게 이어진 그의 기도는 세상의 일관된 상식을 거침없이 뛰어넘었다. 그의 기도에 의하면, 그녀는 이 세상의 어느 누구보다도 축복받은 자이며 선택된 자였다. 그녀의 불구야말로 하나님의 약속을 드러내는 가장 확실한 징표며 증거라는 거였다. 그녀는 아버지가 그를 자신의 보호자로 선택한 이유를 알 수 있을 것 같았다. 아버지는 평생을 교회 일에 몸담으면서 수많은 기도를 이끌었지만 아마 한 번도 그렇게 자신감 넘치는 기도를 해보지 못했을 거였다.

공사가 시작되자 송 전도사는 수시로 드나들며 집 짓는 일에 관여하고 직접 일을 거들기도 했다. 그의 지나친 열성에 대해 어머니는 간혹, 제 집이라도 짓는 양 설치는 꼴이 아니꼽다고 빈정거렸지만 굳이 내색해 그를 막을 계제는 아니었다. 그는 공사장에 왔다가 돌아갈 때는 잊지 않고 그녀에게 들러 인사를 했다. 그의 유창한 언변과 재치 있는 마음씀은 지숙에게 퍽 부드럽고 편안한 사람이라는 인상을 주었다. 그리고 목자라고 하는 그의 소임은 어쨌든 그녀의 경계심을 푸는 구실이 되었을 것이다.

그가 돌아갈 무렵쯤 그녀의 방에 간단한 다과를 들이기 시작한 것이 그녀의 요청에 의한 것이었는지 아니면 어머니의 생각이었는지는 정확하지 않다. 어쨌든 송 전도사를 대하는 어머니의 태도가 언제부턴가 눈에 띄게 다정하고 은근해졌다. 공연한 짓하지 말라는 아버지의 질책에, 그저 고마움의 표시일 뿐이라고 얼버무리면서도 어머니는 전에 없이 송 전도사에게 공을 들였다.

그녀의 방에 마련해 놓은 과일이나 부침개 따위의 음식을 먹으면서 그것을 그녀의 입에 넣어주는 송 전도사의 행동에는 거북하거나 어색해 하는 구석이 전혀 없었다. 그러는 동안에도 그는 스스럼없는 우스갯소리로 그녀를 편안하게 해줄 줄 알았다.

선영이 나타나지 않았다면, 선영이 그의 약혼자라며 아버지를 찾아오지 않았다면 그녀는 끝까지 그 정도로 만족했을까. 그녀는 정말이지 그 무렵, 태어나서 처음으로 행복이라는 걸 느꼈다. 그와의 잠깐 동안의 만남만으로도 그녀는 하루를 꿈처럼 지낼 수 있었고 그의 단골 기도 제목인 '선택된 자', 라는 표현에 조금도 의구심을 갖지 않았다. 비록 그가 그녀에게 신이나 다름없는 존재라고 하더라도, 혹은 다정한 오라비의 역할에 그친다고 해도 그녀는 그것으로 충분했다. 아니, 그녀는 어쩌면 선영이 나타나기 전까지는 그와 자신 사이에 이루어질 수 있는 그 이상의 관계를 미처 생각지 못했는지도 모른다. 하지만 선영이 다녀가고 나자 그녀는 이상하게도 그를 전처럼 대할 수가 없었다. 그녀의 의식 속에 선영의 존재가 들어오고부터 그는 이미 그녀에게 신의 대변자일 수도 오라비처럼 편하게 다가갈 수 있는 존재도 아니었다. 다만 그는 한 여자와 사랑을 하고 아이를 낳으며 평범하게 살아가는 보통의 남자일 뿐이었다. 아, 그리고 그녀는 여자였다. 정말이지 그녀는 너무도 갑작스럽게, 어느 순간 곰의 탈을 벗은 웅녀처럼 자신의 여자를 보았다. 한 번도 브래지어를 해보지 않아 수굿이 아래로 늘어져 있는 작은 젖가슴. 매월 어김없이 피를 받아내야 하는 아랫도리의 뻐근한 욕망. 무엇보다도 회오리처럼 몰아치는 혼란스런 열망에 들떠 한 남자를 쫓고 있는 스물세 살의 여자가 병든 육신 속에서 신열를 앓고 있었다.

그녀가 집으로 돌아온 지 여섯 달 만에 새 집은 완성이 되고 송 전도사가 인도하는 개척교회는 아버지를 따르던 여남은 명의 마을 교인들과 함께 첫 예배를 드렸다. 아버지는 좀 더 번듯하게 교회로서의 면모를 갖춰 지을 수 없는 당신의 형편을 못내 아쉬워했지만, 천막이라도 치고 개척교회를 여는 일이 다반사였던 때인 만큼, 송 전도사나 교인들은 그만한 기반 위에서나마 목회를 시작할 수 있는 것에 모두 기꺼워하는 듯했다. 새 건물 특유의 산뜻한 건축 자재 향취가 채 가시지 않은 교회 안에서 첫 예배를 드리는 교인들의 노래와 기도 속에는 하느님의 영광과 축복이 넘치는 듯했다.

그녀는 교회가 문을 열고 일주일쯤 후에 그곳으로 이사를 했다. 이사하기 전날 저녁에 아버지는 송 전도사를 제단 위에 세우고 그녀를 그 앞에 꿇렸다. 그리고 그녀의 옆에 나란히 꿇어앉아 이 변변찮은 교회와 함께 당신의 딸을 하나님 아버지께 맡긴다는 길고 긴 기도를 올렸다. 하나님 품에서 안식과 건강을 찾으리라는 송 전도사의 열정어린 기도 또한 나무랄 데 없이 충만된 것이었다.

새 집으로 옮기고 나자 아버지는 송 전도사의 결혼을 서둘렀다. 때마침 교인들 사이에 돌고 있는 이상한 소문을 잠재우기 위해서도 아버지로서는 그럴 수밖에 없었으리라. 늙은 장로가 교회를 미끼로 순진한 전도사를 꼬드겨 병든 딸을 떠넘기려 한다거나, 욕심 사나운 전도사가 재산을 탐내 장로를 홀리고 있다는 따위의 소문들은, 아버지가 다니던 교회에서 그를 따르던 몇몇의 교인들을 데리고 개척교회로 옮겨오는 과정의 미묘한 기류를 틈타 걷잡을 수없이 번져갔다.

송 전도사가 목사 안수를 받고 난 후에나 하기로 했다던 그들의 결혼은 한 달 후로 앞당겨졌다. 그가 결혼식을 올리기 전, 그와 한집에서 지내야 했던 한 달을 그녀는 영원처럼 길게, 혹은 순간처럼 짧게 기억하곤 한다. 실상 선영의 존재가 알려진 후로도 겉보기에는 아무것도 달라진 게 없었다. 그는 여전히 그녀에게 친절했고, 그녀 또한 그에게 여자로서 자신의 존재를 드러낼 만한 용기도 자신감도 없었다. 오히려 그를 대할 적마다 선영과 비교되는 제 자신을 견딜 수 없어 거의 필사적으로 감정을 숨기는 게 고작이었다. 하지만 터진 물길처럼 걷잡을 수 없이 차오르는 갈망은 감춘다고 해서 숨겨지는 게 아니었다.

그날 밤 그녀는 평소보다 좀 일찍 잠자리에 들었다. 며칠 전부터 몸살기가 있어 찌뿌드득하던 몸이 유난히 무거워 손끝도 움직이기 싫었다. 그녀는 눈을 감기가 무섭게 깊이를 알 수 없는 어둠이 입을 벌리고 있는 나락으로 한없이 떨어져 내리는 것 같은, 불안스런 잠 속으로 빠져들었다.

그녀가 잠에서 깨어났을 때 땀으로 흠뻑 젖은 몸에서는 으슬으슬 한기가 돌았다. 어수선한 꿈자리의 흔적이 미처 가시지 않은 가슴속에서는 심한 충격이라도 받은 뒤끝처럼 먹먹한 울림이 목구멍까지 차올랐다. 특별히 기억에 떠오르는 것도 없이 뒤숭숭하기만 한 꿈의 조각들을 헤집으며 그녀는 목까지 차오른 그 먹먹함의 뒤끝에 불쑥 달라붙는 설움을 느꼈다. 그런 때 느끼는 그 버거운 서러움은, 한밤중에 잠에서 깨어나는 순간 번번이 맞닥뜨리는 죽음의 유혹보다도 더 고약한 데가 있었다. 펑펑 울며 앙탈이라도 부리고 싶을 만큼 격렬한 것도 아니면서, 그것은 언제고 손끝 하나도 움직이고 싶지 않은 깊디깊은 탈진감을 몰아왔다.

송 전도사의 결혼식은 사흘 앞으로 다가와 있었다. 사나흘 전부터 선영은 신혼에 쓸 살림들을 실어 나르느라 분주하게 드나들었다. 산뜻하고 깔끔한 장롱과 이불 보따리가 실려 오고 전자제품들이며 자잘한 부엌살림들이 들어오며 한층 윤기를 띤 선영의 음성이 끊임없이 송 전도사의 주변을 맴돌았다. 이틀 밤을 송 전도사의 방에서 지내며 살림 살 준비를 하던 선영은 그날 낮에서야 돌아갔다. 이제 선영은 결혼식을 마치고, 그의 아내가 되어 이 집으로 들어올 터였다.

언제부턴가 온몸에 배어 있던 눅진한 한기가 사라지고, 가슴이 답답해 오면서 감당할 수 없는 열감이 전신을 휘감았다. 아무래도 이번에는 몸살이 호되게 덮칠 모양이었다. 그녀는 마치 자신을 휘감고 있는 열기에 온 몸을 내맡기기라도 하겠다는 듯 깊은 숨을 몰아쉬며 눈을 감았다. 가뭇없이 까부러드는 몸과 함께 그녀의 의식도 서서히 그녀를 휘감고 있는 열기 속으로 말려들고 있었다.

"지숙 씨, 지숙 씨, 왜 그래요 어디 아파요? 아니 이거 몸이 불덩이 아냐. 이, 이걸 어쩌나. 잠깐만 기다려요. 우선 가서 어머닐 모셔옵시다."

이마에 닿는 선뜻한 감촉을 느끼며 그녀가 눈을 번쩍 떴다. 아니, 열에 들떠 심한 헛소리를 해대는 그녀의 의식을 되돌려 놓은 건 어쩜 이마에 닿은 손의 감촉이 아닐 것이다. 그것은 뚜렷한 변별력을 가지고 그녀의 혼란스런 의식 속으로 파고든 그의 목소리였다. 그녀가 눈을 뜨자 어둠 속에서 어렴풋이 윤곽만 드러난 송 전도사의 얼굴이 내려다보고 있었다. 그는 이미 무릎을 세우고 엉거주춤 일어서고 있는 중이었다. 그녀는 그의 바지가랑이라도 움켜잡을 듯 필사적으로 외쳤다.

"아 — 아뇨 전도사님. 가 — 가지 마세요."

"이렇게 아픈데 어쩔려구요. 열이 굉장해요. 헛소리를 어찌나 심하게 하는지 옆방에 있는 내가 잠이 깰 정도였어요. 깊은 잠이 들지 않았기 망정이지 큰일날 뻔했어요. 잠깐만 기다려요. 집에 해열제라도 있나 물어보고 어머니를 모셔 와야 병원이라도 가죠."

"아아 아니, 꽤 괜찮아요. 전 전도사님만 계시면 돼요."

그녀는 이상하게 마음이 차분하게 가라앉았다. 그리고 마치 지금까지 그녀를 휩싸고 있던 열병을 그녀 자신이 인위적으로 만들어 내기라도 했던 것 같은, 이해할 수 없는 확신이 그녀를 사로잡았다. 어둠이 겹겹이 벽을 치고 있는 좁은 공간에 그와 단둘만이 존재하는 이 순간을 영원히 지속시켜야 한다. 그녀는 스스로도 납득하기 힘든 열망에 들떠 송전도사에게 애원하듯 속삭이기 시작했다.

"저 저 전도사님 제 소 소원 하 하나만 드 들어주세요. 이건 제 모 목숨을 살려주시는 일이예요. 네? 저 전도사님……."

"무슨 소원인데요. 말해 봐요. 지숙 씨, 지숙 씨 머리 위에서는 늘 하나님이 내려다보고 계시다는 걸 잊지 말아요. 지숙 씨가 원하는 게 있다면 하나님이 먼저 알고 꼭 들어주실 거예요. 자, 소원이 뭔지 하나님께 우리같이 기도해요."

"저 저 전도사님, 저 전도사님의 아ー이를 갖고 시 싶어요……."

그녀 스스로도 미처 생각지 못했던 엉뚱한 말이었다. 전도사의 아이라니, 그녀는 그때까지 자신이 아이를 낳을 수 있다는 생각조차 해본 일이 없었다. 그런데 어찌 그리 터무니없는 억지를 부릴 수 있었을까. 하지만 그 당시 거기에 매달리는 자신의 욕구가 얼마나 집요하고 끈질긴 것이었는지, 그녀는 그때를 생각할 때마다 자신의 내면 어딘가에 숨죽이고 있을 또 다른 자신의 실체가 너무도 생경해서 부르르 몸서리를 치곤 한다. 겁에 질린 송 전도사의 우직스런 설득과 악마처럼 교활해진 그녀의 집요한 요구…….

그날 밤의 그 터무니없는 해프닝은 결국 아버지가 끼여듦으로서 끝이 났다. 새벽기도를 드리러 왔던 아버지가 그 방의 광경을 모두 보고 말았던 것이다. 그리고 그들이 결혼식을 마치고 돌아와 자리를 잡을 때까지, 한 달 여를 그녀는 아버지의 집에서 지내야 했다.

4

"계세요?"

가볍게 문을 흔드는 기척과 거의 동시에 머뭇거리는 여자의 음성이 방문을 넘어 온다. 그녀는 깜짝 놀라 급하게 대답을 한다는 것이 자기도 모르게 이상한 고함소리가 되어 터져 나오는 것에 잠시 절망한다. 누군가가 마당을 가로지르고 자신의 창문 앞을 지나 방문까지 왔는데도 전혀 느끼지 못했다는 사실에 그녀는 저으기 당황한다.

"드ㅡ들어오세요. 빠ㅡ빨리 오셨네요."

더듬지 않으려고 애를 쓸수록 그녀의 말은 더욱 어눌해진다.

"안녕하세요. 낯선 사람이 불쑥 찾아와 당황하셨죠? 간사님에게 전화 드리라고 했는데……."

"전화 왔었어요. 혼자 어떻게 오셨어요?"

"생각보다 찾아오기가 어렵지 않았어요. 큰길에서 보이는 마을이 참 아늑해 보이네요."

새로운 방문객은 생각보다 젊은 여자였다. 여자를 보고 나서야 그녀는 자신이 줄곧 중년의 군살이 좀 붙은 건강하고 수다스런 여자를 상상하고 있었다는 생각이 들었다. 서른 살이 갓 넘었을까 싶은 여자의 가녀린 몸매를 보며 그녀는 잠시 맥이 빠졌다. 그 몸집으로는 어린애 하나 씻기기도 벅찰 것 같았다. 게다가 여자는 혼자서 터덜터덜 걸어온 탓인지 꽤 지쳐 보인다.

"혼자는 하기가 힘들 텐데…….."

그녀는 약간의 미안함과 함께 실망감을 굳이 숨기지 않는다.

"괜찮아요. 어디 혼잔가요. 우리 둘이잖아요. 아참, 성함이……. 전 강영숙이라고 해요."

그녀는 잠시 당황한다. 그리고 그녀의 뒤를 흘끗 넘겨다본다. 둘이라니 무슨 말일까. 하지만 무엇보다도 자신의 이름을 묻는 여자가 너무나 이상하다. 그녀는 누구에게 자신의 이름을 직접 말해 본 적이 별로 없다. 누가 그녀에게 이름을 묻는단 말인가.

"윤 지 숙."

그녀는 천천히 자신의 이름을 발음해 본다.

"윤 지 숙, 성함이 참 예쁘네요. 부르기도 좋고. 제 이름은 너무 딱딱하고 멋이 없어요, 그죠?"

둘은 함께 웃는다. 그리고 여자가 말한 '우리 둘이잖아요'의 하나가 자기라는 걸 그녀는 비로소 깨닫는다. 그녀는 새삼스레 여자를 살핀다. 여자가 말한 우리라는 말의 의미를 그녀에게서 다시 찾아내기라도 하려는 듯이.

한 집안에 함께 산다는 것. 그것은 적어도 우리라는 말로 묶일 수 있는 이들이 꾸리는 삶의 형식이리라. 어쩌면 아버지가 세상을 뜨기 전 마지막 남은 힘을 다해 그녀에게 만들어주려 했던 것도 바로 그녀가 속할 수 있는 '우리'라는 울타리가 아니었을까. 아버지는 살아 있는 동안에 당신의 울타리 안에다 그녀의 자리를 만들지 못했다. 그것이 마지막 떠나는 아버지의 발목을 잡았을 터였다. 하지만 아버지가 믿었던 신조차도 자신의 울타리 안에 그녀를 받아들이지 않았다. 아니, 아버지는 정말 교회라고 하는 울타리 안에서 그녀가 안식을 찾으리라고 굳게 믿었을까. 이십 년이 넘도록 교회 살림을 꾸려온 아버지였다. 그는 어쩌면 누구보다도 정확하게 교회의 생리를 꿰뚫고 있었으리라. 교회는 신을 대변하는 목자와 추종하는 신도만으로 충분했다. 그것으로 교회라는 울타리는 완성되는 것이다. 그들은 그 사이에 다른 어떤 것이 끼어들기를 원치 않았다. 그런데 그녀는 목자의 입장에서는 신과 목자 사이에 낀 그 무엇이었고 신도들이 보기에는 목자와 그들 사이에 낀 그 무엇이었다. 그것을 그들은 견디지 못해 했다.

아버지는 그저 평생을 바쳐 믿어온 자신의 신에게 어린아이가 떼를 부리듯 마지막으로 한 번쯤 억지를 부려본 것인지도 모른다.

"점심식사 했어요? 목욕하려면 지칠 텐데……."

"괜찮아요. 아침을 좀 전에 먹었는 걸요. 아, 참, 오시느라 시장하시겠네요. 엄마한테 점심 가져 오래서 먹고 할까요?"

"아─아녜요. 저도 집에서 나올 때 먹고 왔어요. 우리, 빨리 끝내고 같이 라면 끓여 먹어요. 보세요, 내가 이거 사왔잖아요."

여자가 손에 들고 온 까만 비닐봉지 속에서 라면 두 개를 꺼내 보였다. 그녀는 좀 어이가 없었다. 그리고 자기도 모르게 무릎 위에 늘어져 있는 손으로 눈이 갔다. 집으로 돌아온 이후 그녀의 음식 수발을 드는 것은 전적으로 어머니 몫이었다. 그녀가 새 집으로 이사를 하고 나서도 그것에는 변화가 있을 수 없었다. 송 전도사는 자신이 혼자 해결하겠다고 극구 사양했지만 어머니는 늘 그녀와 겸상으로 그의 식사를 준비했다. 그날 밤 일이 터지기 전까지 어머니는 그 일을 정말이지 전혀 평소의 당신답지 않은 고집스러움으로 끈질기게 계속했다. 아, 그래, 그때 어머니는 아주 천연스럽게 그를 당신의 사위나 된 양 기껍게 대하려 했던 것 같기도 하다.

혼자 지내는 송 전도사를 위해 신도들은 가끔 음식을 장만해 오곤 했다. 그런 때 송 전도사가 그것을 그녀에게 먹여주기라도 하면 그네들은 반강제적으로 그에게서 수저를 빼앗아 그 일을 대신했다. 그를 대신해 자신의 입에 음식을 떠 넣는 신도들의 손놀림이나 말투에서 그녀는 자신을 성가셔하는 심사를 섬뜩섬뜩 느낄 수 있었다. 결국 그런 따위의 사소한 부딪침이 만들어낸 미묘한 틈새들이 자신을 신도들의 동아리에서 서서히 밀어내고 있었다는 걸 그녀는 모르지 않았다. 자원봉사자들의 방문시간을 가능한 한 점심시간을 비켜 정하는 이유도 그런 번거로움으로부터 벗어나기 위해서였다. 갑작스럽게 이루어진 새로운 만남에 대한 부담과 이해할 수 없는 기대감으로 그녀는 다소 혼란스럽다.

"목욕은 어디서 하죠?"

여자가 자연스럽게 주위를 살피며 그녀에게 묻는다. 서너 평 남짓한 그녀의 방에는 동쪽 창문 밑으로 작은 오디오와 텔레비전, 여남은 권의

책이 아무렇게나 쌓여 있는 앉은뱅이책상이 나란히 놓여 있고, 그녀의 발치 쪽으로 옷가지를 넣어두는 장롱이 하나 있다. 창문이 나 있는 동쪽 벽을 제외한 세 벽에 똑같은 문이 하나씩 있는데 남쪽 것이 교회로 쓰던 홀과 연결되어 있고, 북쪽에 있는 문이 직접 바깥과 통하기 때문에 보통 그 방을 출입하는 사람들은 북쪽 문을 이용한다. 서쪽 벽에 있는 또 하나의 똑같은 문을 턱으로 가리키는 그녀의 표정에는 자랑스러움이 배어 있다.

"저기 욕실이 있어요."

여자는 방금 자신이 한 질문을 잃어버리기라도 한 듯 책상 위에 널려 있는 책들에 시선을 고정시킨 채 다시 그녀에게 묻는다.

"책을 읽을 줄 아세요?"

"네, 조금……."

"책들을 보니까 조금 정도가 아닌데요. 이것들을 다 읽으셨어요?"

"심심할 때 그냥 뒤적이는 거예요. 어떤 건 몇 번씩 읽은 것도 있는 걸요."

여자가 책상 앞으로 다가가 그것들을 뒤적이며 혼잣말처럼 중얼거린다.

"다행이네요. 책을 읽으실 수 있다니. 정말 다행이에요."

"책을 읽을 때 손을 쓸 수 없다는 사실이 무엇보다도 아쉬워요. 이상하죠. 밥도 남이 먹여줘야 먹는 주제에……."

"그럴 거예요. 이해할 수 있을 것 같아요. 아, 목욕 준비해야죠?"

좀 더 이어질 것 같던 여자의 말이 갑자기 잘리고 꿈에서 깨어나기라도 한 듯 표정이 바뀐다.

"물은 따뜻하겠죠?"

"보일러를 급탕으로 돌려주세요. 그러면 금방 따뜻해져요."

"물을 미리 받았어야 하는데 그랬나 봐요."

"괜찮아요. 욕조가 없어서 어차피 물을 받으면서 해야 하는 걸요."

여자가 보일러를 작동시키고 욕실로 들어가자 안에서 곧 요란한 물소리가 흘러나온다.

"이만하면 욕실이 좁은 것도 아닌데 기왕에 욕조도 있었으면 좋았을 걸 그랬어요. 이런 시설은 누가 만들어 주셨죠?"

여자는 보이지 않고 양은 세숫대야에 떨어지는 요란한 물소리와 함께 여자의 말소리만 우렁우렁 울려나온다.

"네, 아버지가요. 벌써 십 년도 더 전인 걸요. 그땐 방 옆에 그렇게 화장실을 들이는 것만도 모두들 이상해하고 구경도 오고하던 때였어요."

그녀는 잠시 생각한다. 지금까지 아버지가 살아 있다면 작게 오그라든 몸뚱어리 하나쯤 푹 잠길 만한 욕조를 만들어 주었을까. 아니면 오빠 말처럼 그녀를 데리고 온 것을 후회하고 보호시설로 돌려보냈을까.

"그랬군요. 지숙 씬 그런 아버지가 계시니 그래도 행복한 편이네요."

여자의 말에 왠지 한숨이라도 배어 있는 것 같다. 이만한 여건을 갖추고 사는 장애인도 그리 흔치않다는 말을 처음 듣는 것은 아니다. 하긴 가끔 들르는 방문객들이나 텔레비전을 통해 듣는 이야기가 아니더라도, 내일 당장 그녀 자신에게 닥칠지 모르는 비참의 나락은 그녀의 상상 속에 얼마든지 다양한 모습으로 준비되어 있다.

그녀가 주춤주춤 욕실 앞으로 가는 것을 기다렸다가 여자가 다가와 익숙한 솜씨로 옷을 벗긴다. 상대방이 불구라는 사실을 전혀 의식하지 않는 것처럼, 그러면서도 그녀의 뒤틀린 팔과 다리를 조금도 불편하게 하지 않으면서.

"이상하네요. 지금까지 많은 분들이 다녀갔지만 이렇게 익숙하게 나를 만지는 사람이 없었는데 꼭 오래 전부터 저를 알아온 사람 같아요."

그녀의 말에 여자가 빙긋이 웃는다. 벗은 몸의 맨살에 와닿는 선뜻한 공기가 나쁘지 않다. 그녀가 윗도리만 벗은 채 욕실 안으로 몸을 옮겨 간다. 냉기가 채 가시지 않은 욕실 안의 공기가 선뜻하게 그녀의 몸에 감겨온다.

"몸에다 계속 물을 좀 끼얹어주세요."

"그래요. 욕실 공기가 너무 차죠? 감기 들지 않을까 걱정이네요."

여자가 부지런히 더운 물을 끼얹으며 다른 한 손으로 매만지듯 그녀의 등을 문지른다. 그러면서 여자가 혼잣말처럼 '아이, 정말 피부가 곱네요. 애기살 같아요' 라고 말한다. 따뜻하게 덥혀진 여자의 손이 살에 닿을 적마다 그녀는 차갑게 굳어 있던 가슴께의 어느 한 부분이 촉촉이 녹아내리는 걸 느낀다. 여자의 손길을 따라 살갗의 감각이 눈을 뜨며 푸르르푸르르 되살아난다.

저는 전도사님에게 여자가 아니잖아요. 제가 원하는 건 남자가 아니에요. 전도사님은 저에게 신이고 절대자예요. 제 몸은 지금 그 절대자의 은총을 갈구하고 있는 거라구요. 전도사님 한 번만, 단 한 번이면 족해요. 제발 제 몸 속에 생명의 씨를 심어주세요. 그래서 저도 한 인간이라는 걸 믿을 수 있도록 해주세요.

"무슨 생각을 그렇게 골똘히 하세요?"

물을 끼얹던 손을 멈추고 때밀이 타월을 찾아든 여자가 이제부터 작업에 들어간다는 신호라도 하듯 그녀에게 말을 걸었다.

"아, 네— 새 생각은 무슨…… 히히."

"그러고 있는 지숙 씨 모습이 참 아름다워요. 그럴 땐 전혀……. 아녜요. 미안해요."

"히힛.."

그럴 때는 장애가 있는 것 같지 않다는 말을 하려는 것일 게다. 지숙은 갑자기 자신의 의사를 표현할 용기를 잃는다.

"미안해요. 무슨 뜻이 있어서 한 말이 아니에요. 저 보고 지숙 씨를 만지는 손이 서툴지 않다고 말했죠?"

"……."

"제 아이도 지숙 씨처럼 몸이 불편해요. 아마 보통사람들에 비해 지숙씨를 대하는 내 마음이 거북하지 않으니까 그렇게 느껴졌을 거예요."

마치 자신의 잘못을 고백하는 어린아이처럼 여자의 목소리는 작고 불안하다. 하지만 여자의 말투에는 어딘가 차돌처럼 단단한 옹이가 박혀 있다.

"그— 그랬군요. 아 아이가 며 몇 살인데요?"

"아홉 살요. 덩치가 보통아이 예닐곱 살짜리만도 못해요."

"그 그럼 지금 어 어디에……?"

"특수학교에 있어요. 거기서, 다섯 살 이후 자라지 않은 다리로 매일

걷는 연습을 하죠. 그래도 처음보다 많이 나아졌어요. 헌데 더 걱정인
건, 아이의 사고력이 보통아이에 훨씬 못 미친다는 거예요. 생각하고 이
해하는 것만이라도 정상적이었으면 했는데. 실은 좀 전에 지숙 씨가 읽
은 책들을 보고 너무 반가웠어요. 책이라도 읽을 수 있다면 나름대로 제
세계를 가질 수도 있을 텐데……."

"네ー, 저 저도 어릴 때 고 공부를 좀 시켜줬더라면 하ー는 새 생각을
가끔 해요. 하 하지만 모두들 이 이런 모 몸으로는 아 아무것도 하 할 수
없다고 새 생각하죠."

그녀는 이유 없이 목이 메인다. 뭔가 자기답지 않다고 생각하면서도
앞뒤 없이 자꾸 이야길 늘어놓는 자신을 제어할 수가 없다. 여자가 쉬
지 않고 그녀의 몸을 문지른다. 그러면서도 몸이 차지지 않도록 틈틈이
물을 끼없는 걸 잊지 않는다. 가슴을 문지르기 위해 앞으로 바짝 다가
와 있는 여자에게서 후끈한 열기가 배어난다. 여자는 좁은 타일바닥에
쪼그리고 앉아 겨우 시늉만 생긴 그녀의 젖가슴을 조심스럽게 문지르
고 있다. 발그레 열기가 오른 여자의 얼굴이 그녀의 턱밑에 바짝 다가
와 있다. 여자가 가쁘게 숨을 몰아쉴 때마다 여자의 입김에서 묻어나는
미미한 단내가 그녀에게 전해져온다. 그녀는 문득 여자의 모든 삶에 대
해 궁금증이 인다. 자신의 병든 아이를 특수시설에 보내놓고 다른 장애
자를 찾아와 목욕을 시켜주는 여자의 삶이 그녀는 못 견디게 궁금하다.

"그 그럼 다ー른 아 아이는……?"

"없어요. 그 아이 뿐이에요."

"왜ー 왜요? 시ー 식구들이…… 나ー 남편이 거 건강한 아ー이를 바

바랄 텐데."

"……."

여자는 대답이 없다. 때를 미는 여자의 손이 여물다. 그녀는 꼼꼼하게 힘을 주어 놀리는 여자의 손 밑에서 아릿아릿 감각이 살아나는 것을 느낀다. 여자의 손을 통해 그녀의 피부 속으로 스며드는 알 수 없는 느낌이, 슬픔 같기도 하고 쾌감 같기도 한 칼칼한 통증이 서서히 그녀의 전신으로 퍼져나간다.

"제 아인 아빠가 없어요. 그 아이 세 살 때 남편과 이혼했어요."

"왜 ― 왜요? 호 ― 혼자 어 ― 떻게 하 ― 하려구요?"

그녀는 자기도 모르게 다시 왜요, 라고 묻는다. 왜, 라는 물음이 갖는 끈끈한 호기심에 스스로도 당황하면서. 하지만 여자의 대답은 담담하고 거리낌이 없다.

"남편은 자기 아이가 불구라는 걸 절대로 받아들일 수가 없대요. 자기에게는 불완전한 아이가 태어날 만한 아무런 이유가 없다나요."

"그 그게 무 ― 슨 말이죠. 그 그럼 그 이유가 누 ― 구에게 이 있다는 거예요?"

그녀는 몹시 당황한다. 자신의 불구가, 자신의 몸이 이 모양이 된 원인이 부모 중 누군가에게 있다는 생각을 그녀는 지금까지 한 번도 해본 적이 없었다. 어릴 적 할머니에게 터무니없는 험담을 일상으로 들으며, 죄인처럼 숨죽이고 사는 어머니를 보고 자라면서도 그녀는 그것이 어머니가 져야 할 어떠한 책임의 문제라곤 생각지 않았다. 그것은 그저 입버릇처럼 늘어놓는 할머니의 험담이 일상이었듯, 어머니의 그러한 삶도 그냥 그녀의 숙명이려니 생각했을 뿐이었다. 일흔이 넘은 노구를 이끌고 하루 세 끼의 음식을 매일같이 해 날라야 하는 것이 어머니의 숙명이듯이.

"아이가 태어났을 때, 아니 아이에게 치유될 수 없는 병이 있다는 사실을 알았을 때, 저는 어딘가 헤어날 수 없는 함정에 빠진 기분이었어요. 아마 아이 아빠도 그랬을 거예요. 다만 차이가 있다면 그는 자신 앞에 놓인 그 운명을 받아들이길 거부했고 저는 그러지 못했다는 것이겠죠. 솔직히 말해서 저도 할 수만 있다면 그러고 싶었어요. 지숙 씨 앞에서 이런 말 하면 안 되는 건 알지만. 그랬어요. 가능한 한 어딘가 멀리로 도망치고 싶었어요. 하지만 난 그러지 못했어요. 난 요즘도 가끔 생각해요. 나 자신도 남편의 말처럼 그 아이가 그렇게 된 원인이 나한테 있다고 믿는 건 아닐까. 그래서 그 아이 곁을 떠나지 못하고 있는 걸까."

"부 부모가 가 갖고 있는 어—떤 이—유로 자 자식이 그 그렇게 되된다는 건, 미—미처 몰랐어요. 저—정말 그 그런 건가요. 내—가 어 어릴 적에 하 할머니가 어머니에게 거 걸핏하면 벼 병신자식을 낳은 에—편네라고 험담을 해대긴 했죠. 저—저도 그럼 우—우리 어머니나 아버지의 어—떤 자 잘못으로 이렇게 되 된 걸까요?"

"글쎄요. 저도 잘 모르겠어요. 그런 원인이 있다고도 해요. 하지만 그건 부모의 힘으로도 어쩔 수 없는 경우 아닐까요. 자기 자식이 잘못될 줄 알면서 어느 부모가 그런 원인을 만들겠어요."

"저 죄 죄송하지만 여—영숙 씨에게 무—슨 이 일이, 아—이가 그 그렇게 되 될 만한 무—슨 일이 이 있었나요?"

"모르겠어요. 그게 정말 아이를 그렇게 만든 원인이 된 건지, 어떤 건지 아이가 그렇게 되고나니까 시어머니는 제 친정 쪽 사람들 중에 그런 이가 없느냐고 꼬치꼬치 묻더군요. 친가 외가 사돈에 팔촌까지. 당신 쪽에는 삼대 사대를 올라가도 그런 사람은 한 사람도 없다나요. 그러던 어느 저녁 때 온 가족이 같이 텔레비전을 보는데 산업병에 관한 얘기가 나왔어요. 전구를 만드는데 사용하는 납이 인체에 해롭다는, 뭐 그런 내용이었을 거예요. 그 때 어머니가 불쑥 묻더군요. 전에 니가 다니던 공장이 무슨 전기공장이라고 하지 않았냐구요. 그게 전부였어요. 그때부터 어머니는 나를 마치 문둥병 환자 보듯 하더군요. 정말 놀랍고 무서웠어요. 난 결국 삼 년을 못 버티고 그 집에서 나왔어요. 대신 위자료는 넉넉히 받았어요. 그것도 실은 내가 다니던 공장에서 책임져야 할 일이지만 사정이 그렇칠 못하니 그 동안의 정리를 생각해서 살 길은 마련해 주겠다고요."

"아 아이 아 — 빠는 요? 그 — 그이도 그렇게 하 — 하겠다고 해 했어요?"

"그런 셈이죠. 결국 어머니가 하는 일을 끝까지 묵인한 채 결과에 따랐으니까요. 아니 꼭 묵인만 했던 것도 아니에요. 아이에게 냉정한 건 아이 할머니보다 한수 위였으니까요. 사실 내가 헤어질 결심을 한 것도 노인네의 구박보다는 남편의 냉대 때문이라는 편이 옳을 거예요. 제 아비가 아일 버리지 않는데 내가 어떻게 그들을 갈라놓겠어요. 자식을 대하는 부모의 입장, 그것이 책임감이든 사랑이든 말예요. 그것은 최소한, 서로의 책임 소재를 따지고 손익 계산을 하는 차원의 문제는 아니라고 나는 생각해요. 어쨌든 아이는 태어났고, 평생을 불편한 몸을 이끌고 그늘 속에서 살아야 할지도 모르는데, 그 자식 앞에서 계산기를 두드릴 수 있는 아비라면 없는 게 낫겠다고 결론을 내렸어요."

그녀는 자신을 재활원에 떼어놓고 돌아서던 아버지를 생각한다. 아버지도 어쩌면 영원히 그녀를 보고 싶지 않았을지 모른다. 다른 자식들의 혼사 때문이라고 핑계를 대면서 아버지 자신도 그녀로부터 멀리 도망치고 싶었던 걸까.

"이제 아랫도리를 씻어야겠어요. 어떻게, 누워서 하는 게 좋겠죠?"

"네, 등을 조금만 받쳐주세요. 그리고 이 옷을……."

여자가 그녀의 등을 받쳐 바닥에 눕히고 물이 흠뻑 밴 바지를 벗겨냈다. 선뜩한 한기를 통해 그녀는 훤히 드러났을 하체를 느끼며 자신의 몸에서 여자의 시선을 떼어내듯 말을 건넨다.

"아 아이 아―빠와 지 직접 그― 런 무 문제를 이 이야―기하진 안 않았나요. 마 말하자면 그― 러니까 저 정말로 그 아― 이를 도 돌봐줄 마―음이 조 조금도 어 없는지……어 어쨌든 그 아― 이인 그 분 자― 식인데……."

"왜 안 해봤겠어요. 전 아이 문제로 식구들과 갈등을 겪으면서, 뭐랄까 사람들은 누구나 자신의 내면에 보이지 않는 단단한 틀을 가지고 있다는 걸 절실히 느꼈어요. 그것은 말하자면 견고한 담벼락 위에 촘촘히 박아놓은 유리조각 같은 거죠. 도대체 왜 그렇게 답답한 벽을 치고 살아갈까, 이제 그런 질문은 세상 물정 모르는 바보들이나 해요. 세상 사람들은 누구나 잔뜩 겁을 먹고 있죠. 그들은 오로지 자신들을 가두고 있는 그 단단한 틀 속에 있을 때만 안심이 되는 모양이에요. 그래서 자신들이 사랑한다고 생각하는 이들도 그 속으로 끌어들이지 못해 안달을 하죠. 내 자식, 내 남편, 내 아내. 그리고 그 틀에 맞지 않는 가지는 가차 없이 잘라내는 거예요. 그래야 안심이 되거든요. 아마 바깥바람을 쐬어 본 적이 없는 지숙 씨의 속살이 이렇게 곱고 부드러운 것처럼, 두터운 보호막에 길들여진 인간들의 심성은 이제 너무 연약해져서 아무것도 견뎌낼 힘이 없어져버린 건지도 모르죠. 그러니 조금만 색다른 상황을 만나도 무조건 겁부터 먹고 밀어내고 도망치려는 것 아니겠어요.”

　세상 사람들이 겁을 먹고 있다는 여자의 말을 모두 이해했다고는 할 수 없지만 그녀는 뭔가 오래 묵혀두었던 어려운 숙제가 풀린 것처럼 마음이 후련하고 가벼워졌다. 자신의 가족 중에, 친척 중에, 아니면 이웃에라도 어딘가 자기와 다르고 불완전한 사람이 속하는 걸 그들이 그토록 거부하는 이유가 두려움 때문이 아니면 무엇이겠는가. 난 더 이상 여기서 못 살겠어요. 너무 무서워요. 이러다간 내가 지레 죽고 말겠어요. 다른 교인들도 여기선 예배보고 싶은 생각이 없대요. 옆방에 마귀를 앉혀놓고 하느님을 찾으면 무슨 소용이 있냐구요. 처음보다 교인이 얼마나 줄었는지 알아요. 그 여잔 마귀가 씌었어요. 틀림없다니까요. 그렇지 않음 왜 당신이 신도들하고 하는 얘기, 나하고 하는 얘기 모두 그렇게 엿들으려 하겠어요. 어젠 그 여자가 나보고 뭐랬는지 알아요. 결혼식도 올리기 전부터 남자방에 드나드는 여자는 사모될 자격이 없다나요. 나 참 기가 막혀 자기가 뭔데 그런 것까지 참견이야. 꼴에 여자라고. 당신이 그 여자한테 너무 잘해 주니까 나한테까지 그렇게 멋대로 구는 거라구요. 몰라요. 어쨌든 알아서 해요. 이 집에서 나가든지 나랑 헤어지든지 둘 중 하나예요.

송 전도사와 선영의 결혼 생활이 시작된 이후, 그녀의 신경은 온통 그들 두 사람에게 쏠려있었다. 그런데 이상한 것은 그렇게 그들의 밀회를 엿듣거나 일거수일투족을 지켜보면서 송 전도사에게는 물론 선영에 대해서도 별다른 미움이나 질투심이 일지 않는다는 것이었다. 오히려 그녀는 시일이 지날수록 선영이 하는 행동, 느끼는 감정, 그녀의 역할까지도 마치 자기 자신이 하고 있는 것 같은 착각에 빠지곤 했다. 그녀의 병든 몸은 방안에 갇혀 꼼짝도 못하고 있지만 그녀의 마음은 언제부턴가 선영의 몸속으로 스며들어 선영과 똑같이 보고 똑같이 느끼며 함께 생활하고 있었던 것이다. 그러한 그녀의 감정이 만들어낸 터무니없는 잔소리를 선영이 끔찍스럽게 싫어했던 것은 어쩌면 너무나 당연한 일이었으리라.

그들이 이웃 마을로 천막교회를 지어 나가고 난 후 그녀는 오히려 홀가분했다. 일은 결국 처음부터 그렇게 되고 말 것이었다. 아버지가 그토록 믿고 매달렸던 하나님은 다만 아버지의 신일 뿐 그녀에겐 그 무엇도 되지 못했다.

"그 그럼 지─금은 아 아이와 두 둘이서만 사 살아요?"

"아이는 늘 그곳에서 지내니까 나 혼자 있는 거나 마찬가지죠. 이혼하고 나와서 미용기술을 배웠어요. 그래서 미용실을 냈는데 그냥 할 만해요. 아, 오늘 지숙 씨 머리도 내가 잘라주고 가야겠다. 다음에 기구 가지고 와서 파마도 해줄게요."

때를 미느라 쉼 없이 움직이는 여자의 말소리가 움직임을 따라 웅얼웅얼 울린다. 세상에, 무릎걸음을 하니까 이렇게 단단하게 근육이 생겼군요. 여자가 애무하듯 그녀의 허벅지를 만진다. 뭉툭하게 근육이 박힌 허벅지 밑에는 어린아이의 팔목처럼 가느다란 장딴지와 조막만한 발이 있을 것이다. 발가락 사이사이를 벌려 때를 닦아내는 여자의 손길이 살에 스칠 적마다 그녀는 미세한 전류가 살갗을 뚫고 들어와 서서히 온 몸으로 퍼져나가는 것처럼 나른한 희열에 젖는다. 여자의 손놀림은 유연하고 부드러우면서도 악기를 다루는 악사의 그것처럼 운율이 느껴진다. 마치 누워 있는 사람과 신경이 통하기라도 하는 듯 여자의 손은 온몸 구석구석을 거침없이 헤쳐 나간다.

"내 내가 마―안약 아 아이를 나 낳는다면 어 어떤아―이가 태―어날까요."

여자의 손길이 아랫배를 거쳐 음부 쪽으로 내려가는 것을 느끼며 그녀는 자신도 미처 생각지 못했던 말을 불쑥 뱉어낸다.

"글쎄요. 그건 아이가 세상에 나오기 전에는 아무도 알 수 없는 일이죠. 하지만 아이를 갖는 어미의 마음이라는 건, 글쎄요. 아무리 건강한 사람이라도 지숙 씨와 별로 다를 게 없을 거예요. 불안하고 조심스럽고 어떤 무신론자라도 그때만은 간절히 신께 매달리게 되죠."

여자가 손에 끼었던 때 타올을 벗겨내고 맨손으로 조심스럽게 그녀의 음부를 씻어낸다. 여태껏 한 번도 타인과의 접촉을 경험해보지 못한 그녀의 속살을 꼼꼼하게 헤집는 여자의 손길이 말할 수 없이 부드럽다. 아, 이렇게 살갑고 기분 좋은 감촉도 있었구나. 그녀는 문득, 벌써 일 년이 넘도록 매달 자신을 찾아와주는 다른 봉사회원들은 그곳을 씻을 때 늘 손에 무엇인가를 끼고 있었다는 걸 깨달았다. 그리고 마치 그 때문에 그네들과 자신 사이의 서먹함이 여태껏 가시지 않는 것 같은 아쉬움이 밀려들었다.

"저—기 여 영숙씨는 아—이 아 아빠를 사—랑해 했어요?"

여자의 손이 잠시 멈칫하고는 아무 일도 아니라는 듯 다시 빠르게 움직인다.

"사랑한다고 믿었죠. 하지만 지금은 사랑이 어떤 건지도 잘 모르겠어요. 이상하게 사랑은 아무런 책임이 따르지 않을 때만 빛나 보이는 게 아닌가 싶어요. 거기에 책임이니 의무니 하는 것들이 지워지면 무지개 같은 빛이 사라지고 세월의 더께가 앉아서 사랑인지 미움인지 알아보기가 어렵게 되죠. 후훗, 신파예요. 이제 와서 사랑타령이 무슨 아랑곳이에요."

"우리 엄마는 지금도 내가 시집을 가는 것만이 제 자리를 찾아가는 거라고 생각해요. 아버지가 살아계실 땐 나를 시집보내겠다고 부득부득 우기는 엄마가 야속했는데, 지금 생각해보면 그때 차라리 시집이라도 같으면 어떨까 싶어요."

"……."

샤워기에서 쏟아지는 물줄기와 여자의 손길이 다시 한 번 그녀의 온몸을 고르게 스쳐간 다음 갑자기 물소리가 멈추고 훈훈한 김이 서린 좁은 공간 안에 후줄근하게 습기에 젖은 여자가 묵묵히 서 있다. 벗은 몸에서 차츰 온기가 사라지는 것을 느끼며 그녀가 손이라도 내밀듯 여자에게 말한다.

"제 몸을 좀 일으켜주시겠어요."

하지만 여자는 미동도 않은 채 망연히 그녀를 내려다볼 뿐이다.

"사람은 어차피 혼자 살아가는 거예요. 지숙 씨가 늙으신 어머니의 신세를 지는 것, 이렇게 누군가가 와서 지숙 씨를 도와주는 것. 이런 것들을 너무 믿지 마세요. 이런 것들이 사람과 사람 사이에 맺어지는 인정이라고 생각하지 마세요. 차라리 지숙 씨의 불편한 팔이나 다리대신 사용하는 의수, 의족쯤으로 생각하세요. 그래야 지숙 씨가 강해질 수 있어요. 그리고 그게 지숙 씨 같은 분이 덜 상처입고 살아갈 수 있는 방법이에요."

"……."

"그리구 의수나 의족은 팔다리를 쓸 수 없을 때만 사용하는 물건이에요. 자 이제 지숙 씨 혼자 일어나 나가보세요. 혼자 있을 땐 늘 하는 일이잖아요."

그녀는 왠지 그녀의 말이 별로 고깝지 않았다. 그리고 문득 일 년 넘게 그네들을 만나온 이후 처음으로 자신이 사람을 느끼고 있다는 생각이 들었다. 그녀는 천천히 다리를 허벅지 옆으로 오므려 붙이며 허리에 있는 힘껏 힘을 주었다. 늘어져 있던 두 팔에 미미하게 힘이 느껴지며 윗몸이 불쑥 솟아올랐다. 추썩추썩 춤이라도 추듯 방으로 옮겨가는 그녀의 뒤에서 건강한 여자의 음성이 우렁우렁 울려왔다.

"무릎걸음도 그 정도면 수준급이군요. 달리기 경주라도 나갈 수 있겠어요."

시공간의 뿌리에 스미는 눈길

권덕하/ 시인 · 문학평론가

1

한 달에 한 번 하는 시 합평회에 빠지지 않고 참석하는 작가가 있다. 국수집에서 주로 시인들이 모여 신작을 꺼내놓으면 술기운을 빌려 못 이기는 척하며 군말을 보태는 자리에 소설가가 끼어든 것이 처음에는 차려입은 손님 뫼시듯 여간 조심스러운 것이 아니었지만 아주 드물게, 그가 나타나지 않으면 이제 오히려 빈자리에 여러 눈길이 쏠리는 것이다. 비 온다고 갑자기 모인 술자리에서 어느 열혈이 남들이 잘 하지 않는 것을 해봄직 할 때가 되었다는 말을 설핏 비친 것이 그만 비 개고 나서 굳어진 자리처럼 되었는데 매번 보는 것이 그 눈에 그 얼굴일 뻔했으나 소설가 한 분 덕분에 자리에서 발 뺄 빌미를 거두고 늦게까지 앉아 있게 되었다. 남이 공들여 쓴 작품을 분석하고 행 타령, 연 타박하며 제 감정 덧씌우는 일이 내심 탐탁지 않지만 모임 장소에서 넘어지면 코 닿을 곳에 살고 있다는 이유로 나와야만 했는데 말을 섞는 것보다는 구석에서 술만 축내는 사람으로서는 작가의 말씀 쪽으로 몸 기울어지기도 하는 것이 알다가 모를 일이었고 소설가의 눈에 비치는 시인들의 모습 훔쳐보는 것도 흥미로운 일이 된 지 오래다.

어쩌다 어줍지 않게 문학 판에 들어갔으나 학(學)에 기울어져 남의 작품 분석하고 해석하기에 바빴고 내 글 쓰기에 좋은 시절 다 놓친 사람에게 남은 미련과 마음 한 구석을 차지하고 있는 묵은 정이 있어 가끔 혀를 차던 일도, 이제 독자로서만 남아야겠다고 정리한 바였는데 가끔 소설을 읽다보면 어찌하여 새벽 가까운 술판에 평론가나 소설가는 사라지고 시인만 남게 되는지 나름대로 짐작이 가기도 한다. 허나 그 또한 매듭지어지는 생각 없이 그저 막연한 추측일 따름이다. 살아가면서 생기는 느낌에 충실하게 정서를 되살리는 글이 있으면, 삶에서 겪거나 상상한 사건과 현상을 시간 순서와 공간 질서를 따라 서술하는 글도 있게 마련이어서, 그 구성의 절차와 방식이 다르기도 하지만 '시 같은 소설'이라고 하면 섭섭하기도 하고 '소설 같은 시'라고 하면 의연하기도 한 글쟁이들의 반응 차이도 헤아리기 어렵기는 마찬가지다. 여하튼 어느 이론가의 말처럼 장르의 눈이 달라서 어울리기 힘든 사람들이 모여 공공성을 확보하되, 장르의 우월을 겨루는 일은 머리 좋은 사람들에게 맡겨두고 함부로 그어놓은 배타적 경계수역을 자유롭게 오가며 작품을 두고 말과 마음을 나누는 일을 미련하게 지금까지 해오고 있다. 누군가 시만 다룰 게 아니라, 운운한 말을 귀담아 듣고 요즘은 합평 영역을 소설, 평론, 산문으로 넓혀가는 중인데, 그 과정에서 급기야 시인 속의 소설가가 쓴 작품도 접하게 되었으니 그것이 「아무 곳에도 없는 마을」이었다.

2

초등학교만 해도 네 군데를 옮겨 다닐 정도로 이사를 자주했던 필자로서는 지금까지 만나는 고향 친구들이 없고, 그것도 소읍을 전전했기에 마을에 살며 겪었던 공동체의 체험 또한 변변치 않다. 그래도 얼마 전까지만 해도 꿈자리를 자주 차지하던 것은 어렸을 때 보았던 인상적인 장면들이다. 정월 대보름날 동네 사람들이 모여 큰 달집을 짓고 태우던 일이나, 집집마다 찾아다니며 먹을 것을 얻던 일, 소리꾼까지 불러다놓고 와자하게 놀던 잔칫집 마당이 떠오른다. 돌이켜보면 끼니를 때우는 일도 힘들 만큼 가난하고 팍팍한 삶이었으나 음식과 정을 나누는 데 스스럼이 없고 신명나게 놀 때는 모두 악기를 능숙하게 다루는 거였다. 가끔 고향을 그릴 때 귓가에 쟁쟁한 것은 징소리, 장구소리 아니던가. 그래서인지 "아무 곳에도 없는 마을"이란 말을 들으면 슬프고 가슴이 아려온다. 치매가 들었어도 못 잊는 것은 고향 마을이라고 불리던 곳, 천둥벌거숭이로 뛰어놀던 그 순진무구한 시절의 공간인 것이다. 개발이 되어 마을이 사라졌어도 엄연히 기억에 분명히 존재하는 것이 있다. 필자가 아는 어떤 어르신은 집을 나가서서 온 가족이 찾았는데 고향 가는 시외버스 터미널에 무작정 앉아 계시다가 발견되었다. 하는 수 없이 어르신을 고향집에 뫼셨는데 자식 보고도 고개를 숙이며 "고맙습니다"는 말을 공손히 하며 여생을 보내셨다고 한다.

'수탐골'이라는 농촌 마을이 있던 곳에 '거인들의 바둑판' 같은 공단이 들어서고 마을 사람들은 자신들이 살던 곳에서 유민과 같은 신세가 된다. 사람들은 '농사꾼도 도시민도 아닌 채' 어정쩡하게 살아가는 삶에서

'신명'이라곤 찾아볼 수 없다. 고향에서 살되 실향을 한 것이 되어버린 사람들에게 남은 것은 기억뿐인데 그마저도 이젠 입에 올리지 않는다. 그 기억의 중심에 '수탐들 방죽'이 있다. 오토바이를 타고 다니는 '할배'에게 그 방죽은 각별한 의미가 있다. 유난히 물이 맑고 고기가 많던 방죽에 '영물'이 산다고 믿고 있는 노인은 이제 아무도 관심이 없는 방죽 이야기를 하고 다닌다. '사람들은 할배가 노망이 났다고 수군거린다.' 기억 속에서만 존재하되 쓰레기더미로 매립되어버린 방죽은 마을이 잃어버린 생명력의 중추와 다를 바 없는데 노인만이 반복하여 그 존재를 이야기하고 있다는 것을 주목할 필요가 있다.

소설의 눈이 포착한 공단은 우리나라 어디를 가도 접할 수 있는 보편적인 공간이다. 농경지나 마을이 있던 곳에 들어서면서 농촌공동체가 지녔던 건강한 정서와 기억을 밀어내고만 새로운 공간. 그 공간의 역사를 모르는 새로운 세대는 무엇을 잃어버리고 사는지 모른 채, 건강한 삶과 정서의 원형을 느낄 수 없이 현재 상황에 적응하여 살아갈 뿐이다. 작가가 공간의 역사를 되짚는 것은 단순히 상실감을 보상하려는 행위가 아니다. 작가는 소외된 채 생계의 차원으로 전락하여 핍박한 삶을 연명하고 있는 도시 변두리의 소외된 사람들에게 '옹골진 삶의 고락이 빚어내던 신명'을 일깨우고 싶은 것이다.

노인의 이야기를 들어주는 사람은 부모의 품을 떠나 그 공단지역에 사는 고모에게 맡겨진 아이뿐이다. 함께 오토바이를 타며 친해진 노인과 아이는 과거의 경험을 공유하지는 않았지만 노인이 전하려는 언외의 뜻을 어렴풋이 지각하고 받아들인다. 노인이 유일하게 소통할 수 있는 아이에게서 작가가 품은 비전을 짐작할 수 있다.

이 거대한 공단 숲의 어딘가에 과거로 통하는 비밀의 문 같은 것이 있어 그 문을 지나면 할배가 얘기해주던 방죽과 넓은 들과, 낮은 동산 위 느티나무 그늘에 서면 오롯이 내려다보이는 마을이 나타날 것만 같아 매일 공단의 구석구석을 누비고 다니는 것이다.

「아무 곳에도 없는 마을」에서 작가의 다른 작품들에서도 반복해 등장하는 공간의식을 엿볼 수 있다. 사라진 '수탐들'은 단순한 회고적인 이상향으로 존재하지 않는다. 그곳도 엄연히 인생의 질곡이 있고 신산한 삶의 현장이었다. 이 땅의 어느 곳에 살더라도 겪었을 일제강점기와 한국전쟁이 예외 없이 '수탐들'을 휩쓸고 지나갔다. 그러나 노인에게 '수탐들'은 그의 삶을 이어갈 수 있게 해준 어떤 가치가 있었던 곳이다. '수탐들'이 공단으로 바뀐 뒤에는 그런 가치마저 상실했다고 노인은 절실하게 느끼고 있다. 일제식민지, 미군점령지였다가 이제 자본이 지배하는 공단으로 바뀌면서 그 땅에 사는 사람들이 한 번도 땅의 주인으로 당당하게 살아보지 못하고 소외된 상황을 작가는 '수탐들'의 한 노인을 통해 절실하게 증언하고 있는 것이다.

3

2002년으로 거슬러 올라가면 가장 먼저 "붉은 물결"이 보인다. 거리마다 붉은 옷을 입은 사람들이 넘치고 목청껏 대한민국을 외치던 때 사람들은 활력과 신명이 넘치는 축제의 분위기를 만끽했다. 그 뜨거웠던 여름, 그러나 사회 곳곳에 산재된 문제는 여전했고 소외되고 그늘진 곳에서 터져 나오는 절규는 함성 속에 파묻혀버렸다. 「레드서머」를 읽으니 십여 년 전의 상황이 오롯이 떠오르며 활력과 절망감이 엇갈리는 현실이 빚어내던 묘한 비대칭의 감정구조가 떠오른다.

「레드서머」는 붉은 물결을 보호색으로 삼고 거리에서 살아가는 아이와 가출한 딸을 찾아 나선 여교사와 국제미아가 된 채 정처 없이 거리에서 살아가는 남자의 이야기이다. 그들의 삶이 교차하는 곳은 모란공원이다. 그곳에서 딸은 자기를 찾아 나선 엄마와 남자가 만나 대화를 나누는 것을 지켜본다. 제 속에 악마가 살고 있고 그것이 제 아버지를 죽게 했다고 믿는 아이는 엄마와 소통할 수 없어 집을 나와 붉은 물결에 휩쓸린다. 도시에서 소통하지 못하며 살다가 붕괴된 가족들, 욕망과 좌절로 인한 내핍의 상처를 안고 살아가는 전형적인 사람들을 통해 작가는 삶의 명암을 드러내고 있다. 폭발적인 에너지를 구성하고 있는 것이 일치된 욕망의 분출이 아니라 이질적이며 다양한 삶의 연장이라는 것을 보여주려는 것일까. 작가는 이런 일시적 흥분의 분위기보다는 가출한 청소년을 지속적으로 포용할 수 있는 사회적 공간이 필요한 것이 아닌가, 라는 의견을 암시하고 있다.

또한 소설에 나오는 미국에서 실패한 사업이 의미심장하다. '인생에는 반드시 일정한 패턴이 있고, 그 패턴의 원리만 찾아낸다면 인간의 삶을 게임기 속에서 완벽하게 재현해낼 수 있으리라는 확신'에 사로잡혀 사업을 추진하던 중에 회사 공금을 횡령한 동업자 친구를 찾아 한국에 왔다가 미국 영주권 갱신 시기를 놓쳐버린 채 서울에서 떠돌고 있는 사내. 그는 인생이 게임기 속에 존재하는 한 프로그램에 지나지 않고 실패는 그 프로그램 속에 정해진 한 변수인 것처럼 생각하기도 한다. 성공 신화를 쫓고 있는 사람들이 그리는 성공 패턴이 잘 읽히는 시대에 그의 운명론은 이제 익숙한 결과이다. 대신할 수 없고 돌이킬 수 없는 독특한 존재인데도 그러한 존재의 성격을 무시하고 남의 욕망을 제 것인 양 착각하며 사는 삶이 우리에게 얼마나 익숙한 것인가. 이러한 인생의 변수를 마치 우월적 존재가 미리 프로그램화한 것처럼 여기는 운명론과 그런 상황에서 탈주할 수 있다고 부추기는 많은 자기 계발서가 개인의 무능을 전제하고 실패를 개인의 탓으로 돌리고 있는 것을 보면 씁쓸하기 그지없다.

4

「이 편한 세상」을 읽다보면 다시 한 번 우리 사회가 얼마나 억압적인가 생각해볼 기회를 갖게 된다. 작가는 특히 우리 사회에서 여성이 겪는 억압적 상황에 주목하고 있다. 직장이냐 결혼이냐를 선택하게 하는 사회, 시어머니 병수발을 위해 직장을 그만두어야 하는 사회. 어리석은 사회의 율법이 완강하고 누군가를 착취하고 누군가의 희생으로 잉여가 생겨나고 스스로에게 행복을 허락하는 것은 금지되어 있는 사회. 인생의 구조와 패턴이 환하게 보이는데도 어쩔 수 없이 삶의 물살에 떠밀려가는 사람들은 퇴로를 찾지만 사회는 친절하지 않다. 앎의 의지와 상관없이 개인은 어리석을 뿐이다. 대학에서 운영하는 평생교육원에서 만난 사람들은 거의 퇴직한 사람들이거나 중년의 주부들인데 저마다 문제를 안고 있다.

교육원 수강생 중 하나인 '명'이라는 인물이 겪어온 삶은 우리 사회 월급생활자라면 누구나 경험하는 전형적인 것이다. 가족을 부양하느라 혼기를 놓쳐버린 채 30년이 넘게 은행창구와 집밖에 모르고 살다가 퇴직하고 나서 퇴직금마저 인터넷 주식 거래로 날려버리고, 거대한 조직의 일원으로서는 완벽하고 유능한 존재였으나 거기에서 떨어져 나오자 직장 바깥의 세상살이에는 전적으로 무능함을 느끼고 있는 처지이다. 이런 인물과 별반 다를 바 없는 다른 인물들이 모여서 수강하는 것이 "외국여행을 위한 필수영어반." 여기에서 외국여행은 이 땅의 불편한 것들로부터 잠시나마 떠나고 싶어서 선택한 방안이다. 수강생들은 원했던 대로 오스트레일리아 여행을 하게 되고, 여행 일정의 마지막 날 밤 술집에서 서로 격의 없는 취중진담을 시작하지만, '마이클'이 고백하는 아내의 죽음에 관해 의견을 나누다가 급기야 감정싸움으로 번지고 그 대화는 소란으로 끝나게 된다.

대화는 점점 격해져서 좁은 실내를 휘젓는 소란으로 변질되고 삿대질이 오갈 지경이 되었을 쯤 일행은 술집에서 쫓겨났다. 하지만 외국의 낯선 밤 거리로 내동댕이 쳐진 그들은 뜻밖의 해방감에 몸을 떨며 서로를 부둥켜안고 거리가 떠나갈 듯 웃어댔다. 무엇이 그들 사이의 경계를 한 순간에 허물고 그렇게 한 덩어리가 되게 했는지, 어떤 말로도 설명할 수 없지만 그때 그들 사이에는 은밀한 통과의례를 함께 치러낸 자들만의 동질감 같은 것이 생겨났다.

해외여행이 속내를 털어놓고 갈등을 푸는 기능을 한다면 우리 사회가 어떤 상태인지 짐작할 수 있다. 해방감과 경계 허물기가 가능한 다른 맥락에 배치된 개인들이 내비치는 우리 사회의 억압 기제를 통해 노년에 겪어야 할 또 다른 통과의례가 있는 것인가. 일시적인 공감을 통과의례로 여기는 것도 환상이 아닐까. 소설은 기대감의 충족을 보여주지만 그만큼 우리 사회의 억압이 과중하다는 것을 반증하고 있다. 맥락을 잃어버린 정서적 반응의 강도가 아무리 크더라도 상처는 여전히 남아 있는 것이다. 소통과 공감을 통한 치유의 가능성과 함께. 이런 의미에서 소설은 창의적 소통의 과정이기도 하다. 작가의 작품마다 공통으로 등장하는 것은 소통의 문제. 갈등. 해소방법을 찾는 여정이며 치유과정이다.

5

공간은 작중 인물들의 활동의 장일 뿐만 아니라 인물들에게 영향을 주기도 한다. 공간에 배치된 작중 인물들이 존재하는 장은 인물들의 삶과 지속적인 교섭을 한다. 공원, 공단, 이태원, 시드니의 술집 등은 갈등이 펼쳐지는 중요한 장이면서 갈등이 해소될 수 있는 잠재력이 있는 곳이기도 하다. 문간방도 그러한 공간 중의 하나이다.

영화 〈오아시스〉를 떠올리며 「성전의 문간방」을 읽는다. 이 작품은 장애인 —'되기'의 전형을 보여준다. 장애인 윤지숙은 가족들과 자원봉사자들의 왜곡되고 뒤틀린 시선을 드러낸다. 그런 시선은 지숙에게도 내재화되어 있다. 우리가 의식하는 편견의 시차를 통해 이 소설은 의식의 한계와 비정상의 정상을 연출하고 있다. 자기 몸을 사용하여 나와 남의 시선이 교차하는 몸이 환상의 장소로 기능한다는 것을 드러내고 남이 설정한 역할을 거부하고 본능에 솔직한 몸에 귀 기울이는 노력의 생명력을 무시하는 남들의 완고한 의식과 편견도 보여준다.

지숙은 여러 연결고리를 갖고 있다. 우선 그녀는 자신을 돌봐주며 '삶을 지탱하는 유일한 힘'을 얻는 '어머니와 질긴 탯줄로 연결되어' 있음을 느낀다. 그녀는 그것을 '인연의 사슬'로 여긴다. 그 다음으로 송 전도사를 포함한 신도들과 연결고리가 있었다. 그러나 지숙은 결국 신과 목자 사이에 낀 그 무엇으로, 목자와 신도들 사이에 낀 그 무엇으로 여겨지게 되어 그 고리는 끊어지고 만다. 셋째로 '자신의 의사와는 아무 상관없이 이 사회가 임의로 만들어 놓은 연결고리'가 있다. 그것은 '장애인단체에 가입되어 있다거나, 어떤 사회 봉사단체의 관리 대상자 명단에 올라가 있어' 자신을 찾아오는 자원봉사자들과의 관계이다. 이런 사회적 연결고리는 인위적이고 매우 약하며 형식적인 면에 치우쳐 있다. 이런 고리를 뚫고 새로운 관계가 맺어진다. 그것은 있는 그대로 보는 인물 강영숙의 출현이다.

영숙은 지숙을 돌보는 자원봉사를 하러 온 사람이다. 다른 봉사자들은 둘 이상이 오는데 그녀는 혼자 찾아와서 지숙에게 이름을 물어본다. 혼자 온 것과 이름을 묻는 것 모두 지숙이 봉사자들과 만난 뒤 처음 겪는 일이다. 게다가 영숙은 지숙에게 자연스럽게 '우리'라는 말을 쓴다. 우리 중의 하나로 인식되거나 대접받아 온 적이 없는 지숙에게 영숙의 스스럼없고 진솔한 언행은 공감을 주고 힘이 나고 기운이 솟게 한다.

　　그녀는 왠지 그녀의 말이 별로 고깝지 않았다. 그리고 문득 일 년 넘게 그네들을 만나온 이후 처음으로 자신이 사람을 느끼고 있다는 생각이 들었다. 그녀는 천천히 다리를 허벅지 옆으로 오므려 붙이며 허리에 갖은 힘을 주었다. 늘어져 있던 두 팔에 미미하게 힘이 느껴지며 윗몸이 불쑥 솟아올랐다. 추썩추썩 춤이라도 추듯 방으로 옮겨가는 그녀의 뒤에서 건강한 여자의 음성이 우렁우렁 울려왔다.
　　"무릎걸음도 그 정도면 수준급이군요. 달리기 경주라도 나갈 수 있겠어요."

남에게 의존하지 않고 스스로의 힘으로 행동하도록 일깨우는 영숙의 태도는 지숙이 편견을 넘어 나아갈 수 있는 계기로 작용하고 있다. 여기에서 편견은 남들과 자신에게서 일었다 사위는 몸에 대한 편견이다. 우리는 '자신의 몸이 무엇을 할 수 있을지 모르기 때문에' 몸에 대한 편견에 사로잡힐 수 있다. 이런 의식 너머의 세계를 알려주기에 이 소설은 스피노자가 언급한 '좋은 만남'의 구체적 사례를 보여주고 있는 셈이다. '자연에서 무한히 많은 것'이 생기듯이 "인간 몸의 구조 자체는 인간

의 기능에 의해 만들어진 모든 것을 기교상 훨씬 능가한다" "자연 안에
서는 자연의 잘못으로 여길 만한 어떤 일도 일어나지 않는다"는 것을
알면 "사람들이 참다운 인식에 의해서가 아니라 오히려 편견에 의해서
습관적으로 자연물을 완전하거나 불완전하다고 하는 것을 알 수 있
다".(스피노자,『윤리학』)

6

「이타방」, 우리나라 안에 있으면서 독특한 역사가 서려 있는 이태원이
배경인 소설을 읽다보니 문득「쇼리 킴」,「황구의 비명」,「아메리카」,『나
목』,『고삐』와 같은 소설들이 떠오른다. 미군, 기지촌, 양공주, 전쟁고아
들이 작중 인물로 등장하는 이런 작품들을 읽고 사실적인 묘사와 참혹
한 현실 때문에 젊은 시절 느꼈던 여러 착잡한 느낌이 되살아난다.
1980년대 초에 군대생활을 하면서 작품의 배경이 된 한 곳을 지나칠 때
도 여러 생각이 교차하면서 복잡한 심정에 빠져들곤 했다. 그 당시 "미
군들이 코리아는 몰라도 용주골은 안다"고 농담하던 그 용주골에 훈련
장이 있어서 불가피하게 그곳을 가끔 구보로 통과한 적이 있었는데 군
가를 부르며 뛰어가는 군인들에게 바가지로 물을 뿌려주던 젊은 여자
들의 몸짓이 주마등처럼 스쳐간다.
　　중편소설 분량의『이타방』은 미군과 양공주의 관계에 초점을 맞춘 이
야기가 아니다. 그것은 이태원에서 나거나 자라서 유-소년기와 청년시
절을 보낸 남녀의 이야기이다. 문수의 성장기로 시작하여 화영이라는

여성을 중심으로 문수, 형근의 관계, 이들과 철진이라는 친구들의 관계 등을 다룬 이 소설의 두드러진 특징은 이태원이라는 공간이 개인들에게 직간접적으로 끼친 영향을 묘사하고 서술하고 있는 것이다. 작가는 삶을 통해 공간을 구성하고 있는 역사를 드러내며 그것이 현재에도 개인의 삶에 끼치는 영향을 추적하고 있다.

　몸담고 있는 도시가 어떤 역사를 지니고 있으며 어떤 사건들이 있었는가를 알게 되면 공간이 낯설어지는 경험을 하게 된다. 특히 공간에 붙여진 이름이 바뀌는 과정을 살펴볼 때 상상력을 자극하는 많은 이야기들을 담고 있을 것이다. 나는 어린 시절을 대전시 대덕구 흑석동에서 보낸 적이 있었는데 아이들과 멱을 감던 갑천 상류 이름이 노루벌이었다. 이 이름은 그다지 이상하지 않았지만 '흑석'이라는 말은 유년의 가난과 여러 가지 신산한 체험으로 숨기고 싶은 이름이 되어버렸고 '검은 돌'이라는 명칭도 왠지 마음에 들지 않았다. 그러나 그런 명칭들이 중간에 바뀐 것일 뿐더러 그것이 악의적이라고까지 할 정도로 아름다운 우리말 지명을 일제가 개명한 것임을 알았을 때는 어이가 없을 따름이었다. 원래는 '거문들(거문고를 닮은 들)'이라는 명칭이 '검은 돌'로, '검은 돌'이 다시 '흑석'으로 바뀌는 과정은 의미심장하다.

　그런데 이태원이라는 이름만큼 지난한 역정이 드러나는 곳도 드물 것이다. 원래는 이태원(李泰院)이라 불렸던 아름다운 고장이 임란 이후로 난리 중에 태어난 혼혈아를 보육하는 곳으로 지정되어 이태원(異胎院)으로 바뀌었고, 나중에 귀화한 왜인들이 살아 이타방(異他方)으로, 그 이후로 효종 때 치욕스럽다고 해서 배나무를 많이 심고 이태원(梨泰

院)이라고 부르게 했다는 작가의 설명에서 짐작하듯 이곳은 전쟁과 관련된 우리 민족의 비극이 집약되어 있는 곳이다. 작가는 이태원이 배경인 소설의 제목을 이타방이라고 붙임으로써 이태원에 짙게 배어 있는 비극적 질곡을 인물들의 삶을 통해 드러내려는 것이다.

전쟁은 사람들을 더없이 불행하게 만든다. 누구도 승자가 될 수 없는 전쟁에서 살아남은 사람들은 나름대로 크고 작은 상처를 입고 평생을 살아가야 한다. 중심인물들 역시 전후에 이태원에서 유-소년기를 보내면서 다양한 상처를 지닌 채 그 영향을 받으며 살아가며 운명의 지배를 받는 인간관계를 맺게 된다. 이제 우리는 소설을 읽으며 우리가 살아가고 있는 곳에 배치된 내 삶과 그 삶에 영향을 주고 있는 역사와 그 과정에서 받은 상처에 내가 어떻게 반응하며 살고 있는지 돌이켜 보게 될 것이다.

『딸들의 방』에 이어 두 번째 작품집을 내는 이예훈 작가의 눈길은 그늘지고 소외된 곳에 오래 머물러 있다. 그러다가 그 눈길은 존재의 그림자를 안고 잔잔하고 찬찬하게 흐르며 저물어가는 깊은 물길 같아진다. 타인의 삶을 껴안고 다독거리며 이해하는 이런 과정의 어느 순간 그 눈길은 들녘같이 허허로운 무명의 삶에 스며든다. 마치 남의 처지와 신세를 자기화하듯 온몸으로 감싸는 그 순간에 작가정신은 공감의 진폭을 극대화하며 삶에 대한 통찰로 보편적 정서를 확보한다. 그는 소설 쓰기를 통해 말을 잃고 사는 사람들이 하지 못한 표현을 간절히 대언하며 그 삶을 애잔하고 넉넉하게 품어 안음으로써 소설이 나와 남을 이해하고 남과 소통하는 가장 훌륭한 방식임을 증거하고 있다.

　불통의 시대에 함께 살아가는 이웃의 삶과 존재를 극진히 작품 속에 모심으로써 창조적 소통의 본보기를 보여주는 그의 작품을 읽으며 필자는 지금 여기에서 머물며 가꾸어야 할 글쓰기에 어떤 필연이 작용하고 있음을 느끼게 된다. 그것은 살면서 뜻을 구하고 가치를 사유하는 일이, 살다가 사라져간 이웃들의 표상할 수 없는 삶의 흔적을 보살피는 일과 다를 바 없다는 것이다. 우리의 아픈 역사가 지닌 슬픔의 뿌리를 처연하게 되짚는 작가의 행동은 슬픔에 머무는 것이 아니라 삶의 터전인 시공간의 뿌리를 살피는 일이다. 그렇게 구체적으로 확인하는 행위야말로 정서에 예속된 채 살아가는 헐벗은 생활의 반복에서 벗어날 수 있는 계기를 맞이할 수 있도록 진지한 목소리로 우리를 자극하는 일이기도 하다.

이타방

지은이_ 이예훈
펴낸이_ 조현석
기 획_ 신승철
펴낸곳_ 북인
디자인_ 푸른영토

1판 1쇄_ 2013년 11월 30일
출판등록번호_ 313 - 2004 - 000111
주소_ 121 - 842 서울 마포구 서교동 467 - 4, 301호
전화_ 02 - 323 - 7767
팩스_ 02 - 323 - 7845

ISBN 978 - 89 - 97150 - 27 - 4   03810

이 책은 대전문화재단 에서 사업비 일부를 지원받아 출판되었습니다.